BAJO EL CIELO

DE

VARSOVIA

Myrian González Britos

∽

Primera edición noviembre 2020

ISBN: 979-8559484280

Nota de la autora

Varsovia: heridas que nunca sanan

La invasión alemana de Polonia, se inició el **1 de septiembre de 1939**. Ha sido considerada el **detonante** de la Segunda Guerra Mundial. Antes de eso, la cuestión de Polonia figuraba entre las *cláusulas secretas* del **Pacto de no agresión** firmado entre Alemania y la URSS, en agosto de 1939. En ellas se estipulaba que el país sería anexionado y **dividido** en dos áreas: una para los soviéticos y la otra para los alemanes.

Agradecimientos

Agradezco a Dios y a mis ángeles en primer lugar.

A mi mejor amiga y lectora número uno, mi madre, a mi padre, a mis hermanos y en especial a mi marido, que todos ellos siempre me han apoyado y animado a perseguir mis sueños...

A mis amigas del alma y fieles lectoras: Patricia Alejandra Celedón Aguilera, Jessica Sabio, Paloma Samanta Jaen, Eliz Nathalia Martínez González, Teresa Mateo Arenas, Claudia Brignoni y Marcela Salazar.

Y ante todo a ti querido lector que me has dado una oportunidad.

«Sin ti este sueño no tendría sentido».

Eternamente grata.

Prólogo

En 1939, Polonia fue víctima de dos vecinos muy poderosos. El 1 de septiembre de ese año, las tropas alemanas invadieron el país en el marco de un proceso de expansión territorial que había supuesto ya la anexión de Austria y de Checoslovaquia. Dos semanas más tarde, también los soviéticos ocuparon territorio polaco.

Obligados a combatir en dos frentes, los defensores capitularon al poco tiempo tras una encarnizada resistencia. Hitler y Stalin se repartieron el país, pero el primero decidió arremeter contra los rusos en 1941.

Lejos de resignarse a la ocupación, los polacos contribuyeron activamente a la causa aliada en episodios como el levantamiento de los judíos del gueto de Varsovia en 1943, reprimido sin misericordia por los nazis.

El signo de la contienda, favorable al principio al Tercer Reich, cambió con las derrotas en el frente oriental iniciadas con la batalla de Stalingrado (1942-43). Ante el rápido avance del Ejército Rojo hacia el oeste, el Ejército del País (AK), principal fuerza de la resistencia polaca, puso en marcha la Operación Tormenta. Con ella pretendía expulsar a los alemanes antes de que llegaran los soviéticos, de forma que se pudiera evitar la sustitución de una dominación extranjera por otra.

Los planes incluían la lucha armada en la retaguardia alemana del frente ruso, la liberación de determinadas zonas y ciudades y la salida de la clandestinidad de los altos mandos del AK y de los representantes de las autoridades civiles. De ese modo, desempeñarían el papel de dueños de la región ante las tropas del Ejército Rojo que se acercaban.

Durante la ofensiva soviética de julio de 1944, las unidades rusas colaboraron de buen grado con los destacamentos locales del AK a nivel táctico. Sin embargo, siguiendo los avances del frente marchaban las formaciones del NKVD (Comisariado del Pueblo para Asuntos Internos), y los hombres de esta policía política desarmaban a las unidades polacas y arrestaban a civiles, que luego eran deportados a los campos de concentración de la Unión Soviética profunda. Aquel era el modo de pacificar a la sociedad polaca.

El 22 de julio, los rusos crearon el Comité Polaco de Liberación Nacional, colaboracionista, para que administrara la zona "liberada". Por entonces, las tropas del Primer Frente Bielorruso estaban llegando a las afueras de Varsovia. Entre los ocupantes nazis de la ciudad cundió el pánico, que alcanzó su apogeo entre los días 23 y 24. Los civiles abandonaron la capital en masa, y empezó la evacuación de las oficinas de la administración pública y de las industrias.

Los alemanes eran conscientes de la importancia estratégica de Varsovia. Aquella urbe constituía un eslabón importante de la retaguardia del frente y de la línea de defensa.

Introducción

Varsovia, invierno del 2002

Al fin terminé de escribir mi novela, justo cuando la nieve empezaba a caer lentamente fuera, arropando con su manto blanco el jardín. Esbocé una sonrisa melancólica al guardar el documento tras ponerle al fin el nombre adecuado a la historia que me robó varias lágrimas durante su creación.

—Dios… —musité sin aliento, como si acabara de correr varios kilómetros seguidos—. Necesito un poco de aire fresco.

Me levanté con una rara sensación en el alma y salí a dar un paseo tras poner mi gabán de angora. Tomé asiento en el viejo columpio de madera y observé la caída de los copos de nieve mientras los recuerdos se hacían presentes en mi mente.

—El amor no elige el momento, sino el corazón —susurré apenada—. Nunca pensé que terminaría de aquel modo —suspiré hondo—. Es…, simplemente, impresionante.

Empecé a mecerme como si aún tuviera quince años, cuando me hablaron por primera vez de aquella historia llena de amor, sufrimiento, mentiras y traición.

11

—La Segunda Guerra Mundial dejó huellas en todos, incluso en los que nacimos tras ella —susurré con pesar.

Unas lágrimas empezaban a rodar por mis mejillas congeladas. Tenía un mar de sentimientos encontrados en mi pecho.

—Es hora de que el mundo conozca esta historia —me dije con determinación—. Esta increíble historia de amor y dolor —levanté la cabeza y observé el cielo con ojos lacrimosos—. Al fin pude darle un título adecuado a la novela.

«Bajo el cielo de Varsovia».

La sangre del águila

Varsovia, diciembre de 1942

La nieve caía al ritmo de la composición dramática de Beethoven: Claro de luna. Nina deslizó la mano por el cristal helado y observó el patio del hospital con ojos ensombrecidos. La falta de sueño y el exceso de trabajo empezaban a pasarle factura. Bostezó y frotó las manos entre sí en busca de calor. La imagen que le devolvió el cristal empañado la hizo levantar las cejas en un gesto de asombro. Sus ojos color miel verdosos se veían apagados y su piel clara como la propia nieve realzaba aún más su sombría realidad. Se tocó el pelo cobrizo con aire cansino mientras pensaba en su hermano. ¿Dónde estaba? ¿En el frente? ¿Seguía vivo? Las conjeturas se transformaron en dolorosas incertezas, que poco a poco, día tras día, la iban consumiendo por dentro.

—Gino —susurró con un enorme nudo en la garganta—. Te echo tanto de menos, hermano.

Bajó la cabeza y suspiró hondo, tan hondo que terminó robando la atención de su jefe.

—Ve a por un café, enfermera del Bianco —le dijo el doctor Rossini en tono paternal—. Corre por mi cuenta —le dedicó una sonrisa.

Ella se dio la vuelta y le miró con ojos soñadores. No solo porque amaba el café, sino por la generosidad de aquel buen hombre.

—¡Gracias, doctor! —exclamó con el júbilo estampado en la cara.

El médico asintió sin desviar la mirada de sus anotaciones.

—De nada, niña.

La enfermera italiana de la cruz roja, de veinticinco años, Nina del Bianco, bajó las escaleras a toda prisa y casi perdió el equilibrio al entrechocar con un oficial alemán, que se encontraba en mitad de camino y recostado contra la pared. Se disculpó algo cohibida al reconocer su uniforme de la *Wehrmacht*. Todos reaccionaban del mismo modo ante un nazi y mucho más ante un oficial de alto rango como aquel. No era experta, pero los soldados rasos no llevaban gorros de plato y pepitas de plata en los hombros. Y menos la cruz de hierro y otras insignias repartidas en su guerrera gris.

—Lo siento, señor.

Él no dijo nada, solo gimió de dolor. Nina levantó la vista para mirarlo cuando él le pidió ayuda. Al menos aquella palabra *«Hilfe»* conocía muy bien.

—¿Le pasa algo, señor? —le preguntó en un pésimo alemán—. Dios, no me entenderá —se dijo abrumada ante la situación—. Ni yo me entiendo…

El apuesto y joven oficial retiró la mano del abdomen y la sangre que había manchado la palma alarmó a la mujer.

—Dios mío —soltó en su idioma—. ¡Está muy mal herido!

El alemán sonrió al escucharla.

—¿Es usted italiana? —le preguntó sin abandonar su deje—, soy el capitán Adler von Schwarz —le dijo en un italiano con un ligero acento germano.

Ella no pudo evitar sonreír.

—Sí, señor, soy italiana.

Nina miró el uniforme del oficial con sigilo, aquel hombre no era de las SS, al menos no vio la insignia macabra que llevaba un soldado de esa división, que atendió meses atrás.

—Por aquí, capitán.

El hombre le rodeó el hombro como ella se lo pidió. Nina era una joven bastante alta y fuerte, a pesar de su frágil apariencia.

—¿Es una herida de bala, señor?

Él asintió.

—El enemigo no siempre lleva el uniforme de uno, señorita.

¿Lo habían traicionado? ¿Era eso? Lo llevó hasta una de las camillas vacías y destinadas, en general, a los soldados. Adler se tumbó y ella le desabrochó los botones de la guerrera a toda prisa. Levantó la camisa blanca manchada y revisó la herida del abdomen. Era pequeña, pero sangraba de manera bastante profusa.

—Le limpiaré la herida antes de la cirugía, capitán.

Él gimió al sentir las manos heladas de la mujer en su abdomen.

—¿Le duele, señor?

El oficial asintió.

—No tanto como la traición, señorita.

No pudo evitar mirarlo con tristeza.

—No hablo de esta traición, precisamente.

Aquel comentario la dejó sin aire en los pulmones. ¿A qué se refería? ¿A una traición de pareja? ¿De amistad? ¿Familiar?

—Lo siento, señor.

Él sonrió de lado.

—*Danke.*

Ella asintió sin dejar de tocarle el abdomen para comprobar si había otra herida que no se veía a simple vista.

—¿*Bitte?* —le replicó ella con timidez y él asintió.

15

Era un hombre muy atractivo, fuerte y medía más de metro ochenta, calculó ella para sus adentros. Era rubio como el sol y tenía unos ojos clarísimos. Era el típico ario, según defendían los nazis.

—El médico vendrá en unos minutos, señor.

La mano, perfecta y suave, del oficial nazi aterrizó sobre la de ella, provocándole una rara sensación en el interior. Levantó la vista y la clavó en el rostro del alemán.

—Gracias, señorita —le dijo con una media sonrisa—. Me duele mucho la cabeza y la garganta —ella le tocó la frente perlada y frunció el ceño.

—Tiene fiebre, capitán.

Él entrecerró los ojos con abatimiento.

—Eso no es bueno —le dijo él en tono débil.

Ella quería decirle lo contrario, pero estaría mintiéndole y no le gustaba mentir.

—No, capitán.

Cogió un poco de algodón y lo empapó con alcohol. Limpió la herida con sumo cuidado y luego con un poco más de fuerza, robándole un gemido de dolor al hombre.

—Lo siento, capitán.

El cansancio la traicionó.

—Lo que sea que le hayan contado sobre mí —masculló el alemán con una jovialidad encantadora—, es mentira.

Ella suavizó el deje y sonrió.

—Habla muy bien el italiano, capitán.

Él la miró con un brillo peculiar en la mirada.

—Y eso que no lo hablo constantemente.

Adler era el hijo de una duquesa italiana y un renombrado médico alemán descendiente de la nobleza prusiana. Hablaba perfectamente cinco idiomas, además del suyo. Entre ellos: el francés, el inglés, el italiano, el ruso y el español.

—Mi alemán es pésimo y mi polaco un poco peor — se mofó ella y logró dibujar una sonrisa en el rostro del joven capitán.

Adler le tocó la mano por segunda vez y logró el mismo efecto de minutos atrás en su cuerpo: una vorágine de sensaciones indescriptibles. Era como si estuviera a punto de caer de un precipicio de espaldas. Nunca sintió eso antes y la sensación la dejó sin aliento, literalmente.

—Me encantaría poder ayudarla con el alemán, pero con el polaco, estamos empatados.

Aquel amable y simpático hombre no parecía mala persona, al menos no le causaba esa impresión. Al contrario, en pocos minutos se sintió cómoda con él y hasta bromeó.

—Llamaré al médico, capitán.

Adler miró la herida sobre la línea de la pelvis. No era muy llamativa, pero era consciente de que pudo haber sido mortal. El soldado que le disparó era ruso, aunque llevaba un uniforme nazi. Hecho que lo ayudó a llevar a cabo sus objetivos: intentar asesinarlo. Sin embargo, tras el disparo, Adler cogió su *Luger* y le voló los sesos sin piedad.

—Si sobrevivo, le invitaré a un café, señorita.

La sorpresa se dibujó en la cara de la mujer que, ruborizada hasta el alma, apenas pudo sonreírle.

—Sobrevivirá, capitán.

El hombre le tocó la mano con timidez y una corriente eléctrica le recorrió de pies a cabeza. ¿Por qué reaccionaba de aquel modo? Lo miró fijo por unos segundos. Había visto a otros soldados alemanes por ahí, pero ninguno tenía el porte y la clase de aquel capitán. Ni tampoco la belleza y la ternura de su mirada.

—¿Es un sí, señorita?

Muchos soldados coquetearon con ella desde que piso tierras polacas, pero ninguno con la delicadeza de aquel oficial.

—Sobreviva y descúbralo, capitán.

Se dio la vuelta y dio dos pasos hacia la puerta cuando él le preguntó:

—¿Cómo se llama, señorita?

Giró el rostro hacia él y sonrió.

—Nina del Bianco, capitán.

El aroma de tu alma

Nina se quitó el abrigo al llegar al hospital a muy temprana hora de aquel día y se arregló la venda de la cruz roja que llevaba en el brazo izquierdo. Después se puso la cofia y se arregló los mechones rebeldes del pelo tras las orejas. Bostezó un par de veces antes de dirigirse a las habitaciones de los pacientes que le tocaban aquel día. Mientras subía los peldaños, evocó al capitán von Schwarz y una sonrisa afloró en sus labios color rosa claro.

—Buen día, Nina —le saludó Mariella, su compañera de piso—. Tu nazi superó muy bien la cirugía.

Un signo de interrogación apareció en la mirada de la italiana. ¿Su nazi? ¿Por qué le decía aquello? Su comentario la dejó algo alelada. La miró con severidad, pero la enfermera, también italiana, la ignoró por completo. Nina negó con la cabeza y decidió no alargar el tema o terminarían discutiendo como de costumbre.

—La bala no hizo daños que lamentar —continuó en tono desapasionado—. Su buen estado físico y el uniforme camuflaron bastante bien el impacto.

Nina asintió con la vista clavada en las manos de su colega que anotaba algo.

—Por fortuna no le dispararon en la cara —adujo y levantó la cabeza para mirarla con una sonrisa ladina en los labios—. Una hermosa cara que me gustaría admirar mientras esté encima de mí —Nina puso los ojos en blanco—. Gimiendo en alemán —más risas.

Las mejillas de Nina se sonrojaron.

—¿No piensas en otra cosa, Mariella? —le reprochó y la mujer rio aún más.

La mujer ladeó la cabeza.

—¿Acaso eres lesbiana?

El tono que usó era demasiado serio. Muchas enfermeras pusieron en duda su sexualidad, por el simple hecho de que no se acostaba con nadie. Y no pensaba hacerlo sin amor. Para ella era esencial estar enamorada para entregarse a alguien.

—Haré mi recorrido —anunció y se dio la vuelta.

«Hmmm» ronroneó Mariella con la ceja levantada.

—No entenderías mis razones —susurró Nina, antes de arreglarse el pelo.

Cuando al fin se dirigió a la habitación de los pacientes que le correspondía aquel día y terminó de revisarlos, decidió visitar al capitán von Schwarz, que se encontraba durmiendo plácidamente en la camilla, con el torso desnudo y vendado en la zona afectada por la bala. La barba, casi pelirroja bajo el efecto de la luz tenue del sol que se filtraba a través de la ventana a un costado, ensombrecía un poco su rostro pálido como la nieve, aunque adornado por unas ojeras grisáceas que le daban un aire más enfermizo.

—Rosas… —susurró el hombre sin abrir los ojos—. ¿Señorita del Bianco?

Su afirmación la tomó de sorpresa y casi derrumbó la bandeja con algodones y jeringuillas. ¿Cómo podía saber que era ella si no la estaba mirando?

—Su perfume la delató —le aclaró sin abrir los ojos aún—. No el del frasco, sino la mezcla de la fragancia con su perfume natural.

Nunca nadie le había dicho algo remotamente parecido antes. Negó con la cabeza y con una sonrisa que se adueñó de su cara por completo.

—Buenos días, capitán von Schwarz.

Él abrió los ojos con mucha dificultad y trató de enfocar la vista en ella. Pero tras unos segundos, volvió a cerrar los párpados.

—Estoy muy mareado, señorita.

Era el efecto natural de la anestesia el cansancio. Nina le tocó la frente y frunció el entrecejo al percibir que tenía fiebre. Aquello nunca era bueno tras una intervención.

—Tengo mucha sed.

Le tomó el pulso y luego empapó un trozo de algodón con agua. Se lo puso sobre los labios agrietados y pálidos.

—Tengo mucha sed —le repitió él—. Necesito más que eso, señorita —suplicó con la voz ronca.

Nina alargó la mano y empapó de nuevo sus labios con el algodón. Adler gimió de placer y luego de dolor.

—No puedo darle más o se sentirá peor, capitán.

Abrió los ojos y la miró con mucha magnitud.

—¿Me tocaría la cabeza? —le pidió con tanta dulzura que ella terminó suspirando—. Es que me duele mucho —todo su cuerpo se estremeció—. Si no es pedirle mucho.

La manera en cómo le pidió y la forma en cómo la miró la dejaron simplemente sin aliento. Como si acabara de lanzarse al vacío y sin paracaídas. Miró a los lados y tras soltar un suspiro, le tocó la cabeza como le pidió.

—Gracias, señorita —le dijo en tono meloso—. Tiene una mano milagrosa…

Se quedó profundamente dormido, segundos después. Nina quiso afeitarle la barba de más de un mes y ver lo que se ocultaba tras ella. A simple vista parecía un hombre muy joven, tal vez no tenía ni treinta años.

—No me deje solo —le dijo cuando apartó la mano de su cabeza—. Solo unos segundos más, por favor —le suplicó.

¿Un oficial nazi sabía pedir? ¿No estaba en su sangre ordenar? Nina se preguntó quién era él y a qué división pertenecía. Por el rango y el uniforme *feldgrau* de la *Wehrmacht*, supuso que era un hombre importante, pero había algo más tras su chapa de identificación.[1]

«Es el hijo de una duquesa italiana y un médico alemán renombrado, cuya familia perteneció a la nobleza prusiana en el pasado» según se rumoreaba en el hospital.

Además, sus hombres se presentaron en el hospital durante su cirugía y llevaron todas sus cosas para evitar que las robaran o utilizaran los enemigos. En aquellos tiempos, todo era posible y como prueba estaba el ruso que le había disparado usando un uniforme nazi.

—Descansa, capitán.

Cuando Nina salió de la habitación, una enfermera se acercó con una bandeja entre las manos. En ella se encontraba una taza de café humeante, unas galletas de almendra y una chocolatina.

—Para usted, señorita —le dijo la mujer en polaco y luego le hizo unas señas—. De parte del capitán von Schwarz.

Las primeras palabras no las comprendió, pero las últimas sí y no pudo evitar sonreír y sonrojarse a la vez. El capitán, a pesar de su estado, ¿pensó en ese delicado gesto? Aquello la dejó completamente sorprendida.

—Gracias —le dijo en polaco y cogió la bandeja con manos temblorosas.

La mujer cogió una tarjeta de su delantal y se la dio. Nina leyó la misma con el corazón en la garganta:

«He sobrevivido, señorita del Bianco. Y mientras me salvaban la vida, soñé con usted».

---

[1] *gris*

Por muy poco, Nina no dejó caer la bandeja ante la rara emoción que aquel hombre despertaba en ella.

—Capitán… —dijo con una sonrisa bobalicona en los labios—. Gracias…

Era un ángel, verdaderamente lo era, aunque llevara un uniforme que contradecía aquel hecho.

—Un ángel nazi —masculló con una sonrisa apenas perceptible en sus labios—. Muy paradójico.

Y días después, en medio del caos que dejó un bombardeo ruso, Nina cogió la bandeja con el plato de sopa de patatas y un trozo de pan destinados al capitán más testarudo que conoció en toda su vida. Aunque debía resaltar que era el primero que conocía, por cierto. Pero ya era el más testarudo. Eso sin lugar a dudas.

—Me dijeron que no tiene hambre —soltó al acercarse a la camilla del oficial.

«Un ángel revoltoso» se dijo ella con la mirada clavada en él.

El capitán estaba leyendo un libro cuando la vio acercarse a su camilla. Estaba muy serio y eso alarmó a la enfermera. No parecía el mismo que conoció días atrás. El simpático oficial que bajó del vehículo y subió las escaleras con una bala en el cuerpo ahora parecía otro, uno que temía conocer.

—No tengo hambre, señorita —le dijo en tono serio.

Su voz estaba muy ronca, parecía resfriado y molesto, muy molesto.

—Solo es eso.

Nina aprovechó el momento para agradecerle por las atenciones. Él suavizó un poco el deje, pero solo un poco.

—No ha venido a verme —le reprochó en un susurro—. Podía haber muerto…

Ahora volvía a ser el mismo de días atrás y eso la hizo mirarlo con otros ojos.

—Me sentí solo y abandonado.

Una sonrisa de incredulidad apareció en los labios de la mujer, que puso la bandeja con el almuerzo sobre la mesa. Adler, por muy poco, no hizo un puchero, como solían hacer los niños mimados y caprichosos.

—Estuve muy ocupada, capitán.

La miró fijo como un águila miraría a su presa desde lo alto. Tal vez el significado de su nombre, Adler, águila en alemán, tenía mucho que ver, pensó ella sin abandonar su deje.

—Usted no es el único herido que tengo que atender —le explicó en tono serio—. Debe comer para recuperarse lo antes posible.

Los ojos azules del oficial brillaron con intensidad.

—Para que pueda librarse de mí lo antes posible —refunfuñó y cerró de golpe el libro.

Nina lo miró pasmada.

—¿Habla en serio, señor?

—Siempre hablo en serio, señorita.

Se miraron por unos segundos con jovialidad y acto seguido se echaron a reír. Nina incluso tuvo que taparse la boca para no llamar la atención de los demás pacientes y enfermeras. Suficiente tenía con los chismes de Mariella como para soportar el de las demás compañeras.

—Hoy me toca quirófano, capitán —le dijo compungida—, pero volveré tras ello a verlo.

Las cejas de color dorado oscuro del hombre se elevaron en un gesto de suspicacia.

—En realidad, no puedo comer porque me duele el abdomen.

Aquello obligó a la enfermera a fruncir el ceño.

—¿Dónde le duele, capitán?

El *Hauptsturmführer* le indicó fugazmente su abdomen y ella se acercó para revisarle. Le palpó con cierto nerviosismo y el gesto embelesó al hombre. ¿Estaba nerviosa? ¿Por qué? ¿Acaso no estaba acostumbrada a tocar cuerpos masculinos a diario? El ego se le infló y mal podía esconderlo.

—¿Aquí?

El alemán le cogió la mano de sorpresa y todo su cuerpo reaccionó. Las mejillas se le ruborizaron, los ojos se le oscurecieron y los labios, por muy poco, no le temblaron. El corazón latía con tanta fuerza que él podía verlo a simple vista. La respiración se le entrecortó y un hormigueo la recorrió de pies a cabeza. ¡Era un bombardeo de emociones en un solo minuto!

—No me deje solo.

Una corriente eléctrica la recorrió en forma de escalofrío y la obligó a parpadear varias veces. Nunca había sentido nada parecido antes, ni siquiera por Giovanni, su primer amor.

—Capitán, me encantaría poder quedarme…

«Mucho más de lo que soy capaz de admitirlo».

—Pero no puedo.

Se ruborizó aún más ante la felina mirada del oficial, que sintió un cosquilleo de satisfacción al notar el tembleque de la mano de la mujer.

—No puede —dijo él en su lengua—. No es que no lo quiere —ella frunció el cejo al no comprenderlo.

Nina no apartó la mano, ni siquiera lo intentó. Él la volvió con delicadeza y besó el dorso.

—Me bastaron estos segundos que le robé para sentirme mejor, señorita.

Nina lo miró con ojos huidizos a la vez que traía a la mente el comentario de su compañera horas atrás…

—*El capitán von Schwarz es muy antipático, apenas me ha dirigido la palabra y la mirada —le dijo Mariella, enfurruñada.*

La mujer estaba acostumbrada a que todos los oficiales coquetearan con ella. Era una mujer muy atractiva, pero sin clase y dignidad. Se acostaba con todos los hombres que se cruzaban en su camino. Fuera por placer o interés, algo que Nina no comprendía o aprobaba.

—*¿También lo es contigo?*

Con Nina, el oficial, era todo lo contrario. Amable, simpático, socarrón y adorable. Incluso le sonreía cada vez que la veía y bromeaba. Parecían dos hombres completamente distintos ante las dos.

—*Concéntrate en tu trabajo, Mariella —le aconsejó con una sonrisa invisible en los labios.*

Volvió al presente con aquella rara, pero dulce sensación en el corazón. Miró al alemán con otros ojos a partir de entonces.

—Me alegro, capitán.

Deslizó la mano lentamente, sin apartar la vista de él un solo instante. Aquel oficial era un hombre muy apuesto y tenía a más de una enfermera embobada. Aquel pensamiento le dejó un sabor muy amargo en la lengua y en el corazón.

—Seguro le dice a todas lo mismo, capitán —le reprochó en un tono bastante agrio.

«¿Qué haces?» se reprochó para sus adentros.

Él la miró con mucha profundidad.

—Es la primera vez que lo hago.

Nina le puso la bandeja sobre sus piernas con mucha cautela y no pudo evitar deslizar los ojos en su torso musculoso y bien definido. Los duros entrenamientos, los últimos años, esculpieron cada uno de los músculos del alemán.

—Es la primera vez que siento esa necesidad, señorita.

El tono del hombre era suave, ronca, grave y sincera. Podía ser un oficial de alto rango, proceder de una familia adinerada y aristocrática, pero ante todo, era un hombre honesto y franco. Nina lo miró con discreción y se encontró con su mirada clavada en ella. Se estremeció.

—Si come, volveré, capitán —le prometió con las mejillas casi del color de la mora.

«Si vuelves, perderás aún más la cordura, Nina» se dijo con cierto resquemor.

El oficial cogió la cuchara de su mano y sus dedos se rozaron con suavidad, provocando un torbellino de emociones en su pecho.

—Seguro les dice a todos sus pacientes lo mismo —se burló él y logró dibujar una sonrisa en los labios carnosos de la italiana.

Abrió la boca como para replicarle, pero la volvió a cerrar cuando alguien entró en la habitación. Se alisó el delantal con ambas manos y mal podía disimular su incomodidad.

—Durante mi turno de trabajo, sí —le replicó con franqueza al alemán—. Pero tras él, no.

El oficial parpadeó de un modo que la inquietó.

—¿Vendrá a verme tras su turno?

La mujer enarcó ambas cejas en un gesto involuntario.

—La cirugía es larga, capitán —le advirtió—. Tal vez ya esté durmiendo cuando pueda venir a verlo —miró el suero a un lado—. Pero vendré a cambiarle el suero —necesitaba una razón para poder verlo y no levantar las sospechas de sus compañeras.

El semblante del alemán se entristeció.

—Ah, solo por eso.

Ella ladeó la cabeza.

—Si no quiere…

Él sonrió.

—La esperaré ansioso.

—Hasta luego, capitán.

El hombre se dispuso a comer la sopa.

—Hasta pronto, señorita.

La italiana salió de la habitación con una sensación rara en el pecho y en las piernas. Era como si estuviera caminando sobre la nieve completamente descalza.

—¿Qué me está pasando?

El capitán había llegado a su vida hacía un par de días y en ese lapso, despertó emociones que jamás había sentido antes.

—Nina… —le llamó Mariella desde la puerta del quirófano—. Te estamos esperando.

Y tras la cirugía, Nina cumplió su promesa y fue a verlo. Adler estaba mirando la ventana cuando ella se presentó. Con el torso desnudo y la mirada clavada a un costado le dijo en tono nostálgico:

—¿Le gusta la nieve, señorita del Bianco?

No la miró, no fue necesario para saber que era ella.

—Cuando era niña, sí, ahora apenas tengo tiempo para admirar cualquier cosa.

Él la miró y todo su cuerpo se estremeció.

—Yo también —le dijo en un tono apenas audible—. A veces dejamos de vivir y apreciar las pequeñas dádivas de Dios por atender otras cosas.

Le tendió la mano.

—¿Me haría compañía?

Nina cogió la mano del alemán antes de sentarse en el hueco que él le ofrecía en la cama y bajo la tenue luz de la lámpara, observaron la caída de los copos de nieve mientras la noche, poco a poco, se hacía presente.

—Es hermoso lo que Dios nos regala, capitán.

Susurró con la mano unida a la de él, atenta a la caída de la nieve y a sus latidos apresurados. Él, a su vez, estaba atento a ella y a cada una de sus reacciones.

—Lo es, señorita del Bianco —admitió y apretujó la mano de la mujer con suavidad—. Es maravilloso...

Ella se estremeció cuando lo miró.

—Lo más maravilloso que vi en toda mi vida —le replicó él, pero no se refería a lo mismo que ella.

A tu lado

La navaja rozaba con suavidad la piel del capitán von Schwarz. Nina le afeitaba la barba que, según ella, le daba un aire de eremita. El olor a jabón de afeitar asaltó las fosas nasales del alemán, que quiso besar sus dedos cada vez que rozaban sus labios, pero no se atrevió. Temió asustarla.

—Listo, capitán.

Con o sin barba, aquel hombre era encantador. Su belleza era embriagadora.

—Gracias, señorita.

Cuando las comisuras de sus labios se elevaron en una cálida sonrisa, aparecieron dos hoyuelos en sus mejillas. Nina pensó que no podía ser más atractivo, pero estaba muy equivocada.

—De nada, capitán.

Sus labios eran perfectos, ni gruesos ni muy finos. Y la barbilla cuadrada y algo puntiaguda realzaba aún más su belleza germana.

—La barba ocultaba su bonito rostro, capitán.

Aquella afirmación, sincera y fuera de lugar, la obligó a desviar la mirada de él, que sonriente, le tocó el antebrazo con ternura.

—Lo siento, señor.

Él no apartó la mano de ella un solo centímetro.

—¿Lo siente?

Ella lo miró de reojo con mucha timidez.

—Usted es un paciente y ciertos comentarios están fuera de lugar.

Él sonrió.

—Pues entonces, si le digo que usted es la mujer más hermosa que jamás vi en toda mi vida, ¿estaría fuera de lugar?

Las mejillas de Nina eran casi moradas.

—Creo que la verdad nunca es un pecado, señorita.

Ella quiso tocarle la mano, pero se limitó a asentir sin devolverle la mirada. Se levantó de la cama y lamentó profundamente tener que apartar la mano del oficial de su brazo. Con tan poco se conformaba y con tan poco era la mujer más feliz del mundo.

—¿Por qué está triste, señorita?

Nina estaba triste por varias razones. Enumerarlas la deprimiría aún más, así que se limitó a decirle:

—Murieron varias personas ayer y entre ellos, muchos niños.

El alemán apretó con fuerza los dientes y bajó la mirada.

—Hay mucho dolor en esta guerra, capitán.

Y él sabía muy bien quién era el responsable, aunque nunca lo diría abiertamente. Por respeto y lealtad al uniforme que llevaba puesto.

—Lo siento, señorita.

Nina limpió la navaja en la pequeña vasija de metal sin levantar la vista. Sus pestañas de color café con unas gotas de leche rozaban su pálida piel con una gracia indescriptible. Arrugó el puente de la nariz y aquel gesto, involuntario, embelesó al oficial aún más.

—El hambre es tan cruel como el odio, señor.

El alemán deslizó la mano por el colchón y le tocó los dedos con ternura. Ella no apartó la mano como las otras veces, no, esta vez aceptó su caricia, su consuelo.

—Si pudiera evitarle esta pena, créame, lo haría, señorita.

Ella levantó la cabeza al fin y le regaló una mirada fulgurosa.

—Cúrese —le replicó con una dulzura empalagosa—. Con eso me bastará, señor.

Se levantó y se dirigió a la camilla contigua. Adler la vigilaba y se preguntaba por qué no podía dejar de hacerlo. También la echaba de menos cuando no la veía. No sabía muy bien lo que le estaba pasando, pero era algo fuerte, mucho más de lo que suponía. Había estado con otras mujeres, pero ninguna era como ella, como Nina.

—Buenas noches, capitán —le dijo Nina antes de retirarse de la habitación para marcharse a su casa.

Él le pidió un poco de agua.

—Aquí tiene.

Adler bebió un sorbo con una lentitud que ella se lo agradeció con la mirada. Aquellos pocos segundos que podían estar juntos, eran suficientes para soñar toda la noche. Revivir una y otra vez cada gesto, cada mirada y cada palabra no dicha.

—Gracias, señorita.

Alargó el vaso y ella, al cogerlo, rozó sus dedos con los de él suavemente, dejando en la piel del hombre una sensación que no conseguía definir con palabras.

—Hasta mañana, señorita del Bianco.

Ella no apartó la mano un solo centímetro.

—Hasta mañana, capitán von Schwarz.

Se miraron con intensidad por unos instantes mientras fuera nevaba de manera desapacible. Ella desvió la mirada y se marchó del lugar con una rara sensación en el centro de su ser.

—¿Qué te está pasando? —se preguntaron ambos al mismo tiempo y en sus respectivas lenguas.

Con cierta dificultad, él se levantó de la cama y se acercó a la ventana, que se encontraba a un lado, como todos los días tras la marcha de la enfermera. Ella nunca se daba cuenta que él la miraba mientras se dirigía a su casa con sus compañeras. Pero aquel día, después de ponerse su bufanda y sus guantes, se volvió. Y se encontró con él, con el capitán. Sorprendida, se quedó mirándolo por unos segundos, mientras los copos de nieve cubrían su gorro fieltro de color negro. Levantó la mano a modo de saludo y él posó la suya por el frío cristal. Un mechón le caía con gracia sobre la frente y le daba un aire más joven, más aniñado. Esbozó una sonrisa apenas perceptible en sus labios.

—¡Nina!

La voz de Mariella la arrancó de su ensoñación de golpe. Desvió la mirada y buscó a su compañera.

—¿Nos vamos al bar?

Ella nunca se iba a aquel sitio, porque no le gustaba beber, ni fumar y tampoco buscaba diversión como ella.

—Nos vemos mañana, Mariella.

Su compañera hizo un puchero la mar de teatral.

—Eres tan mojigata, Nina.

Su otra compañera, Francesca Russo, exhaló el humo de su cigarro por sus fosas nasales y acto seguido dijo en tono vago:

—Nina solo tiene ojos para el nazi.

Mariella silbó y Nina se ruborizó. Francesca nunca decía nada, solo observaba. Pero aquella noche, decidió hablar y sonrojar a su compañera.

—¡¿Y quién no?! —chilló Mariella, eufórica—. Pero él no nos mira ni siquiera de reojo —miró a Nina con malicia—. No estamos a su altura.

Las mejillas de Nina eran casi moradas.

—Cuando le den el alta, ¡sal con él y pasa un buen momento! —le dijo, riendo—. Antes de que vuelva a los brazos de su novia aria.

¿Novia aria? Era la primera vez que Nina pensaba en eso y el sentimiento que experimentó fue descorazonador.

—Un hombre rico, guapo a rabiar y nazi de alto rango no fue hecho para ti, Nina.

Infelizmente, aquello era cierto. Nina se entristeció y mal pudo esconderlo. Por fortuna, sus compañeras no se dieron cuenta de nada, ya que se dieron la vuelta para dirigirse al bar del pueblo.

—Para ninguna que no sea aria —acotó Francesca y miró a Nina por encima del hombro con expresión ladina—. Creo que está enamorada del nazi —cuchicheó.

Mariella se volvió.

—Tonta como es, ¡no lo dudo!

Ambas rieron por lo bajo.

—Pobre infeliz —masculló Francesca—, un hombre como ese nunca se fijaría en una como ella.

La otra enfermera negó con la cabeza.

—Ni en sueños.

Nina levantó la vista a cámara lenta antes de marcharse y se encontró con el capitán, que seguía parado y con la palma en el cristal.

—Buenas noches, capitán —le vocalizó, con un nudo doloroso en el corazón—. Descansa.

Adler se quedó mirándola hasta perderla por completo de vista y solo entonces, escribió su nombre en el cristal congelado.

«Nina».

35

La concentración de Nina era agobiante y el capitán apenas conseguía respirar ante la tensión que generaba tenerla tan cerca de él. Trató de mantener una conversación, pero cada vez que el algodón con el yodo rozaba su herida, el aire se le cortaba.

—¿Le duele?

«En el alma». Pero el dolor no era físico, precisamente. Era una sensación deliciosa y también peligrosa.

—No.

Se mordió el labio inferior cuando ella bajó la cinturilla de los calzoncillos y le limpió la herida por segunda vez. Nina trató de no mirar su incitante ombligo y el vello dorado claro que aparecía al inicio de su parte íntima. Se mordía la piel de la mejilla cada vez que el calor le recorría las venas. Debía concentrarse en su labor y no en sus pecaminosos pensamientos. Mariella le habló y automáticamente se imaginó lo que estaba pensando al verla en aquella situación. Porque desde su punto de vista, parecía estar haciendo otra cosa. La miró y comprobó sus sospechas. La enfermera le hizo una seña y ella asintió. Adler siguió su enfoque y se encontró con la enfermera que le limpió días atrás su parte íntima. No sabía si formaba parte del protocolo del hospital, pero según la mujer, debían limpiar a los pacientes para evitar infecciones de cualquier tipo. Lo más extraño, fue que solo le lavó a él y no a los demás. Pensó que era algún trato especial dado a los alemanes, pero algo en su interior le decía que no era así.

—Permiso, capitán.

Nina le puso el esparadrapo con mucho cuidado.

—Pronto estará sano y salvo, capitán —le dijo en un tono cargado de tristeza—. Por fortuna está recuperándose muy bien.

—No tanto, señorita.

La afirmación del hombre la hizo enarcar una ceja en un acto reflejo.

—¿No? ¿Le duele algo?

Su reacción enterneció al oficial.

—Sí, marcharme.

Las mejillas de la mujer se encendieron como dos pedazos de carbón en el fuego y aquello acarició el corazón del alemán.

—Heil, Hitler! —exclamó de pronto alguien y les robó la atención por completo—. Capitán von Schwarz.

Adler cambió su deje al ver a su superior y adoptó uno muy serio. Uno que dejó sin aire en los pulmones a la mujer.

—Heil, Hitler! —contestó con firmeza.

Su voz era muy distinta cuando hablaba su idioma. Era mucho más ronca y grave. Y también más seca y fría.

—Heil, Hitler! —dijeron otros oficiales, tan serios como el primero.

Nina recogió la bandeja con los algodones y la tijerita. Se retiró tras despedirse del oficial, que la miró con unos ojos muy melosos, muy distintos a los que vio segundos atrás.

—Estos alemanes son guapos a rabiar —le dijo Mariella—. Me dejo follar por todos en la misma noche.

Nina casi derrumbó la bandeja.

—Eres tan aburrida, Nina.

No era aburrida, era una mujer decente y romántica. No se acostaría con alguien por el hecho de satisfacer sus instintos, porque, ante todo, debía satisfacer su corazón.

—Folla al capitán —le dijo cerca del oído y esta vez, la bandeja cayó al suelo.

El capitán y los demás oficiales alemanes la miraron con atención. Nina quería ser invisible en aquel momento. Levantó la vista y se encontró con la del capitán, que suavizó el semblante al ver el suyo.

«Torpe» se dijo y salió del lugar como alma que lleva el diablo.

Por la tarde, tras una larga cirugía, salió del quirófano con lágrimas en los ojos. Un niño había muerto tras recibir disparos. El médico intentó salvarle, porque era su sobrino, pero no lo consiguió. La muerte rondaba aquel lugar diariamente y, aunque era consciente de ello, no conseguía acostumbrarse a ella. Nunca lo haría. Se secó como pudo las lágrimas y se dirigió a la habitación de sus pacientes.

—Señorita del Bianco —le dijo el capitán, apenado—. ¿Por qué está tan triste?

Nina conocía a Marek, al sobrino parlanchín del médico Zbikoski. Era un niño alegre y bastante travieso, pero bueno, ante todo.

—Estoy… muy… —las lágrimas caían a borbotones por sus mejillas—. Triste, capitán.

Adler le cogió la mano y la miró con ojos de cordero degollado.

—Me parte el alma verla así.

Ella levantó la mirada llorosa y lo miró. Una lágrima rodó por su cara a cámara lenta y él la secó con el pulgar sin abandonar su deje.

—Era solo un niño, capitán.

No necesitaba agregar nada más para que él supiera de qué se trataba. Abrió la boca para decirle algo, pero cuando ella se rompió a llorar, la volvió a cerrar de manera automática. Nina apartó la mano y cubrió el rostro con ambas. Adler se puso de pie y la estrechó entre sus brazos.

—Llore, eso le hará bien.

Nina olvidó por completo las reglas del hospital en aquel momento en que obedeció únicamente a las de su corazón. Posó la cabeza en el pecho desnudo del oficial, que, con ternura, le tocaba la cabeza y le susurraba dulces palabras de consuelo.

—No entiendo, capitán…

Había tanto dolor en aquella afirmación y tanta impotencia que él terminó suspirando hondamente.

—*Gott mit uns* —le dijo él, entristecido—. Dios con nosotros, como dice el lema de la *Wehrmacht* en mi cinturón.

Ella se apartó de él y lo miró a través de sus interminables lágrimas.

—¿Usted cree en Dios?

Aquello, en lugar de ofenderlo, le dibujó una sonrisa en los labios mientras trataba de secarle las lágrimas a la italiana con los pulgares.

—Tenía mis dudas, señorita.

Ella lo miró expectante.

—Hasta que la conocí.

Los ojos de la mujer se iluminaron con magnitud.

—Hoy es víspera de navidad —le recordó él con timidez—. ¿Cenaría conmigo?

¿Era víspera de navidad? ¿Cómo lo olvidó? Meneó la cabeza en un gesto negativo. Después miró al oficial con ojos melosos. Sus amigas le habían invitado a salir y ahora sabía la razón. Estaba tan absorta en su trabajo que, simplemente, se olvidó de aquella fecha tan especial que la guerra ofuscó.

—Me encantaría, señor.

Y aquella noche, tras ducharse y cambiarse de ropa, se presentó ante el oficial, que la esperaba con una fastuosa cena.

—Capitán… —murmuró emocionada al ver las velas rojas en la mesilla—, ha pensado en todo.

Incluso los demás pacientes recibieron una cena especial aquella noche. Aquel gesto la conmovió profundamente y también la sorprendió, de cierta manera.

—Comeremos un plato típico de mi país —anunció el alemán con una sonrisa radiante—, ganso asado con ensalada de patatas.

Levantó una botella.

—Acompañado por un buen vino italiano.

Los ojos de la mujer se nublaron ante la emoción.

—Oh, pero usted no puede beber, señor.

—Lo sé, pero usted puede y se lo merece.

La habitación estaba apenas iluminada por las velas y la mayoría de los pacientes ya dormían tras cenar.

—Gracias, capitán.

Él le sirvió un poco de vino.

—De nada, señorita.

Fuera nevaba de manera desapacible y Nina temió no poder volver a su casa tras la cena. Tendría que quedarse a dormir en el hospital, en el frío sofá de la enfermería. Pero valía la pena el sacrificio, se dijo al mirar al alemán.

—Esto se ve delicioso, capitán.

Y lo era. Fue la cena más exquisita que jamás probó en toda su vida. ¡Incluso tuvieron postre! Un trozo de pastel de chocolate que compartieron entre risitas cómplices.

—Amo la tarta de chocolate, señor —le confesó ella tras devorar el último trozo—, es deliciosa.

Adler le limpió la comisura de los labios con el dedo con suma delicadeza y luego se lo llevó a la boca, provocando un cosquilleo indescriptible en el interior de la mujer, que por muy poco no soltó un gemido de asombro ante su gesto.

—Lo es, señorita.

Y de regalo, él le dio una caja de chocolates y un Panettone que había recibido de su madre desde Italia. Nina se ruborizó como una grana.

—No le he traído nada, capitán.

La mano del hombre aterrizó sobre la suya.

—Su compañía es mi mejor regalo, señorita.

Le cogió la mano y depositó un beso en el dorso.

—Feliz navidad.

Nina reclinó la cabeza para darle un beso en la mejilla, pero se mareó y terminó rozándole los labios sin querer.

—Dios mío.

El alemán sonrió.

—Retiro lo dicho, este es el mejor regalo que pudo darme, señorita.

Ella se enderezó y bebió un buen sorbo de su copa.

—Feliz navidad, capitán.

Y fue la mejor navidad para ambos tras muchos años.

Corazón valiente

Unos gritos de desesperación asaltaron el hospital a muy temprana hora del día. El capitán, que acababa de lavarse los dientes con agua oxigenada, puso atención en los gritos que procedían de los enemigos. Con el pelo algo revoltoso, cogió su *Luger* de debajo de la almohada. La metió en la cinturilla de los pantalones y siguió la voz grave que decía:

—¡¿Dónde están los medicamentos?!

Hubo un par de disparos y unos gritos femeninos le indicaron que no fueron al aire, sino en contra de unas personas, que, probablemente, estaban muertas.

—¡Doctor Zbikoski! —gritó Nina con desesperación y aceleró los latidos del alemán a niveles insospechados—. ¡Nooo!

Uno de los agresores, que formaba parte de la resistencia polaca judía, le dio una fuerte bofetada y le abrió una herida en el labio inferior. La sangre le manchó la barbilla lentamente.

—¡Cállate, puta! —le gritó el polaco y la tomó de rehén—. ¡Necesitamos morfina, esparadrapos, alcohol y yodo! —gritó con el arma en la cabeza de la italiana—. La enfermera ya la tenemos —apretujó a Nina contra sí con violencia—. Tú... —le dijo y ella se estremeció.

Adler sintió cómo un escalofrío le recorría de arriba abajo al ver a la enfermera con el hombre de barba prominente y ropas harapientas.

—No te muevas, señorita del Bianco —masculló con los dientes apretados—. Por favor, no se mueva.

El polaco le tocó los pechos con lascivia y dejó muy en claro que, tras conseguir su objetivo, la llevaría para «divertir» a sus camaradas. Aquello alteró todavía más los latidos del alemán.

—Tranquila… —susurró y dio otro paso—. No se mueva, señorita —apuntó el arma hacia la cabeza del polaco—. Soy el mejor francotirador de mi división, pero si fallo —negó con la cabeza—. No puedo fallar.

Bajó las escaleras con cautela para que no lo vieran y calculó cómo podía liberar a Nina de las garras de aquel hombre sin que le hiciera daño. Luego debería acertar a los otros compañeros del partisano para que no tomaran represalias contra los demás.

—¡Arrodillaos! —les gritó uno de los polacos—. ¡Ahora!

Las enfermeras obedecieron sin rechistar anegadas en lágrimas.

—¿Dónde están los medicamentos? —le preguntó a Nina—. Llévame hasta el lugar. ¡Ahora!

La zarandeó con violencia, lapso en que el capitán disparó la primera bala y acertó de lleno su blanco. El hombre cayó de rodillas y se llevó a Nina con él. Los gritos se hicieron presentes, pero Adler consiguió silenciarlos con el poder de la mente y se concentró únicamente en los agresores, que recibieron una bala cada uno en sus cabezas. Nina se taponó las orejas para camuflar los ruidos y cerró los ojos, temerosa de ver a la muerte de tan cerca. El capitán bajó los últimos escalones y observó el sitio con atención. Al parecer, eran solo cinco hombres, todos muertos.

—Señorita… —le dijo a Nina con la respiración muy entrecortada—. ¿Se encuentra bien?

El sudor empapó la frente del alemán, que hizo una mueca de dolor al sentir una fuerte punzada en el abdomen. La italiana soltó un grito agudo cuando él le tocó el brazo.

—¡Nooo!

Lo empujó con violencia y él terminó perdiendo el equilibrio. Cuando miró el esparadrapo que cubría su herida, manchado de sangre, entendió mejor por qué le dolía tanto esa zona.

—¡No me toques! —gritó la mujer, fuera de sí.

El capitán, a pesar de su estado, se arrodilló delante de ella, que estaba sentada al lado del cuerpo del polaco y la abrazó con fuerza.

—Shhh —le susurró y ella dejó de golpearle el pecho—. Ya pasó, señorita del Bianco.

Nina lloró con toda el alma entre sus brazos.

—Me asusté mucho, capitán —le dijo, anegada en lágrimas—. Mataron al doctor Zbikoski, ¡lo mataron!

—Lo siento…

Unos soldados alemanes entraron en el hospital y gritaron palabras que ella no comprendió. Adler apretujó su cabeza contra su pecho para protegerla.

—*Wie fühlen Sie sich²*, Hauptsturmführer? —le preguntó uno de los soldados.

El capitán levantó la cabeza y lo miró fijo.

—*Mir geht es gut.*³

Luego dio una orden y sus hombres asintieron. A pesar de su estado, el capitán cogió a la enfermera en brazos y la llevó hasta su camilla mientras los demás limpiaban todo.

—¿Adónde me lleva, capitán?

Adler se detuvo en mitad de camino para mirarla con aquella dulzura que solo ella le inspiraba.

---

² Como se encuentra?
³ Estoy bien.

45

—A un sitio seguro.

Ella tembló.

—¿A un sitio seguro?

Él le dio un beso en la cabeza.

—Sí, donde yo pueda cuidarla.

Nina abrió los ojos con pereza y trató de enfocar la vista, pero no consiguió. Era como si le hubieran sedado. Movió la cabeza y luego la mano.

—¿Dónde estoy?

Tragó con fuerza la saliva y respiró hondo. Movió la mano y se encontró con algo que la hizo girar la cabeza.

—Dios mío.

El capitán von Schwarz estaba sentado al lado de la camilla con la cabeza recostada en el colchón y los brazos entrelazados bajo ella a modo de almohada. Nina sintió un enorme deseo de llorar y no sabía muy bien por qué. Acarició el pelo dorado del hombre con resquemor. Era tan sedoso y brillante como el oro bajo la luz del sol.

—¿Capitán?

Adler levantó la cabeza lentamente y la miró algo desorientado. ¿Cuántas horas habían pasado desde el ataque de los polacos? ¿Ocho horas? ¿Un día entero? La miró con mucha profundidad, tanta que, ella se estremeció.

—¿Cómo se encuentra, señorita del Bianco?

Nina le tocó la cara cubierta por una prominente barba de dos días y despertó en él cada una de las terminaciones nerviosas existentes en su cuerpo.

—Tiene fiebre, capitán.

Él asintió.

—Ya me volvieron a suturar la herida —le dijo en tono vago—. Dolió mucho más que la primera vez.

Un suspiro se le escapó a la mujer sin querer.

—¿Le dolió?

La otra enfermera no era tan delicada como ella.

—Solo un poco.

La italiana le tocó el centro del labio inferior con la punta del dedo y le robó un gemido.

—Lo siento, capitán.

Adler besó el dedo de la mujer sin apartar la vista de sus ojos un solo segundo.

—Yo también.

Ella buscó su mano y al encontrarla, la entrelazó con la suya con mucha fuerza, entretanto sus miradas se perdían en alguna dimensión paralela muy lejana a la realidad.

—Nina… —le dijo de pronto Mariella—, te necesitamos en el quirófano.

La italiana miró su uniforme manchado de sangre con aprehensión.

—¿Te sientes mejor?

Mariella estaba triste, porque uno de sus amantes había muerto. Tal vez el único hombre que la había tratado con decencia.

—Sí.

Nina se levantó de la camilla algo mareada y se despidió del oficial a toda prisa.

—Permiso, capitán, el deber me llama —le dijo en tono rasposo—. Gracias por haberme salvado —se mordió el labio inferior con nerviosismo—. A todos de una gran tragedia.

Él se puso de pie y le envolvió el óvalo de la cara con la mano. Nina levantó la vista para poder contemplarlo mejor. Era muy alto y ella apenas le llegaba a la altura de los pechos.

—Cuídese y con eso estamos a mano, señorita.

Ella entrecerró los ojos.

—¡Nina! —le gritó la enfermera desde la puerta—. ¡Es urgente!

Nina se apartó del alemán a toda prisa.

—Hasta luego, señorita.

Adler giró el rostro y ella también.

—Hasta luego, capitán —le vocalizó con un nudo en el estómago.

Él tocó su labio inferior en el centro y Nina llevó la mano a su boca en un acto involuntario. Como si, de alguna manera, hubiera sentido aquella caricia en su labio. Se dio la vuelta y se dirigió al quirófano en una nube. Allí operaron a un sargento de las SS que había recibido varios disparos de los soviéticos. Con lágrimas en los ojos, miró al médico que sustituyó al doctor Zbikoski. No había tiempo para lamentar. Los muertos, muertos estaban.

—Nina… —le dijo Mariella, dos horas después—. Tu nazi no está nada bien.

El corazón de la enfermera dejó de latir.

—¿Qué tiene?

El cejo de la enfermera se contrajo.

—Tiene mucha fiebre y la herida no deja de sangrar.

Las palabras de la mujer resonaron como ecos lejanos en la cabeza de la italiana, que salió disparatada hacia la habitación del capitán, el héroe que les salvó la vida.

—Ni siquiera lo disimula —dijo de pronto Francesca—. Está enamorada del nazi.

Mariella encendió un cigarro.

—Ni para ella, ni para nadie —le dijo en tono frío—. Ese nazi no sobrevivirá, Francesca.

Nina se acercó a la camilla del alemán y se sobresaltó al verlo completamente desnudo. Una de sus compañeras le puso unos paños fríos en la cabeza y bajo las axilas. Adler temblaba y decía palabras que ella no comprendía.

—La herida se le infectó, Nina.

La enfermera llamada Ingrid también estaba triste, ya que varios de sus amigos habían muerto tras el ataque de los polacos.

—Lo siento, Ingrid.

Ella no dijo nada. Cubrió las piernas del alemán con la sábana y se retiró sin mirarla. Nina la siguió con la mirada y frunció el entrecejo al evocar su reacción cuando uno de los polacos recibió un disparo.

«Dios mío» se dijo al comprender por qué estaba tan mal. Aquella enfermera conocía a uno de los polacos, tal vez era su pareja o algún familiar. Negó con la cabeza, aquello no podía salir a la luz o pensarían que estaba tras el ataque y sería fusilada al instante.

—Agua… agua… —repetía el capitán.

Nina espantó aquellos pensamientos renegridos y se acercó al alemán con el pulso acelerado. Le empapó los labios con agua y le tocó la frente perlada con ternura.

—Capitán, usted me prometió que se curaría —le dijo con lágrimas en los ojos—. Y no lo está cumpliendo.

Él abrió los ojos con pereza y la miró como si se estuviera despidiendo. Ella negó con la cabeza y se rompió a llorar. Ya no podía más con aquella enorme pena que cargaba dentro.

—Señorita, no me deje solo.

Adler no quería morir solo y menos tras conocerla a ella.

—No lo dejaré, capitán.

A pesar de su estado, él le hizo un hueco a ella en la camilla. Nina se quitó la cofia y el delantal manchado de sangre. Los puso en la silla y se quitó los zapatos antes de acomodarse al lado del oficial.

—No debió poner en riesgo su vida, capitán.

Él la miró con ojos de cordero degollado.

—Fue mi mejor misión, señorita del Bianco.

Ella sollozó con amargura.

—Y será una honra poder morirme en sus brazos.

El dolor se adueñó del pecho de la enfermera.

—No se morirá.

Posó la palma en su pecho sudoroso y enfebrecido con mucha suavidad. Él posó la suya sobre la de ella y cerró los ojos.

—Si me muero, llevaré este último recuerdo como el mayor tesoro de mi vida.

Nina le giró el rostro y capturó sus labios en un profundo beso.

—Era nuestro destino encontrarnos, capitán —le dijo sobre los labios.

Él le devolvió el beso con la misma urgencia, la misma devoción y vesania.

—Era mi destino enamorarme de usted, señorita del Bianco.

Un sollozo se le escapó a la mujer de lo más hondo de su ser. ¿El capitán estaba enamorado de ella? ¿Lo entendió bien?

—No me deje, señorita del Bianco.

Ella lo miró con amor infinito.

—Nunca, capitán —le contestó y le besó como si no hubiera un mañana.

Porque tal vez, no lo habría…

Sin rastros

Nina se lavó los dientes, se peinó y se vistió a toda prisa para volver lo antes posible al hospital junto al capitán que había mejorado considerablemente durante la madrugada.

—Todo saldrá bien —se dijo la mujer tras recogerse el pelo en un moño.

Adler se había quedado dormido entre sus brazos tras abrirle el corazón. El oficial le dijo que nunca se había enamorado antes de conocerla y que ahora, al fin, comprendía las palabras de su madre cuando le hablaba del amor, un sentimiento poderoso que solía cambiar el espíritu de una persona para siempre, según ella.

—¿Qué hice? —se dijo al traer a la memoria los besos apasionados que se dieron en la camilla bajo la penumbra y a escondida de todos—. Nunca sentí nada parecido antes…

Aquello solo podía ser amor.

—No… —se reprochó con firmeza—. Es muy precipitado para... —ni siquiera pudo terminar su frase.

Miró el libro de amor que leía y se ruborizó.

—¿O no?

Mientras se arreglaba la cofia y el delantal, pensó en el capitán y en los días que compartieron desde su internación. Miradas, sonrisas, dulces palabras y tiernas caricias que la hicieron sentir mil emociones que jamás había sentido antes.

—Dios mío…

Llevó la mano al pecho cuando el corazón se le desbocó. Sintió mareo, ganas de llorar, gritar, saltar y tembló como una hoja al mismo tiempo.

—Estoy enamorada —musitó con los ojos llorosos—. Me enamoré del capitán.

Su compañera de piso golpeó la puerta y la sacó de su ensoñación. Se secó las lágrimas a toda prisa y se sorbió por la nariz con fuerza. ¿Alguien se daría cuenta de algo?

—Llegó una carta para ti, Nina.

La italiana salió y cogió el sobre que le tendía Mariella, con una ilusión que no podía esconder.

—Es de él —susurró emocionada—. De Gino, mi hermano mellizo.

Mariella sonrió.

—Está vivo… —se le llenaron los ojos de lágrimas—. ¡Está vivo!

Abrió el sobre con impaciencia y leyó la carta con el corazón en la mano. No tenía muchas líneas, pero suficientes palabras para expresar que seguía vivo y luchando por sus ideales políticos.

—¿Es soldado?

El rostro de Nina se ensombreció un poco. Su hermano era soldado, pero no luchaba por los mismos ideales que sus compañeros. A espaldas de ellos, ayudaba a los que debía considerar enemigos mortales.

—Sí —replicó en un tono de voz revestido de dudas.

«Gino, ¿sigues con los partisanos?» se preguntó y guardó la carta entre las demás. Mariella se dio la vuelta y abrió la puerta.

—Está nevando mucho, Nina.

La italiana metió la caja de madera con las cartas bajo la cama y se levantó. Alisó el delantal y se puso el gabán negro de lana. Rodeó el cuello con la bufanda negra y se puso los guantes para ir al hospital.

—¿Anoche pasó algo con el capitán?

Las mejillas se le ruborizaron como granas a la enfermera ante la pregunta inesperada de su compañera. ¿Vio algo? Tragó con fuerza.

—Debemos apresurarnos —le dijo en tono seco.

Mariella puso los ojos en blanco.

—¡Eres tan mojigata, Nina! ¿No le has dado ni siquiera un beso?

Nina no la miró.

—¡Yo le comía a besos a ese oficial! —exclamó la enfermera, muerta de la risa—. ¡Nina!

El viento helado azotó la cara de Nina cuando salió de la casa. Y la obligó a cubrirse con la bufanda hasta la nariz.

—¡Es broma, mujer!

Se preguntó en ese lapso, si su hermano estaba bien físicamente. Si comía bien y si era feliz. Los ojos se le llenaron de lágrimas al deducir que nadie en su sano juicio podía estar feliz en aquella guerra tan sangrienta.

—Ayer murieron dos enfermeras —le comentó Mariella—. Por culpa de aquellos partisanos hijos de puta.

Nina no dijo nada.

—¿Tú crees que es cierto lo que dijo Francesca?

—¿Sobre qué?

—¿Lo de los nazis y los judíos en los campos de concentración?

El pecho de Nina ardió.

—¿Tu nazi no te dijo nada?

Ella se detuvo en seco para mirarla con cierto reproche y desdén. El viento era cruel, pero no tanto como las palabras encubiertas de veneno de su compañera.

—No es mi nazi —le dijo con severidad—. Y no,

no me dijo nada.

Apretó con fuerza los dientes y los puños.

—¡No te enfades!

—¡Entonces mide tus palabras y tus insinuaciones! —bramó enfurecida.

Mariella la miró con asombro.

—Vale.

«Joder, ¿y a esta que le picó?» pensó la mujer con fastidio.

Nina aceleró los pasos y trató de proteger el rostro del viento helado. Mariella la siguió tras soltar un taco en polaco.

—¿Tu hermano es soltero, Nina?

La italiana se volvió y la miró por encima del hombro con una sonrisa de incredulidad. Mariella le guiñó un ojo.

—Dile que tienes una amiga soltera.

Mariella le rodeó el hombro.

—Y que es muy guapa y ardiente.

—¡Mariella!

—¡No seas mojigata, Nina!

Apretaron los pasos.

—¿Ni un beso? —quiso saber Mariella.

Nina puso los ojos en blanco.

—Está bien, ya no pregunto.

Cuando Nina entró en el hospital, sintió un enorme deseo de subir las escaleras y dirigirse directamente hacia la camilla del capitán, pero debía reportarse antes con la jefa de la enfermería.

—Tu nazi fue trasladado —soltó de repente Francesca—. Estaba muy mal y tuvieron que llevarlo a Berlín a toda prisa.

El corazón de Nina dejó de latir por unos segundos. ¿El capitán empeoró? La tristeza se estampó en su cara de manera inevitable.

—Se ve que es muy importante —acotó en tono sombrío la mujer—. Un grupo especializado de su división lo buscó por órdenes expresas de uno de los hombres más importantes del Tercer Reich después de Hitler.

Mariella abrió mucho los ojos y la boca.

—Pero antes de marcharse, se despidió de Martina —sonrió con malicia—. Creo que no eras la única de su lista, Nina.

Mariella frunció el entrecejo.

—¿Por eso la llamó ayer? ¿A Martina? —apostilló Mariella, confundida—. Ahora entiendo todo.

El corazón de Nina se partió en dos.

—Todos los hombres son iguales —añadió y metió un último puñal en el pecho de Nina—. Lo siento, Nina, sé que te gustaba mucho.

Francesca anotaba algo en un cuaderno.

—Pero a él le gustaban todas —soltó Francesca en tono frío mientras Nina evocaba lo que él le dijo la noche anterior…

—*Llámeme Adler* —*le dijo mientras ella le tocaba la cara con dulzura*—. *Nunca fui un hombre romántico, pero con usted quiero serlo.*

Ella se sonrojó.

—*Solo con usted.*

El carraspeo nervioso de Francesca la devolvió al presente de sopetón.

—Permiso… —les dijo a sus compañeras y se alejó de ambas con lágrimas en los ojos—. Adler… —musitó con un enorme nudo en la garganta—. Solo espero que estés bien.

Francesca y Mariella sonrieron con expresión malévola.

—Pobre infeliz —musitó Francesca—. ¿En verdad creyó que ese nazi la miraría?

Mariella se encogió de hombros.

—Es muy ingenua.

El tiempo de permanencia de los heridos en un hospital de campaña no era superior a ocho días. En el caso del capitán von Schwarz, debido a un problema burocrático, se había prolongado su internación por más de dos semanas. Dos semanas que Nina nunca olvidaría.

—Nadie miente tan bien cuando es el corazón el que habla... —se dijo mientras las lágrimas rodaban por sus mejillas—. La verdad estaba en sus ojos.

Apoyó el cuerpo contra la pared y sonrió al recordar la promesa del alemán cierta tarde.

—Algún día, tras la guerra, volvamos a vernos en Toscana, capitán.

Nadie anularía de su memoria aquellos momentos preciosos que vivió a su lado en medio de la tormenta más cruel de su vida, aquella fría guerra.

«Un día la llevaré a Berlín y daremos largos paseos tomados de las manos».

—Me hizo soñar en medio de esta pesadilla, capitán —musitó con una tímida sonrisa—. Y eso nadie borrará jamás de mi corazón… —cerró los ojos— y mucho menos este sentimiento que nació dentro de mi pecho.

Rememoró cuando ella le curaba, cuando le afeitaba, cuando le leía, cuando escribía sus cartas o se sentaba junto a su cama simplemente para hablar o discutir cuando no quería comer.

—*El amor no tiene lógica* —*le dijo él, tres días atrás*—. *He tratado de entenderlo por todos los medios que conozco.*

Aquel día, sentados en el balcón, observaron por primera vez el atardecer juntos. Adler incluso le cogió la mano cuando ella se distrajo y le dibujó con el dedo la letra «N» en la palma. Nina sintió una explosión de emociones en su pecho y hasta tuvo ganas de llorar. Pero no sabía por qué.

—*¿Y llegó a alguna conclusión, capitán?*

Él la miró con intensidad.

—*El amor y Dios son un misterio, señorita del Bianco.*

El sol iluminó sus rostros con tal resplandor que todos los secretos de sus almas quedaron al descubierto ante sus ojos.

—*Antes no creía ni en uno, ni en el otro* —*le dijo con sinceridad*—, *pero ahora, tras conocerla, tengo mis dudas…*

Volvió al presente con un dolor insoportable en el pecho, el dolor que provocaba el adiós.

—Dos semanas me bastaron para enamorarme de usted, capitán —se dijo mientras trataba de recomponerse—. Solo dos semanas.

Aquellas dos semanas se llenaron de su voz, de su sonrisa, de sus ojos; de su mirada dulce y tierna; del tacto suave de sus manos en caricias involuntarias y de las promesas silenciosas que ambos se hicieron a gritos a través de sus ojos.

—Adiós, capitán —musitó mientras recordaba el dulce balanceo de su mano desde la ventana de su habitación cuando ella se marchaba a su casa—. Espero que sea muy feliz en su vida, como yo, tal vez, nunca lo seré en la mía tras su partida.

Se secó las lágrimas a toda prisa y se dirigió a la habitación de sus pacientes.

—Buenos días… —le saludó al hombre que ahora ocupaba la cama del capitán—. ¿Cómo se siente?

Cuando vio un pelo dorado en la almohada, se le cayó el alma a los pies.

—Permiso… —le dijo al paciente y cogió aquel hilo dorado con manos temblorosas—. Pronto estará mejor —le dijo con una sonrisa forzada.

Sabía que tarde o temprano sus caminos se dividirían, pero, aun así, se le cayó el mundo encima cuando supo de su partida.

—¿Y si no sobrevive? —se preguntó con agonía.

Apretó la mandíbula, frunció el ceño y entornó la mirada.

—Es fuerte, sobrevivirá, me lo prometió.

Nina nunca había creído en el destino, ni en almas gemelas, ni en hilos invisibles que unían las vidas de las personas y mucho menos en amor a primera vista, hasta que el capitán Adler von Schwarz llegó a su vida.

—Me lo prometiste, capitán —musitó y envolvió el pelo en un pañuelo, el que él le había regalado—. Y sé que lo cumplirá —llevó el pañuelo a su pecho—. Mi corazón lo sabe.

Una lágrima rodó por la mejilla de la enfermera; recta, brillante y tibia. Pero esta vez, él no estaba allí para secarla, ni para susurrarle dulces palabras o mirarla como si ella fuera una estrella. Se secó con el dorso antes de que la vieran y se volvió hacia la camilla una vez más, tal vez en busca de alguna pista que él pudo haberle dejado antes de partir, pero no había nada. Solo su ausencia. Con una sonrisa débil, dijo su nombre por última vez:

«Adler».

Y decidió seguir adelante, decidió seguir respirando sin él.

Donde te lleve el corazón

La nieve arropaba los tejados, los bordes de las calles y las praderas de los parques. Hacía mucho frío y las pocas veces que brillaba el sol, Nina salía al jardín del hospital y contemplaba el cielo azul con nostalgia, en busca de aquella sensación sin definiciones que había experimentado al lado del capitán. Pero sin él, era solo un día precioso más en el calendario.

—Un mes —susurró, abatida—. Un mes sin noticias de él —suspiró hondo—. Tal vez ya me olvidó.

Por las noches, cuando no tenía turno, tejía una bufanda concentrada en el ruido del viento violento que golpeaba los cristales de las ventanas de la casa y en sus latidos apenas audibles.

—¿Esa bufanda es para un hombre? —le preguntó Mariella, por detrás.

Nina ocultó la lana en su caja y también las agujas de tejer. Podía decirle que era para su hermano, pero no le gustaba mentir y no lo hizo. Se limitó a mirarla en silencio.

—Cariño, él no volverá —le dijo en tono lastimero. —Se pasó un mes y ni siquiera te envió una carta —negó con la cabeza—. Porque a diferencia de ti, él sabe dónde encontrarte.

Aquellas palabras eran tan ácidas como las miradas que solían lanzarle sus demás compañeras en el hospital, que, de cierta manera, parecían disfrutar de su dolor.

—Si él volviera, sería un verdadero milagro, Nina —le dijo Francesca con sorna.

«Yo creo en los milagros» pensó Nina con una rara sensación en el pecho.

—Al menos te enamoraste —le dijo Mariella con cierta amargura—. Y él, tal vez, en aquel momento, también lo hizo.

Nina la miró con suspicacia.

—¿Por qué te cuesta creer tanto en esa posibilidad, Mariella? ¿Crees que un oficial alemán no tiene alma?

Mariella le tocó la mejilla con afecto.

—Los nazis se enamoran de mujeres como ellos, Nina —había compasión y malicia en su tono—. Tienen una ideología y ni tú, ni yo, ni ninguna de nuestras compañeras están a la altura de ese ideal ario.

Nina apartó su cara de la mano huesuda de su compañera y el gesto sorprendió a la misma.

—Me voy a dormir, Mariella.

Se tumbó en la cama y se cubrió con la manta de lana para ocultar su dolor de los ojos de sus compañeras.

—Eres ingenua si piensas que él volverá por ti —susurró Mariella cerca de su cabeza—. Mejor olvídalo, Nina.

«Nunca podré hacerlo» pensó la italiana con un enorme nudo en la garganta.

Mariela negó con la cabeza.

«¿Por qué te elegiría a ti y no a mí?» se dijo con rabia para sus adentros.

La mujer evocó el día que le lavó su parte íntima y la manera brusca como él apartó su mano cuando se sintió incómodo. Aquel gesto la dejó muy en claro lo que él sentía por ella o, mejor dicho, lo que no sentía. Con ella siempre fue brusco y distante, todo lo contrario, con su compañera, con Nina.

«El capitán von Schwarz nunca volverá, Nina. No vales tanto como para eso».

Apagó la luz.

«*Gute Nacht*, capitán» musitó Nina, antes de cerrar los

ojos.

El fin de semana, ella tomó el tranvía para llegar hasta la isla Kneiphof, en busca de paz mental y emocional.

—Gino... —susurró el nombre de su hermano con morriña—. ¿Dónde estarás?

Recorrió unas tiendas y talleres de artesanía con la mirada teñida de melancolía.

—Me gusta ese gabán rojo —le dijo a la dependienta de una tienda—. Lo probaré.

«Me gustaría regalarle un abrigo rojo que realzara sus ojos y su piel de melocotón» le dijo el capitán, cierta tarde que recorrían el hospital de brazos entrelazados.

—Le queda muy bien, señorita —le dijo la dependienta.

Nina se miró satisfecha en el espejo de cuerpo entero. Llevaba tiempo sin comprarse nada para ella misma. Esbozó una sonrisa carente de alegría.

—Gracias, señorita.

Al salir de la tienda, con el gabán nuevo, se encontró con un mendigo y le cubrió con su antiguo abrigo.

—Gracias —le dijo el hombre y ella sonrió.

—De nada.

Se enderezó y decidió visitar la antigua catedral gótica de la ciudad, donde rezó por su hermano y por el capitán.

—Protégenos de todo mal, señor —rogó con los ojos enrojecidos—. No nos abandones en esta fría y cruel guerra.

Al salir, dio un paseo por la rivera del lago Schlossteich, bordeada de jardines y bellas mansiones suntuosas, aunque un tanto abandonadas.

—¿Cómo será Berlín? —se preguntó, ensombrecida—. Tal vez algún día pueda conocerlo.

Terminó aquel gélido día en una popular confitería del lugar. Tomó una taza de chocolate caliente con galletas de almendra y mazapán, las favoritas del capitán. El sabor del dulce la transportó al pasado de manera irremediable…

—¿Le gusta, señorita?

El capitán había encomendado las mejores galletas de almendra y mazapán del lugar para merendar con ella en el jardín del hospital. Eso sin mencionar el chocolate caliente que ella tanto amaba y que no probaba hacía tiempo.

—Mucho.

Adler le limpió una de las comisuras de los labios con ternura.

—Me alegro mucho.

Ella se sonrojó como de costumbre.

—Gracias por invitarme, capitán.

Él le acarició la mejilla con mucha dulzura.

—Gracias por hacerme compañía.

La realidad era cruel y fría.

—¿Pensará en mí?

Negó con la cabeza.

—Tal vez —se dijo antes de meter la galleta en el chocolate caliente para empaparla, el mismo gesto que hizo con el capitán y que lo maravilló—. Soñar es gratis —sonrió con nostalgia—. Por su recuperación, capitán —dijo antes de meter la galleta en la boca.

Poco a poco fue restableciendo su ánimo y sus fuerzas. No obstante, cada vez que revisaba el paquetito de correo, que casi a diario le entregaban, contenía la respiración con la esperanza de encontrar una carta del capitán. Una carta que nunca llegó.

—Nunca te escribirá —le dijo Francesca con expresión taciturna—. No pensé que fueras tan ingenua, Nina.

—No soy ingenua —se defendió en tono serio.

—Ah ¿no? ¿Piensas que no me doy cuenta de cómo miras la puerta principal del hospital cada día que pasa y cómo tus ojos se te llenan de lágrimas al no encontrar una carta suya?

Había deleite en su tono y en su mirada, pero Nina no se dio cuenta de nada, ya que estaba concentrada en las cartas que tenía en las manos.

—Espero la carta de alguien, pero no es de quién piensas.

Ni siquiera lo nombró esa vez.

—Él nunca te escribirá, Nina —negó con la cabeza—. Probablemente, ni tu nombre recuerda en estos momentos.

El daño que le hacían aquellos comentarios tan venenosos era cruel e inhumano. ¿Por qué les molestaba tanto que soñara? ¿Qué tuviera una ilusión en medio de aquel caos?

—Sí… —le dijo Francesca antes de subir las escaleras con una bandeja repleta de jeringuillas y algodones—, llegara a escribirte, enciende una vela en la catedral donde sueles ir los fines de semana.

Había maldad y cizaña en aquellas palabras.

«Lo haré» pensó ella con firmeza.

Nina entró en la sala de enfermeras una vez terminada la visita con el especialista. Llevaba las fichas con las nuevas prescripciones para actualizar la planilla de los medicamentos.

—Han llamado hace un rato de recepción —le dijo una de las nuevas compañeras—. Un oficial alemán pregunta por ti.

El corazón de Nina brincó en su pecho al oírla.

—Un comandante.

Y su alegría se esfumó de un plumazo, convirtiéndose en una duda gigantesca.

—¿Un comandante alemán?

La mujer asintió sin mirarla.

—Sí, un comandante —reiteró—. Tal vez sea el superior de los soldados que atendiste días atrás.

La luz iluminó al fin la mente obnubilada de Nina.

—Ah, es cierto, los soldados alemanes.

La chica asintió mientras continuaba apilando mecánicamente gasas en una caja.

—¿Y no te ha dado su nombre?

¿Qué le diría? Ella ni siquiera entendía su idioma. Tal vez le pediría el diagnóstico de sus hombres. Sí, eso era lo más probable.

—No, Nina.

La italiana se encogió de hombros.

—Gracias.

Cuando apareció por el recodo de las escaleras, vio un par del personal sanitario y heridos convalecientes fumando cerca de la puerta. Hablaban y reían entre ellos, parecían felices, ya que estar allí era como estar de vacaciones de la guerra.

—Hola, Nina —le saludó el soldado Giovanni del Piero detrás del mostrador.

—Hola.

No tardó en fijar la vista en la llamativa figura de uniforme verde gris frente a una ventana. Miraba fuera a través del cristal. Una figura alta y firme, que tenía las manos enguantadas, entrelazadas por detrás de la espalda, la cabeza tocada por la gorra de plato y el abrigo largo bajo el que asomaban las botas brillantes.

—Ese oficial nazi pregunta por ti —le dijo el soldado y sonrió.

El hombre se volvió y la tierra se tambaleó bajo los pies de la mujer. Mariella acababa de entrar en el hospital y miró al oficial con la misma expresión que Nina.

—Dios mío… —musitó con la voz enronquecida.

A Nina le dio un vuelco el corazón.

—Señorita del Bianco… —le dijo Adler con una sonrisa melosa en los labios.

Su compañera estaba equivocada, él no solo recordaba su nombre, sino también su dirección. Se miraron con mucha intensidad mientras todo alrededor se había paralizado, como si allí estuvieran solo ellos dos.

—Capitán von Schwarz —musitó en tono bajito y con lágrimas en las cuencas de los ojos—. ¿Es usted?

Él esbozó una sonrisa encantadora.

—Soy yo, Nina.

Y su nombre brotó de sus labios como una hermosa letanía celestial.

—Adler… —masculló ella y una lágrima rodó por su mejilla encendida.

Una lágrima que él rescató con su pulgar enguantado

—Aquí estoy —le dijo emocionado—, por ti.

En las alas del águila

El rostro del oficial von Schwarz se iluminó con una radiante sonrisa nada más verla cerca de las escaleras, conmocionada a causa de la sorpresa. Se quitó la gorra y avanzó hacia ella.

—Señorita del Bianco… —le dijo en tono suave.

La mujer se estremeció ante la fuerte emoción que sentía. Quería gritar, saltar y llorar al mismo tiempo. Lo miró con embeleso como si estuviera ante un ángel de Dios. Apretó los puños para no saltar a sus brazos y llenarlo de besos.

—Capitán von Schwarz —musitó en tono bajito y con lágrimas en las cuencas de los ojos—. ¿Es usted?

Temía estar soñando y él, de cierta manera, también.

—Soy yo —le dijo con el tono enronquecido—. Nina.

La última vez que se vieron, ella le pidió que la llamara por su nombre. Y él le pidió lo mismo.

—Adler… —masculló y una lágrima rodó por su mejilla encendida.

Él la secó con el pulgar enguantado.

—Aquí estoy —le dijo con los ojos brillantes—, por ti.

El oficial contuvo el impulso de abrazarla y besarla como la última vez que se vieron. Si no fuera por su uniforme y el de ella, lo haría, con tal pasión y agonía que la dejaría sin aliento.

—Me dijeron que era un comandante... —balbuceó

Nina.

Él se señaló las hombreras.

—Recién ascendido.

Los ojos de Nina brillaron y los de su compañera se oscurecieron de envidia. Adler le enseñó la cruz de caballero que lucía en el cuello con una sonrisa menos radiante que minutos atrás cuando la vio.

—La recompensa por mi misión en Rusia.

El orgullo brilló en los ojos de la mujer.

—Enhorabuena, comandante.

Los ojos del oficial se revistieron de una rara emoción al escucharla.

—Pero me falta la más importante de todas las recompensas.

Esta vez los ojos de la mujer se tiñeron de una emoción que no tenía definición alguna.

—¿Cuál?

La manera en cómo la miraba, dejó muy en claro, ante los ojos de todos, lo que aquel importante oficial nazi sentía por la humilde enfermera.

—Tú.

Las lágrimas nublaron la vista de la mujer.

—Oh, Dios…

La quiso abrazar y besar, pero no podía hacerlo para evitar escándalos. También quiso traerle flores y chocolates, pero debía respetar ciertas reglas impuestas por sus trabajos.

—Te eché de menos cada día —le confesó y ella tembló—. Los treinta y siete días lejos de ti fueron los más penosos y duros de mi vida.

Nina sonrió al fin, de oreja a oreja y dejó caer unas lágrimas que él las secó con suma delicadeza.

—¿Lloras de alegría o de pena? —le preguntó con una sonrisa.

La felicidad se había instalado en su pecho y

expulsado a la amarga tristeza que le dejó su ausencia.

—De felicidad...

El oficial le cogió la mano y depositó un beso en el dorso con los ojos entrecerrados.

—Me dieron el alta hace unas semanas, pero solo ahora me siento bien.

Los labios de la mujer temblaron sin parar.

—Solo ahora me siento vivo, Nina.

El oficial le invitó a dar un paseo aquella tarde, ya que tenía el día libre y quería pasarlo con ella lo máximo posible. Dubitativa, al inicio, quiso poner excusas, pero él se adelantó:

—Hablé con tu jefe y él te dio permiso —se adelantó él con una media sonrisa—. Le prometí medicamentos y nuevos uniformes para los sanitarios a cambio —los ojos de la mujer se agrandaron—. No fue un chantaje —le aclaró—, bueno, un poco —sonrió con picardía.

La sonrisa de la mujer se adueñó por completo de su cara.

—Tienes el día libre, Nina.

Francesca observó con incredulidad la escena que pasaba ante sus ojos.

«No puede ser» pensó con un sabor muy amargo en la boca.

—Ha pensado en todo, capitán.

Él la miró con aprehensión.

—Comandante —se corrigió ella y el carraspeo del alemán la hizo sonreír—. Adler.

El oficial la miró con mucha devoción.

—No en todo, Nina.

La confusión apareció en la mirada de la italiana.

—¿No? —le dijo ella mientras se quitaba la cofia y el delantal.

La manera en cómo él la miraba la desarmó entera y apenas pudo ponerse el gorro.

—No calculé algo.

Ella se acercó a su abrigo y se lo puso. Volvió sobre sus pasos y lo miró expectante.

—¿Qué cosa no calculaste?

Su tonillo aniñado acarició el corazón del hombre.

—Esta alegría enorme que siento al tenerte a mi lado.

Las mejillas de la italiana se sonrojaron.

—Soñé día tras día con este encuentro, pero la alegría que experimenté en mi soledad no se puede comparar con esto que ahora mismo siento al tenerte tan cerca.

Nina quiso decirle algo similar, pero las palabras fueron sustituidas por las lágrimas.

—No llores, que terminaré llorando contigo y podrían sancionarme severamente por demostrar debilidad —se burló y ella rio entre lágrimas—. Me gusta cuando sonríes.

Nina miró la puerta.

—¿Nos vamos?

Él asintió y acto seguido, salieron del hospital lado a lado.

—Me gusta tu abrigo —le dijo Adler en tono suave—. El rojo te sienta maravillosamente bien.

Y sus mejillas iban a juego.

—Gra… gracias.

Un soldado se acercó a él y le preguntó algo.

—Volveré en unas horas —le dijo en tono firme y él le dedicó el saludo hitleriano, al igual que dos hombres más que estaban al lado del lujoso coche de Adler—. Heil, Hitler! —contestó con la misma efusión.

Verlo con aquel uniforme tan imponente y dando órdenes a sus hombres la intimidaron mucho. Se reclinó a su altura y le susurró cerca del oído.

—¿Me has echado de menos?

Por muy poco, Nina no perdió el equilibrio al sentir el aliento cálido y mentolado del oficial en su piel.

—Mucho —le dijo con sinceridad y con unas inoportunas lágrimas en las cuencas de los ojos—. Pensé que no volvería a verlo jamás.

La miró con reproche.

—¿Perdona?

—Verte —se corrigió ella.

El oficial la miró con expresión interrogante.

—Te dejé un mensaje con una enfermera antes de partir —al ver la expresión de sorpresa de Nina, supo que ella nunca recibió tal recado—. Y también te dejé una esquela con una mujer llamada…

El alemán no conseguía recordar el nombre, pero ella rellenó su olvido con uno que le pareció bastante familiar.

—¿Martina?

Él asintió con un movimiento de su cabeza.

—Sí, con ella. ¿Te la dio?

Nina no quería comprometer a la mujer, y menos porque no estaba del todo segura si ella, inocentemente, entregó la esquela a Mariella o a Francesca.

—Ella fue trasladada al día siguiente —mintió.

Y él lo supo al instante, pero no alargó el tema, porque el hecho de que sufrió por su ausencia y por la incertidumbre de si volverían a verse o no, le alegró, de cierta manera.

—Estuve en una misión —le confesó él mientras caminaban rumbo a la cafetería más cercana.

—¿Te enviaron a pesar de tu estado?

Su preocupación endulzó aún más el corazón del oficial.

—Una semana después de que me dieran el alta, en realidad.

Nina quería preguntarle tantas cosas, pero la timidez se lo impidió. Adler fue un poco más osado y le cogió la mano enguantada con discreción, consciente de que había más de una enfermera observándolos en alguna parte del hospital. Nina se estremeció de frío y se maldijo para sus adentros al olvidar coger su bufanda. Él se detuvo para rodearle el cuello con la suya, que olía maravillosamente bien.

—Gracias.

Él sonrió con ternura y le dio un beso en la frente, que la hizo suspirar hondo. La barba de más de un mes le provocó cosquillas, pero no en la piel, precisamente.

—De nada.

Nina sintió unas tremendas ganas de girar el rostro hacia el hospital, pero no lo hizo. No quería estropear aquel dulce momento.

—¿No te afeitaste en todo este tiempo?

Adler cogió su mano y besó la palma con afecto. Ella sonrió.

—Solo tú puedes hacerlo.

Aquello la obligó a suspirar por segunda vez, transportándola directamente al día que lo hizo por primera vez.

—Lo haré encantada.

Cogidos de la mano, se dirigieron a la cafetería donde estuvieron dos horas entre charlas y risas.

—¡No puedo creerlo! —se burló Nina al escuchar sus anécdotas con la enfermera que lo atendió en Berlín—. ¿Es broma?

Adler bebió un sorbo de chocolate caliente y luego se limpió los labios con suma delicadeza con la servilleta.

—¡Te lo juro! —rio entre dientes—. Esa mujer, con tal de verme el trasero, ¡se inventaba excusas!

Ella dejó de reírse.

—Supongo que era muy guapa.

«Y aria de pura cepa» pensó con tristeza. Adler le cogió las manos y la miró con ternura.

—No estaba mal para sus sesenta años y sus cien kilos —se mofó él y una carcajada sonora estalló en el pecho de la italiana—. Ninguna era como tú, Nina —le dijo con mucha seriedad y ella dejó de reír—. Y, aunque estábamos muy lejos, cada vez que una enfermera se acercaba a mi camilla, te buscaba a ti en ella —su voz se apagó—, y cuando volvía a la realidad, el corazón se me volvía a partir en mil pedazos.

Un enorme nudo se le formó a la mujer en la garganta.

—¿Y sabes que hacía antes de dormir todas las noches para que la pena fuera soportable?

Ella negó con la cabeza y con las lágrimas a punto de rodarle las mejillas.

—Rezaba como lo hacíamos juntos antes de que te marcharas a tu casa.

¿Lo recordaba? ¿Él también rezaba como ella cada noche? Aquello la dejó sin aliento.

—¿Por qué no me escribiste? —al fin le preguntó y con mucha pena en la mirada.

Él podía mentirle e inventarle una excusa, pero no podía herirla más de lo que ya estaba tras su partida y su silencio. Le dio un dulce apretón sin desviar los ojos de los suyos un solo segundo.

—Cuando estamos en una misión, no se nos permite escribir a nadie, pero… —se apartó de ella y cogió algo de su abrigo—. Te escribí treinta y siete esquelas —le alargó un sobre de color blanco con el sello de su división—. Esquelas oficiales —le aclaró con una sonrisa ladeada—, en todos esos días solo pensé en ti, —ella llevó el sobre a su pecho—, y las pruebas están en tus manos.

Nina se sintió tan pequeña ante lo que sentía por él, que temió desaparecer de un momento a otro.

—No hubo un solo día que no pensé en ti —le confesó ella con un nudo que no sabía dónde mismo se encontraba—. En cómo estabas, si comías bien, si me recordabas o si ya…

Él negó con la cabeza y la interrumpió.

—Nunca podría olvidarte —le dijo con ímpetu—. No tras entregarte mi corazón aquella noche.

Ella ahogó un sollozo.

—Porque cuando me marché, él se quedó aquí, contigo.

Le secó las lágrimas con un pañuelo de seda que olía a él.

—Al lado del tuyo, amor mío.

¿Amor mío? ¿Lo escuchó bien? Una corriente eléctrica la recorrió de arriba abajo erizándole cada vello existente en su cuerpo. Él quería abrazarla y besarla, pero el lugar estaba repleto de personas curiosas. Nina era demasiado tímida y podría tomar mal su gesto. No quería adelantarse a nada, quería conquistarla hasta que ya no pudieran más seguir separados el uno del otro.

—Ven —le dijo tras levantarse—. Daremos un paseo —dejó un billete generoso en la mesa.

Ella se secó las lágrimas, guardó el sobre en su abrigo, se puso la bufanda y cogió la mano que él le tendía.

—Gracias.

Dieron un paseo por un parque y hablaron de muchas cosas. Rieron y bromearon sobre otras tantas. El tiempo pasó en un suspiro y él debía volver al cuartel para terminar unos asuntos pendientes que requerían su presencia.

—Te acompaño hasta tu casa, Nina.

«Llévame a dónde quieras» pensó ella con el corazón encogido.

—Me encantaría, Adler.

Se levantaron del banco de la plaza desértica por aquellas horas y se cogieron de las manos. Adler le apretujó con ternura y ella le devolvió el gesto. Ambos sonreían de oreja a oreja, pero la poca luz mantenía en secreto la alegría que les provocaba el hecho de estar juntos.

—Vivo aquí —anunció ella, a pocas manzanas del

parque.

Adler lamentó el hecho de que fuera tan corto el paseo y mal podía esconderlo.

—El fin de semana estaré libre —le dijo con una sonrisa radiante—. Podríamos dar un paseo por aquella isla que tanto te gusta, Nina.

¿Pasear por aquellas callejuelas con él y cogidos de la mano? ¡Sería un sueño! Ella asintió con expresión de embeleso. Él no pudo evitar alargar la mano y tocarle la mejilla encendida justo cuando unos copos de nieve empezaron a caer sobre ambos.

—Buenas noches —dijeron de pronto Mariella y Francesca.

Ambas acababan de salir del trabajo y tenían muy mala cara. Nina se sonrojó aún más, pero no de emoción, sino de rabia. Aquellas dos inventaron lo de Martina por pura maldad. Adler notó cómo el rostro de Nina se contraía. ¿Estaba molesta? Miró a las mujeres de reojo.

—Buenas noches —les dijeron ambos en un tono muy vago.

Ambas murmuraron algo y Nina sabía que no era algo bueno. Les corroía la envidia y la maldad por las venas.

—Entonces, ¿nos vemos el fin de semana, amor mío?

¿Amor mío? ¿Lo dijo otra vez? ¿Por qué no era atrevida como sus amigas? ¿Por qué no le bajaba la cara y le daba un beso para inmortalizar aquel día maravilloso? ¿Por qué era tan tímida?

—Sí.

¿Sí? ¿Solo sí? ¡Vaya! ¡Podía ser más expresiva! Pero no conseguía serlo, al menos no con él. ¡Dios! Ya no tenía quince años.

—Buenas noches, mein Liebling —le dijo él y le dio un beso en la frente—. Cariño mío —le aclaró y ella sonrió.

Mariella y Francesca los vigilaban desde la ventana,

bajo la oscura penumbra. Ambas negaron con la cabeza. ¿En verdad aquel atractivo e importante oficial estaba interesado en ella? ¿En una vulgar y tonta enfermera italiana?

—Buenas noches, Adler.

Él le besó la punta de la nariz.

—Sueña conmigo, como yo todas las noches lo hago contigo.

Ella no consiguió replicarle.

—Y abrígate bien —le recomendó tras mirar la casa—. ¿Tenéis calefacción?

Ella negó con la cabeza.

—Tenemos buenas mantas de lanas y una vieja estufa salamandra.

Él le arregló la gorra.

—Les conseguiré una nueva y más mantas de lana —le prometió en un tono muy dulce—. O tendré que llevarte conmigo.

«Llévame ahora mismo» pensó ella con expresión bobalicona.

—Mañana te enviaré algunas cosas, amor mío.

Y otra vez la llamó de aquel modo y otra vez se estremeció.

—Gracias.

Quiso decirle tantas cosas, pero ante la emoción, enmudeció.

—Descansa, mein Liebling.

Ella asintió y cuando pretendía devolverle la bufanda, él se lo impidió con un suave movimiento y le dijo que ahora era suya.

—Dulces sueños, Adler.

Él le dio un beso largo en la cabeza.

—*Träum was Schönes*, mein Engel —le dijo en tono meloso—. Dulces sueños, mi ángel.

Ella deslizó a cámara lenta su mano de la de él.

—Gracias.

Se dio la vuelta con el pulso acelerado y se marchó con las manos metidas en el abrigo. Miró hacia la casa, consciente de que sus colegas la estaban espiando. Y a pesar de ello, se volvió hacia el alemán y gritó:

—¡Adler!

Él se detuvo en seco y la miró con el corazón en la garganta.

—Espera.

Caminó hasta el alemán con cierta dificultad, ya que la nieve era bastante tramposa y se puso delante de él. No pensó, porque si lo hacía, no haría lo que tanto deseaba desde que lo volvió a ver.

—Bésame por todos los días que no lo hiciste.

Y con una sonrisa encantadora, Adler reclinó la cabeza y la besó por todos los días que no pudo. Nina levantó los brazos y le rodeó el cuello para no perder el equilibrio. Se besaron con mucha pasión y añoranza, despertando los celos de sus compañeras que gruñeron ante la sorpresa. El oficial profundizó la caricia y Nina no le fue indiferente, al contrario, le devolvió cada beso con el mismo éxtasis.

—Nunca será suficiente, Nina —le dijo sobre los labios hinchados—. Ni el resto de nuestras vidas lo sería…

Le rodeó con el abrigo negro para protegerla del frío y hundió la lengua en su boca con cierta desesperación. Nina gimió en su boca, en especial cuando él la apretujó con posesión contra su fuerte cuerpo.

—No quiero sentir aquel dolor nunca más, Adler —le suplicó mientras él le lamía los labios—. Tu ausencia fue mucho más dolorosa que una bala en el corazón.

Adler succionó sus labios con melosidad.

—He recibido varios impactos durante mi carrera como militar —le dijo sin dejar de besarle—, ninguno dolió tanto como estar lejos de ti, Nina.

Tras esa declaración, ya no hubo palabras, solo besos y abrazos que parecían no tener fin.

El infierno nazi

Adler y Nina tomaron el tranvía para llegar hasta la isla Kneiphof aquel espléndido sábado. Recorrieron sus estrechas callejuelas cogidos de la mano como dos enamorados. Visitaron la antigua catedral y encendieron una vela juntos mientras se miraban con embeleso.

—Doy gracias a Dios por haberte puesto en mi camino —le dijo él con una amplia sonrisa—. Literalmente hablando.

Nina sonrió.

—Yo también agradezco ese día, aunque no lo que te pasó —le aclaró y esta vez él sonrió.

Adler le tocó la mejilla con ternura.

—Soy un hombre feliz, Nina.

Los ojos de la mujer se llenaron de lágrimas. La dicha que sentía en el corazón era indecible.

—¿Sí?

Le dio un beso en los labios.

—Pero solo a tu lado.

Ella cerró los ojos.

—Solo a tu lado —repitió para sus adentros, emocionada como una adolescente.

«No durará, la follará y la dejará» le dijo Francesca a Mariella la noche anterior, sin percibir que ella seguía despierta.

—¿Pasa algo?

Abrió los ojos de par en par y miró al hombre con

ojos vidriados de emoción. Tal vez no duraría para siempre, pero mientras lo hiciera, sería eterno. Algunas historias no necesitaban mucho más para ser inolvidables.

—Nada, no pasa nada.

Adler le acarició la mejilla con suavidad y sintió el calor de su piel en la palma.

—Tienes un poco de temperatura —resaltó, preocupado.

—No es nada, comandante.

—Mmm…

—Disfrutemos del hermoso día —le propuso ella—. Las horas que podemos estar juntos son limitados.

—Lo sé y lo lamento enormemente.

Ella lo miró con expresión melosa.

—Por fortuna perteneces a un rango superior y tienes ciertos privilegios.

Volvió a rozarle el dorso por la piel encendida y no pudo evitar fruncir el entrecejo en un gesto de preocupación.

—Es verdad, cielo.

Salieron del recinto sagrado y dieron un paseo cogidos del brazo por la elegante rivera del lago Schlossteich. El lugar parecía más vistoso aquel día, como si la compañía del alemán lo hubiera cambiado por completo ante los ojos de Nina.

—Me recuerda un poco a mi casa en Berlín.

Nina miró maravillada la mansión estilo gótico a un lado.

—¿Sí?

Las personas los miraban atentos, o mejor dicho, lo miraban a él con cierto resquemor. Adler era un hombre muy llamativo, con o sin aquel uniforme, pero, sin lugar a duda, en aquel caso, era la ropa que llevaba el motivo que llamaba la atención de todos.

—Pronto la conocerás, mi amor.

Una sonrisa bobalicona imperó en los labios de la mujer cuando la llamó «mi amor». Quería evitar reaccionar de aquel modo, pero le era inevitable.

—¿Pasa algo?

Ella negó con la cabeza sin abandonar su deje de sorpresa y embelesamiento. Adler sonrió al comprender por qué estaba así.

—Eres mi amor, Nina —le repitió con una dulzura encantadora—. Mi único amor.

—¿Tu único amor?

Él tocó la mejilla con ternura.

—Sí, antes de ti nunca sentí esto.

—Oh.

Se dieron un apasionado beso, sin preocuparse en ser el centro de atención de los demás. En aquel gesto espontáneo y bastante mortal, Adler von Schwarz, por unos minutos, se olvidó de quién era y el uniforme que llevaba puesto. En aquel momento, era simplemente un hombre enamorado.

—Como tú eres el mío, Adler.

Se abrazaron con mucho afecto. Nina posó la cabeza en su pecho y cerró los ojos mientras escuchaba los latidos del corazón del alemán. Cada uno, según él, le pertenecía solo a ella.

—Mi único amor.

Adler le apretujó la cabeza contra sí y sonrió emocionado al escucharla. El sol potente de aquel día dibujó en el suelo la imagen de ambos, fundidas en un solo cuerpo.

—Tienes fiebre, cielo —le dijo con el ceño fruncido—. Ven, sentémonos allí.

Escogieron un banco bajo una farola para sentarse.

—Gracias —le dijo ella cuando él le cedió el paso.

El alemán pasó el brazo por los hombros de la mujer que amaba y ella se acurrucó al calor de su cuerpo.

Tosió con dificultad y lo alarmó.

—¿Te duele la garganta?

—Un poco.

Reposó la mejilla en su pecho y siguió el ritmo de su respiración. Él le ronroneó dulces palabras y le besó la cabeza con mucho afecto.

—Tengo una receta casera infalible para este resfriado —le dijo él en tono suave—. Vámonos, te lo prepararé.

Ella levantó la mirada y lo observó por unos instantes con escepticismo. ¿Era real todo aquello o estaba soñando? Levantó la mano y le tocó la cara sin abandonar su deje de incredulidad. Sonrió y luego se puso seria.

—Tengo miedo de despertar de este sueño, Adler.

Él le besó con ternura y el sabor a café que desprendía sus carnosos labios color fresa la extasió.

—Yo también, mi amor.

Ella lo miró con escepticismo.

—¿Tú también?

Él le besó la frente.

—Como cualquier hombre enamorado.

A lo lejos, alguien empezó a tocar una dulce melodía de Bach. No sabían si era alguien que estaba ensayando o simplemente dedicándoles a todos los enamorados que la escucharan. Adler se levantó y le tendió la mano con suma delicadeza.

—¿Me concederías esta pieza?

Nina miró a los costados y luego a él con expresión divertida.

—No debe importarte lo que otros piensan o no de ti, mein Liebling.

—Es que…

—Estás conmigo.

Le temblaron las rodillas cuando él la pegó a su cuerpo con tal posesión y determinación que sintió un estallido en el corazón ante la fuerte emoción.

—No debes tener miedo cuando estás conmigo.

No hubo una sola terminación nerviosa de su cuerpo que no reaccionara a su mirada cargada de sentimientos.

—No lo tengo, ya no.

Bailaron como si estuvieran solos en algún salón de baile.

—Nos miran —le dijo ella, sonriente.

Adler no solo era el mejor de su división, sino también un excelente bailarín. ¿Había algo que aquel hombre no supiera hacer?

—Nos admiran —le aclaró y la giró con gracia—. Nunca vieron a una mujer más hermosa y encantadora que tú.

Nina sonrió.

—Creo que te miran a ti, entonces.

Él se detuvo para mirarla y, acto seguido, reclinó la cabeza para darle un apasionado beso.

—Mejor nos vamos —le dijo con expresión preocupada—. No me gusta esa fiebre.

Nina acurrucó su cara en su pecho.

—Es solo una fiebre pasajera, no te preocupes.

Adler la apretujó contra sí con mucha suavidad.

—Tú eres mi mundo, Nina. ¿Cómo no preocuparme?

El sol recortaba sus figuras y expandía por el suelo la unión perfecta de sus almas en una sola.

—A descansar, señorita del Bianco.

La cogió en brazos de repente y le robó un grito ante el susto.

—Puedo caminar, comandante.

Él negó con la cabeza a la vez que le rozaba la nariz con la suya.

—Hoy no.

La llevó hasta la parada del tranvía, a unos dos kilómetros de distancia de allí.

—¿No peso mucho?

Él negó con la cabeza.

—Descansa, mein Liebling.

Nina acomodó su cabeza en su hombro y cerró los ojos para no despertarse de aquel maravilloso sueño. Las personas se alejaban del alemán de altura aventajada y mirada impenetrable que caminaba por las calles con tal firmeza que parecía estar desfilando en alguna ceremonia especial del ejército.

—Mein Engel —susurró cerca de los labios de la mujer—. Mi ángel.

En el tranvía, con Nina en brazos y sentado en el asiento, se puso a observar el lugar a través de la ventanilla. La ciudad estaba tan destruida como la suya, pero ahora, tras conocer a la italiana, incluso los escombros parecían obra de arte ante sus ojos.

—Adler… —musitó ella y le robó la atención por completo—. Te quiero.

La sonrisa que afloró en los labios del alemán no podía ser más radiante y magnánima.

—Yo también te quiero.

Le dio un beso en los labios y ella abrió los ojos con cierta pereza.

—Pensé que estaba soñando… —musitó ella.

Él negó con la cabeza.

—Entonces los dos estamos soñando…

Ella le tocó la cara ensombrecida un poco por la barba dorada.

—Es real.

—Lo es.

Se miraron con ojos soñadores el resto del viaje, como si los demás fueran en blanco y negro y solo ellos dos en colores.

—Llegamos —anunció él.

Bajaron del tranvía y se dirigieron a la casa del alemán. Nina observó maravillada la casa que le asignaron cuando llegó a Varsovia. Era de dos plantas, rodeada de árboles y una pletórica galería repleta de jarrones de flores. Adler la cogió de la mano y la llevó dentro.

—¡Qué bonita es tu casa!

Él sonrió de lado.

—No es mi casa.

Su voz sonó melancólica.

—Ah —le dijo ella con pesar mientras se quitaba el abrigo con su ayuda en el recibidor—. Es como la mía, solo vivo allí, pero no me pertenece.

Él le tocó la mejilla con ternura.

—Sí —la miró con insistencia—. Tienes mucha fiebre.

—Es solo un resfriado.

Él negó con la cabeza.

—Mi nana dijo eso y murió meses después.

Nina no sabía qué le impresionaba más, si el hecho de haber tenido una niñera o que ella muriera como consecuencia de un resfriado. Adler se dio cuenta de su sorpresa y le explicó de dónde procedía mientras la llevaba a su habitación en brazos.

—¿Eres un futuro duque?

Él asintió antes de abrir la puerta.

—Te encantará conocer a mi madre —le aseguró sonriente y cruzó la puerta.

La tumbó en la cama con suma delicadeza.

—¿No te avergüenza que sea solo una enfermera?

Adler se acuclilló a su lado y la miró con ojos soñadores a la vez que le tocaba la cara.

—Eres lo mejor que me ha pasado en la vida —le dio un dulce beso en los labios—. Estoy orgulloso de ti —se levantó y le cubrió con la manta.

¿Pensará de la misma manera su madre? El miedo se extendió por todo el cuerpo de la mujer y la hizo temblar.

—Descansa.

La habitación era acogedora y bien calentita, Nina no necesitaba ponerse medias de lana para calentar los pies como todas las noches en su habitación. Sus compañeras no compartían la estufa salamandra con ella, detalle que ocultó del alemán.

—Te prepararé el té —le dijo tras poner más leñas en la chimenea—. No tardaré —se dio la vuelta para mirarla—. La encargada de la casa dejó todo preparado —miró de reojo la chimenea—, también una rica cena.

Eran de mundos distintos, claro estaba. Nina aprendió desde niña a hacer las cosas, nadie nunca hizo nada por ella desde que tenía unos ocho años. Adler, a su vez, estaba acostumbrado a que le sirvieran, le cuidaran y le atendieran desde que nació.

—Gracias, mi vida —le agradeció ella con timidez.

Él se acercó y le besó la frente.

—De nada, vuelvo enseguida.

Bajó al primer piso y le preparó el té milagroso de su abuela. Nina olisqueó la almohada y reconoció al instante el perfume del oficial en la tela. Cerró los ojos y sonrió emocionada. ¡Estaba en la casa de Adler! ¡En su cama! Sus amigas ya hubieran hecho otras cosas, pero ella prefería esperar el momento adecuado. Aún no sabía cómo decirle a él que nunca había estado con un hombre, que era virgen.

—No huele muy bien —anunció él al entrar en la habitación—, y lamento decirte que tampoco sabe muy bien —sonrió.

Nina se sentó y cogió la taza entre las manos.

—Gracias, seguro no sabe tan mal.

Estaba equivocaba, ¡sabía a los mil demonios! Pero como él lo preparó, tenía un sabor especial, malo, pero especial, al fin y al cabo.

—¿Te duele la cabeza?

Como enfermera sabía que un resfriado tenía sus etapas y aquel era la primera.

—Un poco.

Adler se quitó la guerrera, los tirantes y el cinturón. Nina se estremeció mientras observaba cada uno de sus gestos. Cuando se agachó para quitarse las botas, su pelo cayó hacia delante y cubrió parte de su frente.

—Es un poco tarde —le instó ella.

Adler levantó la mirada.

—Te llevaré dentro de una hora a tu casa, meine Kleine.

«Mi pequeña», siempre la llamaba así cuando notaba que el nerviosismo se adueñaba de ella.

—Quiero que mejores antes de mi partida a Berlín.

Y eso sería al día siguiente. Nina se entristeció y él también.

—Ah…

Bebió un sorbo y luego otro con mucha dificultad, sin apartar la vista de él un solo segundo. Adler caminaba con tanta seguridad y tanta firmeza. No era como los soldados italianos, no, era más imponente que todos ellos juntos.

—¿Tardarás mucho?

Él colgó la guerrera en el armario y luego posó el arma en la mesilla de luz junto con la cruz de hierro y su reloj de pulsera.

—Una semana.

Era mucho tiempo para un corazón enamorado. Nina se mordió el labio inferior con impaciencia mientras él cogía algo del armario. Tras meditarlo bastante, soltó en un tono apenas audible:

—¿Puedo quedarme contigo esta noche?

Los ojos del alemán brillaron con intensidad.

—Me encantaría.

No había segundas intenciones en aquella afirmación, solo afecto y dulzura.

—Pero…, no… —ella tartamudeó con las mejillas muy encendidas.

El oficial se acercó y se sentó a su lado.

—Dormiremos juntos —le aclaró él en tono suave—, abrazados, pero vestidos —sonrió con picardía—. No tengas miedo.

Todo el cuerpo de la mujer se relajó.

—Te daré una de mis ropas de dormir para que duermas más cómoda.

Ella posó la mano sobre la de él y lo miró con expresión bobalicona.

—Gracias, mi amor.

Adler se reclinó y le dio un besito en la nariz.

—A ti por este regalo.

Aquel hombre no parecía real. Tras la cena, se limpiaron los dientes con agua oxigenada y se prepararon para ir a la cama. Nina se cambió la ropa en la habitación mientras Adler se cambiaba en el cuarto de baño. Cuando se quitó el sujetador, él salió y clavó sus ojos en su espalda desnuda. Ella no se dio cuenta de nada, ya que estaba muy ensimismada en lo que les diría a sus compañeras de piso al día siguiente. Los ojos del alemán se deslizaron lentamente por su tersa y sedosa piel nívea.

—Cuando vuelva de Berlín —le dijo cuando ella se puso la última pieza del pijama de franela—, te traeré una ropa de dormir de tu tamaño.

Ella acomodó su cabeza en su pecho y él los cubrió con una manta que olía a lavanda. Todo en aquella casa olía maravillosamente limpio y perfumado.

—¿De cachemira?

Él la miró con picardía.

—Hasta que seas mi esposa sí, después te compraré unos camisones de seda muy tentadores.

Ella lo miró sorprendida. ¿Dijo hasta que seas mi esposa? ¿Lo escuchó bien? Lo miró con intensidad.

—¿Tú dormirás desnudo? —se mofó ella algo nerviosa.

La miró con los ojos achicados.

—Siempre duermo desnudo.

Las mejillas de la enfermera eran casi moradas.

—Ya me viste desnudo —le recordó con sorna.

Ella se apartó de él y se puso de lado.

—Y también otras enfermeras —refunfuñó y él rio por lo bajo.

—Porque tú me abandonaste.

—Mmm.

Apagó la luz de la mesilla y las llamas del fuego se encargaron de iluminar el dormitorio.

—Nunca he dormido con un hombre que no fuera mi hermano mellizo, Adler.

Los ojos del alemán brillaron fulgurosos al comprobar sus sospechas. No era necesario ser muy sagaz para darse cuenta de que ella nunca había estado con un hombre antes. Había conocido a muchas a lo largo de su vida como militar, pero con muy pocas tuvo algo. No era un hombre de pasiones mundanas, para él debía haber algo más para llegar a la intimidad. Aunque solo fuera atracción o una buena charla.

—¿Y te asusta hacerlo?

Ella asintió con timidez y el alemán quiso comerla a besos.

—Sí, mucho.

Estaban en posición fetal, frente a frente y mirándose con mucha intensidad.

—Cuando llegue el momento, seré muy cuidadoso, meine Kleine.

Le dio un beso casto en los labios.

—Yo tampoco he dormido con una mujer.

Ella le dio un golpecito en el brazo a modo de protesta.

—No es necesario que me mientas.

Él le tocó la cara con afecto y sintió el calor abrasador de su piel enfebrecida en la palma.

—Hablo en serio, meine Liebe.

Mi amor en alemán sonaba tan profundo y verdadero, que ella suspiró de manera involuntaria al escucharlo.

—No soy casto, es verdad, pero nunca dormí con una mujer —sonrió con dulzura—. Me acosté con ellas, pero dormir, siempre preferí hacerlo solo —hizo una pausa—, hasta ahora.

Envolvió su cara con la mano y acercó la suya.

—Y quiero hacerlo toda la vida, pero solo contigo.

Le dio un beso que selló aquella promesa.

—Solo contigo —le susurró sobre sus labios.

Fundieron sus cuerpos en un abrazo.

—¿Me prometes que nunca cambiarás de parecer, Adler?

Entrelazaron sus piernas.

—Aunque me dejes de querer, nunca volveré a dormir con otra mujer.

Ella le besó los labios con mucho amor.

—Entonces serás mío para siempre, porque nunca dejaré de quererte, Adler von Schwarz.

«Nunca me enamoré antes de ti, nunca sentí esto antes de ti y jamás volveré a sentirlo después de ti».

Él le succionó los labios con voracidad y le acarició la espalda con las manos hasta el inicio de las nalgas donde las aparcó.

—Soy tuyo desde el día que me miraste en la escalera, Nina del Bianco.

Ella nunca pensó que se podía querer tanto a alguien y en tan poco tiempo. Pensaba que era algo idealizado por los escritores de romances y por los poetas. Pero estaba equivocada, porque sí era posible y a ella le tocó comprobarlo personalmente en los brazos de aquel alemán, de aquel dulce hombre que hacía que sus días grises fueran de mil colores.

—¿Nunca dejarás de quererme?

Ella negó con la cabeza.

—Nunca.

Acomodó su cabeza en su pecho y cerró los ojos sumida en aquel sentimiento que crecía cada día más y más en el suyo.

—Descansa, meine Kleine.

Y cuando ella cerró los ojos, él apareció incluso en sus sueños.

A las nueve de la noche se apagaban las luces de los barracones y todos los presos tenían que estar acostados. No se permitía ni un ruido, ni un movimiento. El encargado de la vigilancia nocturna era un SS conocido por su sadismo. Era mejor no mover un músculo por la noche.

—Tengo que largarme de aquí —dijo Gino del Bianco—. No moriré aquí en manos de mis enemigos.

Pensó en hacer un túnel, pero no tenía fuerza para empezarlo siquiera y entonces consideró esconderse en alguno de los transportes de suministros que entraban y salían del campo. El camión de la lavandería o el de la basura le parecían al principio una buena opción. Pero al comprobar que siempre los guardias hacían un exhaustivo registro antes de que salieran del lugar, también lo descartó.

—¿Cómo estará Nina? —se preguntó, preocupado—. Ya no puedo escribirle desde que me cogieron estos malditos nazis.

Gino se imaginó mil posibilidades para huir de aquel infierno, pero ninguna le pareció propicia, al contrario, eran puras patrañas imaginarias y peligrosas.

—Odio con toda el alma a los nazis —susurró con rabia—. Mataría a todos sin piedad y con mis propias manos.

Al día siguiente, tras un agotador trabajo, Gino se sentó en el suelo, con la espalda apoyada contra la pared y observó el inmundo lugar. Ni las ratas merecían vivir allí. Guido Ferro se acercó y, sin mediar palabra, se sentó a su lado con el pecho agitado tras un duro trabajo. Permanecieron un instante en silencio, contemplando el entorno mucho más lúgubre que un cementerio profanado. A un lado, había un par de cadáveres y algunos seguían agonizando. No sintieron nada, ni pena, ni empatía. Era como si sus sentimientos fueron anulados por completo de sus almas.

—Si no mueren en unos minutos, morirán quemados

—le dijo Guido, en tono vago—. Espero que mueran antes del mediodía.

Guido todavía tenía un poco de sentimiento en alguna parte de su pecho.

—Ajá.

Gino suspiró, pero no por aquellas personas, sino por él, por su destino.

—Ven conmigo —le dijo a Guido de pronto—. Escapémonos juntos de este infierno.

Guido miró de reojo a los prisioneros que yacían en el suelo tras la brutal paliza que recibieron por intentar defecar en el bosque y no en sus ropas. Los guardias pensaron que trataban de huir del lugar y los atacó con brutalidad hasta dejarlos sin vida.

—Ya sabes que todo tu plan me parece una locura, sería un suicidio.

Gino resopló con hastío.

—¡Y quedarse aquí a morir es lo mismo! —le gritó sin querer—. Al menos moriremos con honradez y no como unas ratas.

Su amigo suspiró y Gino creyó por un momento que iba a replicarle, pero él solo se limitó a contemplar el horizonte con el gesto algo ausente.

—Esperaré...

—¿Qué cosa?

—A morir o a lo que venga, Gino.

—No, Guido.

—No puedo hacer otra cosa...

—¡Sí que lo puedes!

Evocó la dura paliza que recibieron sus compañeros meses atrás al intentar huir. Los gritos de dolor que no conseguía silenciar por las noches y, últimamente, tampoco de día. Estaban allí, como ecos espectrales retumbando una y otra vez en su cabeza.

—Tengo miedo —confesó con la vista empañada—. Ya no tengo nada, solo miedo.

Antes de que Gino pudiera replicar, continuó:

—Yo no soy como tú.

La mano de Gino posó sobre su huesudo hombro en un gesto de compasión y, de cierta manera, de comprensión también.

—Pues has muerto dos veces, amigo mío.

Sonderverband Brandenburg

El recién ascendido, comandante Adler von Schwarz, era piloto de la *Luftwaffe* cuando decidió formar parte de una unidad de operaciones especiales conocida como *Sonderverband Brandenburg*. Al inicio tuvo sus dudas, pero al descubrir el secreto de su madre, supo que era el mejor medio para resarcir el error de la mujer y hasta tenía la esperanza de poder curar la gran pena de su alma.

—Todos los soldados tenemos un motivo para luchar, señor —le dijo a su superior en aquel entonces—, yo tengo uno muy especial —susurró para sí mismo.

A principios de 1941, su superior le animó a presentarse voluntario para un regimiento dedicado a misiones especiales.

—Forma parte de la *Abwehr* —le dijo y con aquello le reveló mucho más de lo que parecía.

Los servicios secretos buscaban hombres con agallas y buena preparación académica como él. Adler, además de pilotar como ninguno, hablaba varios idiomas, dominaba el arte de la esgrima y era atractivo, una cualidad que servía para embelesar a las amantes de los enemigos.

—Un hombre atractivo siempre tiene sus ventajas —le dijo su superior con sorna—, las mujeres suelen ser muy sinceras cuando están en la cama, teniente Adler.

En aquel entonces era teniente.

—Ajá, señor.

Él tenía el cabello claro, los ojos muy azules y la piel

nívea, era más alto que la media más alta, gozaba de una buena forma física y tenía un coeficiente intelectual envidiable.

—Tiene un aire más bien sueco o noruego —le dijo su superior cierta vez—. Muy conveniente para este trabajo.

¿Sueco o noruego? Tal vez había heredado los genes de su abuela, una preciosa sueca que perdió el corazón por el Barón von Schwarz, su abuelo.

—Excelente, teniente von Schwarz.

Había nacido en Berlín, cuando entonces la ciudad era capital del Reino de Prusia y todavía se hablaba del Imperio alemán, aunque con sólo tres años se mudó con su familia a Florencia, donde perfeccionó su italiano y su ruso. Allí decidió estudiar Arquitectura, pero no pudo terminarla, ya que la guerra se lo impidió.

Tras convertirse en un agente de la unidad *Sonderverband Brandenburg*, llevó a cabo misiones muy arriesgadas más allá de las líneas enemigas. A veces semicamuflado o totalmente camuflado con uniformes completos de los ejércitos enemigos o ropas civiles. En caso de ser capturado, Adler era consciente de que no habría piedad: sería considerados espía y perdería el derecho a reclamar las garantías que la Convención de la Haya establecía para los prisioneros de guerra. Había llevado a cabo tantas misiones sin recibir una sola bala desde que se unió al grupo, hasta que, en una distracción, nada habitual de su parte, un ruso, disfrazado de alemán, le disparó en el abdomen y terminó en el hospital de la Cruz Roja a varios kilómetros del frente, donde conoció a Nina, la enfermera que le limpió la herida y a cambio se llevó su corazón.

«Nina del Bianco» repitió antes de cerrar los ojos en el quirófano.

Adler volvió al presente y observó por unos minutos a Nina, que dormía profundamente a su lado. Estaba en posición fetal y roncaba suavemente. Contuvo el aliento antes de cubrirla con la manta. Le arregló el pelo para poder admirar mejor su bello y aniñado rostro. Y antes de levantarse, le dio un dulce beso en los labios.

—Adler… —susurró ella, soñolienta.

—Chhh… —le ronroneó el alemán—. Aún es muy temprano, meine Kleine.

Ella ni siquiera abrió los ojos, se limitó a asentir y volvió a dormir. Adler le tocó la frente y suspiró aliviado.

—Ya no tienes fiebre.

Le dio un beso en la punta de la nariz y se levantó.

—Descansa, pequeña.

Se duchó y se afeitó la prominente barba. Se puso los pantalones y la camisa. Se peinó y se perfumó antes de dirigirse a la cocina. Preparó café y tostadas canturreando una canción del ejército. Preparó huevos cocidos y un poco de zumo de naranja. Untó las tostadas con la mermelada que su madre le había dado la última vez y sirvió el café en unas elegantes tazas de porcelana.

—Buen día —le dijo de pronto Nina, frotándose los ojos como una niña—. ¿Qué hora es?

Adler la miró embobado por unos segundos, como si estuviera arreglada y bien maquillada. Ella se sintió intimidada ante su mirada de admiración y quiso salir corriendo para arreglarse un poco. Solo entonces fue consciente de que no estaba en su casa con sus compañeras de trabajo.

—Dios mío —susurró con el semblante desencajado.

Adler se acercó y acunó su rostro entres sus grandes manos. La miró con expresión enamorada y ni siquiera se dio el trabajo de disfrazarlo. Le dio un beso dulce y tierno que la hizo aferrarse a sus brazos para no perder el equilibrio.

—Buenos días… —gimoteó con timidez—. ¿Ya te vas?

Adler la abrazó con mucho afecto tras asentir con la cabeza.

—Esta semana será muy larga sin ti, Nina.

Ella ronroneó como una gatita mimosa y él no pudo evitar sonreír.

—¿Me echarás de menos?

No se consideraba un tipo romántico. Había estado con muchas mujeres, pero nunca había perdido la cabeza por ninguna. Él era práctico, eminentemente racional y militar. Todo lo que tuviera que ver con el amor le era incomprensible y sin cabida en su vida en aquel momento delicado de su carrera.

Hasta que Nina llegó a su vida—. ¿Y tú?

—Mucho —le dijo ella apretada a su pecho.

Lo que sentía por Nina no era racional, sino una explosión de emociones que no conseguía desglosar.

—Mucho más de lo que supones o te imaginas, meine Kleine.

Sólo ella le aliviaba el dolor, el miedo y la angustia que sufría a diario en el trabajo que eligió.

—Me duele cada vez que te alejas de mí, Adler.

Sólo ella le alegraba los días interminables.

—A mí también, meine Kleine.

Sentía tal afinidad por ella, que aquello sólo podía explicarse por el hecho de que, por primera vez, se había enamorado en toda su vida.

—Te llevaré conmigo, Nina.

Desde el preciso momento en que sus miradas se cruzaron en aquella escalera, sus destinos habían quedado entrelazados para el resto de sus vidas.

—Nunca pensé que se podía querer tanto a alguien, Nina.

Y no fue por falta de oportunidades durante toda su vida. Muchas mujeres lo intentaron, pero ninguna encajaba en él como Nina. Ninguna desprendía su magia y su dulzura. Ninguna le hizo sentir tantas cosas y en tan poco tiempo.

—Oh, Adler, si sigues diciéndome estas cosas, me enamoraré más y más de ti.

Cuando su superior lo trasladó del hospital de campaña de Varsovia a Berlín, Adler solo preguntaba por la enfermera llamada Nina. No estaba consciente del lugar donde se encontraba, pero sí de la ausencia de la mujer que de pronto añoraba con vesania. Habían estado dos semanas juntos, dos intensas semanas en que compartieron de todo. El recuerdo lo hizo sonreír…

—*¿Tienes un hermano mellizo?*

Nina le cortaba las uñas en el balcón mientras él la miraba con mucha atención.

—*Sí, mi único hermano, por cierto.*

Adler era hijo único.

—*Siempre quise tener un hermano o una hermana, señorita del Bianco.*

Ella levantó la vista y le regaló una preciosa sonrisa.

—*Pero tuve muchos primos.*

—*¿Y los quiso como hermanos?*

Los ojos de aquel hombre eran impresionantes bajo el efecto de la luz solar. Parecía un pedacito del cielo.

—*Sí, los quise como hermanos.*

Adler tuvo una infancia dichosa, plena de amor y alegría. Unos padres amorosos y que se desvivieron por él. Y unos abuelos cariñosos y atentos. No podía quejarse, sería desleal de su parte hacerlo. Sin embargo, hacía unos meses atrás, su madre, le contó algo que cambió por completo su esencia. Un secreto que solo ella y él conocían.

—Yo me enamoro de ti a cada segundo que pasa más y más, Nina —le dijo al volver al presente.

La besó con mucha pasión y cuando ella gimió sobre sus labios, en un impulso más fuerte que la propia razón, él la sujetó por las nalgas y la levantó contra su fuerte cuerpo. Nina no puso ninguna resistencia, se dejó llevar por el momento, peligroso e impúdico, que aquel beso acababa de desatar. Adler la puso contra la pared y la besó con tal frenesí que ella pensó morir. Las piernas se tensaron y los brazos se transformaron en tenazas alrededor del cuello del alemán, que llevado por el momento, empezó a subirla y bajarla sobre su erección. Nina sintió algo extraño entre sus piernas, algo que nunca había experimentado antes, algo que no consiguió controlar y que la lanzó al abismo en pocos segundos. La fricción continua de sus cuerpos abrasó cada una de las terminaciones nerviosas de aquellas zonas tan sensibles.

—Oh, Nina —gimió, moviendo de manera implacable sus caderas—. Me volverás loco, meine Kleine.

Los gemidos aumentaron de tono a medida que el frenesí se acercaba. Adler llevaba mucho tiempo sin estar con alguien y su cuerpo le pasó la factura aquella mañana. Jamás se había corrido con simples roces como en aquel momento, en que Nina experimentaba por primera vez un orgasmo. Se abrazaron con tal fuerza, que ella pensó que la metería dentro de sí.

—Adler… Adler…

Se sentó en la silla con ella encima y la besó como si no hubiera un mañana. Nina empezó a mover las caderas con sensualidad, llevada por el momento y las caricias del alemán, que acababa de posar las manos en sus nalgas. Las apretujó con suavidad y después con más ahínco del que calculó. Las deslizó por la suave piel de la espalda de la italiana y empezó a mover las caderas bajo su cuerpo. Nina era consciente de lo que su baile provocaba en él y no conseguía frenar, quería más. Adler le dibujó el cuello con los labios y aumentó deliberadamente su excitación. Algo que ella, a su edad, nunca había experimentado antes. Tuvo dos amores antes de Adler, pero con ellos solo hubo besos y abrazos inocentes.

—*Gott...* —jadeó cuando la italiana aumentó el ritmo de sus vaivenes.

La sujetó por la cintura y la movió de arriba abajo, como si tratara de encajarse en ella. Y entonces, segundos después, un cosquilleo delicioso y frenético recorrió todo el cuerpo de la mujer por segunda vez solo esa mañana. Era una sensación nueva, una sensación que él llevaba tiempo sin sentir. Estallaron, sus cuerpos simplemente, estallaron.

—Adler...

Él la abrazó con mucha fuerza, como si tratara de fundir sus almas en una sola.

—Aquí estoy, meine Kleine.

Nina enterró la cara en el cuello del oficial y sonrió algo desencajada.

—Meine Kleine —le susurró él cerca de la oreja—. Soy tuyo de cuerpo y alma.

Ya no tenía duda, estaba enamorado, perdidamente enamorado de ella.

El comandante Adler von Schwarz y Nina llegaron al hospital cogidos de la mano, despertando en las compañeras de la italiana los celos y la envidia. Ambas negaron con la cabeza a la vez que fulminaban a Nina.

—De santa, nada —masculló Mariella.

Francesca asintió.

—Más fácil que muchas —solfeó la mujer antes de subir las escaleras.

—Así es —apostilló Mariella y la siguió.

Nina sonreía ampliamente mientras Adler la miraba con embeleso. El prestigioso y noble oficial no escondía de nadie lo que sentía por la italiana. Al contrario, lo exhibía henchido de orgullo.

—No sabía que se podía sentir tantas veces —comentó Nina y una carcajada estalló en su pecho—. Shhh…

El alemán le besó solo en la mejilla, por respeto a su trabajo, más que nada.

—Cuando llegue el momento, te prometo que sentirás muchos más que hoy, meine Kleine.

Ella se ruborizó, a pesar de la intimidad que compartieron antes del desayuno, aún sentía vergüenza de él.

—Te lo prometo —le susurró al oído y toda la piel de la mujer se le erizó—. Y siempre cumplo mi palabra.

Una sonrisa apareció en la cara de la italiana e iluminó la de él.

—¿Me prometes que te cuidarás durante mi

ausencia, Nina?

Adler le arregló un mechón suelto con mucha delicadeza. Un gesto que sorprendió a todos los que estaban alrededor de ambos.

—Lo prometo, comandante.

Le dedicó el saludo militar y le robó una risita que hizo temblar su labio inferior.

—Eso espero, soldado.

Se dieron un tierno beso.

—Te llevaré conmigo, Nina —le dijo con la mano en el pecho—. Cuídate, meine Kleine.

Ella asintió y posó la mano sobre la de él.

—Te echaré mucho de menos, Adler.

La italiana le preguntó cómo se decía: Te extrañaré mucho en alemán y él, con una sonrisa, le respondió:

—Ich werde dich sehr vermissen.

Nina abrió mucho los ojos y él se echó a reír a carcajadas.

—Eso, yo también —acotó, riendo la mujer.

Acunó el rostro del hombre entre las manos y antes de que él pudiera decir nada, le dio un beso en condiciones, un beso que despertó las murmuraciones, que a ella no le importaba. Hablarían de todos modos, así que, les dio una razón más plausible para hacerlo.

—Buen viaje, mi amor.

Adler la estrechó con mucha fuerza.

—Volveré pronto, meine Kleine.

Nina subió las escaleras a toda prisa para que él no pudiera ver las lágrimas que se habían acomodado en las cuencas de sus ojos. Cuando Nina entró en la sala de las enfermeras, Mariella le dijo con sorna:

—Pensé que llegarías virgen al altar, Nina.

Aquella afirmación cargada de maldad, la hizo torcer el gesto.

—¿Virgen? —repuso Francesca con interés—. ¿Eres virgen?

Adler puso atención en el parloteo de las compañeras de Nina. Se dirigía a la sala del jefe de la enfermera cuando las escuchó.

—Sí, ella me dijo que se estaba guardando para el amor de su vida.

Francesca enarcó una ceja.

—¿Y crees que ese oficial alemán es el amor de tu vida? —se burló la enfermera de nariz alargada y mirada verde oscura—. ¿Crees en verdad que un hombre como él se casará contigo?

Nina amontonó unas gasas y unas jeringuillas en una bandeja sin dirigirles la mirada siquiera.

—Un hombre como él nunca se casaría con alguien como tú, Nina —le aseguró Mariella, con expresión ladina—. Solo te usa mientras está lejos de la novia aria.

El corazón de Nina dejó de latir.

—Muchos soldados hacen lo mismo —espetó Francesca—. Luego de usarlas, las dejan.

Adler entró en la sala de sorpresa.

—¿Ustedes me conocen, señoritas? —inquirió de pronto el oficial alemán y Nina echó en el suelo unas gasas ante el susto—. ¿Por qué afirman tal cosa de mí? ——su voz era serena y su mirada tranquila.

La sangre abandonó la cara de ambas enfermeras al verlo allí. Nina se estremeció al ver cómo apretaba los dientes. A pesar de aparentar estar tranquilo, no lo estaba, en absoluto.

—Señor, es una broma —se defendió Mariella, muerta de miedo—. ¿No, Nina?

Nina la miró con expresión seria.

—No lo dijimos en serio, señor —rebatió Francesca.

El comandante tenía las manos tras la espalda y la mirada impasible. Nina no lo reconocía, no parecía el mismo hombre que se había despedido de ella minutos atrás.

—¿Cree que soy estúpido? —le preguntó en tono autoritario—. ¿Cree que soy incapaz de distinguir una afirmación mal intencionada de una broma?

Mariella sabía de lo que un oficial nazi era capaz cuando se enfadaba. Temía terminar en algún campo de concentración por aquel desliz. Miró a Nina con terror y le rogó con la mirada que la ayudara, pero ella desvió la mirada, estaba cansada de sus comentarios venenosos y peyorativos.

—No, señor.

Adler se puso delante de ella y le gritó:

—¡No la oigo!

Mariella estuvo a punto de hacerse pis encima.

—¡No, señor!

Adler miró a Nina de reojo sin abandonar su deje serio.

—Por favor... —le rogó Nina—. No volverá a pasar.

El comandante la miró fijo y con la tensión repartida en su cuerpo. Apretó la mandíbula y un hueso de la cara le vibró ante la fuerza que ejercía sobre los dientes.

—Agradezca a su compañera que deje pasar esto en alto, señorita.

Mariella asintió sin mirarlo.

—Sí, señor.

Nina dejó la bandeja sobre la mesa y lo acompañó hasta el pasillo. Adler estaba muy serio, como nunca antes ella lo vio. Tras respirar hondo, él se volvió y cogió sus manos. Las levantó hasta la boca y las besó.

—No escuches palabras venenosas de personas que no te quieren —le rogó en tono meloso—. Solo escucha de las que te aman —le besó los labios—. Antes tenía una razón para luchar en esta guerra, una ideología, un fin —acotó en tono suave—. Ahora solo te tengo a ti, Nina.

Y con aquellas palabras, le dio un apasionado beso, un beso que borró el rastro de amargura que había dejado las de sus compañeras.

—Solo vuelve, Adler.

Él la estrechó con fuerza.

—Por ti siempre lo haré, meine Kleine.

Una inesperada noticia

Febrero de 1943

El mes había empezado con una noticia desalentadora para los alemanes, el general Paulus se había rendido al Ejército Rojo después de varios días de combates sangrientos en Stalingrado.

—Maldita sea —susurró Adler ante la noticia inesperada—. Esto es el inicio del fin.

La poderosa *Wehrmacht* había sido vencida; el frente ruso se debilitaba y la derrota se podía sentir cada vez más cercana.

—Los rusos están avanzando hacia Polonia.

La concentración de tropas soviéticas que se venía detectando en los últimos días en Polonia, era una señal clara de que algo no andaba muy bien.

—Nina… —pensó el comandante con el corazón en la garganta—. No está segura allí.

«Nadie lo está».

Era un secreto a voces que se avecinaba una gran ofensiva y que sería brutal. Los rusos querían venganza y serían implacables incluso con los inocentes.

—Alemania empieza a perder terreno, comandante von Schwarz.

Con un enorme peso en el pecho, el comandante asintió.

—Sí, capitán Schneider, infelizmente.

En otro lugar, el tímido cabo Tiziano Grignani se dirigió a su superior, el capitán Gianluigi Monteverdi, de quien era ayudante y con el que tenía cierta confianza.

—Venía a pedirle, si me autoriza una comisión de servicio, mi capitán.

El oficial de pelo rubio y ojos verde esmeraldas le miró con extrañeza.

—¿Una comisión de servicio? —lo miró con suspicacia—. Sea más específico, cabo y, tal vez, le conceda el permiso.

Tiziano tenía los ojos clavados en su superior mientras retorcía nervioso su gorro.

—Se trata de una enfermera, mi capitán. Es una chica muy especial.

Se aclaró la garganta con mucho nerviosismo y su superior no pudo evitar sonreír.

—Muy especial ¿eh?

Las mejillas del cabo eran casi moradas.

—Sí, señor.

Aquel joven tenía veintiocho años, era un hombre hecho y derecho, alto, fuerte, de pelo muy rubio, piel muy blanca y ojos muy azules, pero se comportaba como un niño ante su superior.

—¿La quiere mucho?

La respuesta era clara como el agua, pero el capitán necesitaba escuchar la respuesta de sus labios para lograr que aquel pobre infeliz venciera un poco su timidez.

—Sí, señor —le dijo sin mirarlo—. Mucho.

Estaba enamorado de una mujer que, al parecer, según rumores, estaba enamorada, nada más y nada menos, que de un oficial alemán de alto rango de la *Wehrmacht* y que, además, era de la nobleza. Eso sin resaltar su belleza aria y su gran habilidad como soldado.

No obstante, Tiziano era un soldado y debía luchar en todos los campos. Incluso en el del amor.

—Partimos al amanecer, más le vale por su bien, estar de vuelta para entonces.

Tiziano no pudo contener el gesto de alegría.

—¡Por supuesto, mi capitán!

El capitán sonrió.

—Disfruta de la vida y sus pequeños agasajos, cabo.

El joven viajó hasta la ciudad donde se encontraba Nina, para llevarse a la trinchera ese último aliento de vida que necesitaría allí.

—¡Hola, Tiziano! —le saludó Nina con euforia, la típica de una amiga—. ¡Cuánto tiempo!

Se estrecharon con mucho afecto.

—Te eché de menos, Nina.

Una vez que todo aquello hubiera terminado, reuniría el valor para pedirle a ella convertirse en su esposa y formar un hogar en el que él lucharía únicamente en hacerla feliz el resto de su vida.

—Dios te acompañará, Tiziano.

Le hizo la señal de la cruz y él le besó los dedos en lugar de decir amén.

—Reza por mí, Nina.

Y entonces, en un descuido de la mujer, le dio un beso en los labios, un beso que ella rechazó tan pronto como pudo.

—Tiziano, yo… —balbuceó roja como un tomate—, estoy…

No consiguió terminar la frase al ver cómo la expresión del joven se ensombrecía. No quería lastimarlo, no era su intención y menos a puertas de su viaje al frente.

—¿Es verdad lo que dicen? —le preguntó con un dolor agudo en el pecho—. ¿Estás enamorada de un alemán?

Los ojos de la italiana brillaron con intensidad al escuchar las últimas palabras enunciadas por el soldado: ¿estás enamorada de un alemán? La respuesta brilló en cada centímetro de su cara, de manera ineludible ante los ojos del hombre.

—Sí, es cierto, Tiziano —le dijo con sinceridad—. Nunca te mentí y no pienso hacerlo jamás.

Aquella idea lo martirizaría mientras cavaba pozos en las trincheras y sembraba el campo de minas para frenar los tanques rusos.

—Ah.

Podría equivocarse y terminar esparcido por todo el lugar en mil pedacitos, aunque ya estaba roto por dentro. Nina conocía sus sentimientos hacia ella y lamentaba herirlo con la única verdad que profesaba su corazón. Estaba enamorada, locamente enamorada de Adler.

—Lo siento, Tiziano.

Se rascó la nuca y luego la barbilla con nerviosismo. Nina suspiró hondo, en el pasado, hubiera dado su vida porque él se fijará en ella, pero Tiziano estaba enamorado de Beatrice, su prima. Y nunca se dio cuenta de lo que ella sentía en verdad por él.

—Espero que seas muy feliz en sus brazos, Nina.

Ya era tarde para volver atrás, porque ahora, su corazón le pertenecía únicamente al comandante von Schwarz.

—Con eso seré feliz.

Nina le tocó la barba dorada con cariño.

—Gracias.

Era noble y bondadoso.

—Perdona que me presente con esta barba desaliñada —se disculpó Tiziano.

Ella sonrió con ternura.

—No te preocupes.

Esbozó una sonrisa al recordar la última vez que le afeitó la barba a Adler, sentada en su regazo con la camiseta de su pijama y él con el torso desnudo salpicado con el jabón de afeitar. Riendo y tocándole de vez en cuando las nalgas.

«Piensa en él» caviló el italiano al ver el deje bobalicón de Nina.

—Lo siento, Tiziano —se disculpó una vez más—. Pero algún día encontrarás a una buena mujer que te hará muy feliz.

El italiano sonrió con tristeza.

—Gracias, Nina —le dijo, apenado.

«Ninguna será como tú». Frunció el cejo al recordar algo muy importante para ella. Abrió los ojos de par en par y la miró con fijeza.

—Nina, creo que Gino está en Krasni Bor con los de la División azul —lanzó el italiano en seco—. Me dijeron que estaba… —la miró con expresión compungida—. Con un…

Nina conocía muy bien la condición sexual de su hermano mellizo. Pero por su bien, decidió jamás mencionarlo fuera de su cabeza, ni siquiera con Adler.

—¿Estás seguro?

La cabeza del hombre se balanceó con inseguridad de un lado al otro.

—Casi.

Era difícil adivinar adónde podía estar Gino del Bianco, el alma rebelde sin causa que quería conquistar el mundo usando un tenedor de mesa como única arma.

—La última vez que lo vi… —vaciló—, me lo dijo y esa división especial está en esa zona, Nina.

Nina llevó las manos a la boca al evocar las últimas noticias nada alentadoras sobre la batalla de Krasni Bor.

—Dios mío…

Mariella frenó los pasos de golpe cuando Tiziano abrazó a Nina. El cabo se apartó y la miró con ojos soñadores, con ojos de un hombre enamorado.

—No puede ser.

No podía creer que aquel apuesto soldado que llevaba meses persiguiendo, ¡también estaba colado por Nina! Pero ¿qué le veían a esa mujer? Era guapa, pero no como ella.

—Si lo veo, le diré dónde estás, Nina.

Ella le arregló un mechón de su frente con mucho cariño.

—Gracias, Tiziano —le dijo ella y le dio un beso en la mejilla—. Sobrevive por tu madre y tus hermanos.

«Por ti» pensó él, ilusionado.

—Nunca se sabe lo que el destino nos tiene preparado, Nina.

Ella asintió sin mucha convicción. ¿Qué le quería decir? ¿Qué se escondía tras aquellas palabras? Pensó en el comandante y la manera en cómo se conocieron. Obra exclusiva del destino.

—Tienes razón, Adler.

Tiziano frunció el entrecejo al escuchar aquel nombre extraño y desconocido. ¿Era el nombre del alemán? Nina se dio cuenta de su metedura de pata y se apresuró a corregirse, pero tarde, muy tarde.

—Lo siento, Tiziano.

Él negó con la cabeza y sonrió. A pesar del dolor que sentía en el alma, sonrió.

—Adiós, Nina.

Le dio un beso en la frente.

—Hasta pronto, Tiziano.

Nina le despidió a la puerta del hospital, agitando la mano hasta verlo desaparecer por la curva de la carretera, con el corazón encogido.

—¿También forma parte de tu club de admiradores? —soltó de pronto Mariella—. ¿Qué pensaría tu nazi del trato que le diste a ese soldado italiano?

Nina se había mostrado dulce y cariñosa con Tiziano, quizá demasiado, pero era el trato que merecía por ser tan atento, dulce y bondadoso con ella. La había tratado siempre bien, desde que eran adolescentes. Fue su amor platónico por mucho tiempo y el mejor amigo de Gino, su hermano.

—Te salvé una vez, Mariella —le dijo con firmeza y se alejó de ella—. No habrá una segunda vez…

«Puta» musitó la enfermera, enfurruñada.

Nina no se arrepentía de haberle regalado al soldado Grignani un poco de cariño y un par de dulces palabras que podían salvarle la vida de aquella fría guerra.

—Dios te acompañará, Tiziano.

Metió la mano en el bolsillo del delantal y cogió la primera medalla que Adler se ganó en el ejército, era la más importante, aunque la menos valiosa, en comparación a las otras de plata y de oro. Esa era una de cobre y la había ganado a pocos meses de haberse alistado.

—*Es mi primera medalla de honor, tal vez no valga nada, pero es la más importante para mí.*

Le cerró la mano alrededor.

—*Como tú, Nina.*

Adler von Schwarz sabía cómo utilizar las palabras y las miradas más dulces para cautivarla, embelesarla y enamorarla cada día más y más.

«Espero que estés bien, mi amor» susurró y besó la medalla con los ojos cerrados.

Adler observaba el cielo estrellado desde la terraza del edificio donde se encontraba. Bebió un poco de café de su taza y sonrió al pensar en Nina.

—Te echo de menos, mein Liebling.

Nunca pensó que la echaría tanto de menos.

—No veo la hora de volver a vernos.

Nina calentó las manos en la estufa salamandra que él le había enviado.

—Te echo tanto de menos, Adler.

Se tumbó en la cama tras ponerse el suéter de lana que él le había regalado el último día que estuvieron juntos. Lo olisqueó con los ojos entrecerrados.

—Descansa, mi amor —masculló con una sonrisa en los labios.

Adler se desnudó y se metió en la cama. Intentó leer algo, pero no conseguía concentrarse en nada que no fuera ella, Nina del Bianco.

—Descansa, meine Kleine.

Un suspiro se les escapó a ambos al mismo tiempo.

—Te amo —dijeron al unísono.

Gino abrió los ojos cuando los sacaron de la cama antes de lo habitual, entre gritos y golpes de porra en los barrotes. Los guardias vocearon algunos números en cada habitación y les ordenaron recoger sus cosas y formar fila en el patio. El número de Gino no estaba en aquella lista.

Dudó.

Pensó.

Vaciló.

Sintió un temor repentino, un cierto vértigo y ganas de vomitar. Aunque no tenía nada en el estómago. El corazón le latía con fuerza y temía que pudiera romperle el esternón.

«Es el momento de huir» se dijo.

La razón le impulsaba a meterse en la cama y seguir durmiendo, pero el corazón le gritaba que era el momento de escaparse de aquel lugar.

«Huye, ¡maldita sea!».

El guardia de las SS gritó un número muy familiar.

«Francesco Pirlo».

Se acercó a su compañero, un hombre mayor, de unos sesenta y cinco años, con el que había intercambiado algunas palabras en un par de ocasiones. Estaba enfermo y bastante resignado. Así que, no perdía nada en hacerle una propuesta un pelín absurda y suicida.

—Si quieres, iré yo en tu lugar.

El hombre lo miró con expresión adormilada al inicio y luego de puro estupor.

—Cambiaremos nuestras placas —le susurró.

Gino tenía la esperanza de convencerlo, de cambiar su destino seguro a una cámara de gas por la suya. Tal vez le estaba regalando unos días más, unas semanas o unos meses. Pero si no salía de aquel campo ese día, ya no tendría otra oportunidad.

—¿Estás loco?

Gino se puso a pensar en su pregunta retórica unos milésimos de segundos.

—Un poco.

El hombre parpadeó.

—¿Por qué querrías cambiarte por mí?

115

Pregunta sin respuesta.

—No sabemos qué será de nosotros a partir de ahora.

Miró hacia la puerta y suspiró hondo. Probablemente, a todos los que llamaron, irían a una cámara de gas, ya que la mayoría estaban enfermos.

—Lo único que quiero es marcharme de este lugar, no me importa adónde —le contestó con sinceridad—. Prefiero morirme en el intento, que quedarme aquí.

El hombre vaciló por unos segundos y tras un debate mental, se quitó la placa del cuello y se la tendió.

—Estás loco, muchacho.

Gino sonrió y aprovechó para estrecharle la mano cuando cogió la placa con la otra.

—Sí, lo estoy.

Le agradeció y le regaló una mirada revestida de pena. No era justo ser prisionero por algo que no eligió ser: judío.

—Buen viaje, muchacho.

Gino se puso la placa del anciano alrededor del cuello y trató de respirar con normalidad antes de dirigirse a los brazos de la muerte.

—Gracias, lo necesitaré.

A varios kilómetros de allí, Nina pensaba en Gino y en lo que le dijeron sobre él. Estaba en el frente, pero al parecer, desertó y se unió a un grupo de la resistencia. La noche anterior su superior habló de un puesto de la Cruz Roja cerca del posible paradero de su hermano y ella no dudó en presentarse como voluntaria.

—Te encontraré, Gino.

Un grupo de enfermeras se dirigían hacia una zona de conflicto para ayudar a un grupo de soldados italianos y españoles. Nina se arregló la cofia a toda prisa mientras evocaba la llamada de Adler la noche anterior. Sonrió, a pesar de las circunstancias, sonrió. Porque no podía evitarlo, ni siquiera por los caídos durante el ataque de los rusos aquella mañana.

—No quiero que vayas a esa zona tan conflictiva, Nina —le dijo Adler en un tono muy severo—. ¡Es muy peligroso!

Al jefe de Nina se le notificó la baja de dos médicos en el sector de Krasni Bor. El lazareto de la aldea no contaba con ningún oficial de Sanidad y era el principal Puesto de Socorro de primera línea.

—Los camaradas españoles necesitan ayuda, Adler.

Pedían un cirujano y su jefe era el mejor. Y el único disponible por el momento. Los demás o estaban de baja o muertos.

—Y también los italianos y alemanes.

Adler soltó un taco en alemán.

—¡Es muy peligroso, Nina!

La enfermera tenía sus razones, no podía exponerlas, ya que seguía dudando de su hermano y sus ideologías en aquella guerra.

—Es mi deber, Adler —le dijo con firmeza.

Él se mordió tan fuerte el labio inferior que se hizo una herida. La sangre manchó su lengua y dejó un rastro metálico en su boca. Era el sabor del disgusto y la preocupación. Llevó la mano a la cabeza y se miró a través del espejo. Estaba desnudo, con el pelo revuelto y la barba prominente. Se puso los pantalones del pijama cómo pudo.

—Es peligroso, ¡joder!

¡Increíble! ¡Él vivía en peligro en comparación a ella todo el tiempo! Soltó un suspiro cargado de nerviosismo y tensión. No quería discutir con él, pero no podía esconderle sus planes.

—¿Te digo yo lo mismo cuando te marchas a tus misiones suicidas? —le reprochó en tono seco—. ¡No!

¿Estaban discutiendo? Negaron con la cabeza y sonrieron al mismo tiempo.

—Soy un soldado —le recordó él—. No tengo muchas opciones, meine Kleine.

Ella pensó en Gino, necesitaba encontrarlo. Era su única familia.

—Y yo una enfermera que hizo un juramento.

Adler se sentó en la silla y suspiró hondo. Nina llevó la mano al pecho y suspiró también.

—Prométeme que te cuidarás, cielo.

Para muchos era ilógico querer tanto a alguien, para ellos dos, era ilógico no hacerlo.

—Como tú me lo prometiste la última vez, Adler.

El alemán cerró los ojos con fuerza, lapso en que uno de sus hombres empezó a gemir de placer, llamando la atención de la enfermera, que por muy poco, no se atragantó con su propia saliva.

—¡Teniente Niespor! —gritó Adler.

Dijo un par de palabras en alemán y el otro le contestó con un: «Jawohl» firme y rotundo.

—Perdona, cielo —se disculpó el comandante—. Estamos en un cuartel pequeño y los oficiales no tenemos habitaciones individuales.

La sangre volvió a circular por las venas de la enfermera con normalidad y una exhalación bastante ruidosa le dejó muy en claro al alemán lo que acababa de pensar.

—¿Pensaste que yo…?

Ahora la sangre se había instalado únicamente en sus mejillas.

—¡No!

Adler hizo una mueca de indignación al darse cuenta de que mentía. Le bastaba con oír el timbre de su voz para eso.

—Meine Kleine, yo no soy ese tipo de hombre —le recordó—. Soy fiel a mi corazón y él te pertenece.

Nina sonrió embobada y tras recuperarse de la dulce impresión, soltó con malicia premeditada:

—Hoy vino un admirador a verme, comandante.

Adler frunció mucho el entrecejo, tanto que, tenía una sola ceja en lugar de dos.

—¿Perdona?

Nina ahogó una risita con el puño al oír el tono que usó el alemán. ¡Estaba celoso! Tras ronronear una palabrota en su lengua, Adler encendió un cigarro y lo caló hondo. Con rabia y cierta histeria.

—Quería darte de tu propio veneno, comandante.

Rio con toda el alma cuando él le dijo que su corazón se había instalado en la punta del dedo gordo del pie y luego de un solo golpe se le subió a la cabeza.

—¡Eres un payaso!

Adler suavizó la expresión de su rostro.

—No debes hacer ese tipo de bromas, señorita del Bianco —su voz era tan aterciopelada y ronca—. O quedará viuda antes del tiempo.

¿Viuda? ¿No deberían estar casados antes? No le replicó, no quería predisponerse a fantasías más allá de la realidad. Adler observó con ojos melosos el anillo que le había dado su madre, días atrás, cuando le habló de sus intenciones con la enfermera que le salvó la vida. La duquesa ahuecó el rostro de su hijo entre las manos y lo miró con amor infinito.

—¿La amas?

Adler posó la mano sobre las de ella y la miró con ternura.

—Con toda el alma, madre.

La duquesa sonrió mientras unas lágrimas le nublaban la vista.

—Tengo el anillo perfecto para ella.

Cuando Adler vio la joya, una de las más valiosas y antiguas de la familia de la duquesa, sonrió ampliamente.

—Es de rubí —le explicó ella—. Mi abuela lo ganó de su amor —una lágrima rodó por la blanca piel de la mujer—, de su primer y único amor.

Adler besó las manos de su madre con devoción.

—Nina es mi primer amor, madre —le dijo, henchido de orgullo—. Y será el único.

—¿Adler? —le dijo Nina y lo devolvió al presente de golpe—. Debo colgar o me colgarán a mí.

El alemán suspiró hondo, en especial al saber cómo estaba la situación en Polonia, en la zona donde iría ella y sus compañeras.

—Cuídate mucho, meine Kleine.

Visualizó el reloj de pulsera y calculó cuánto tardaría en llegar hasta el lugar donde le habían enviado sus superiores. Luego calculó lo que tardaría en llegar hasta el hospital donde estaría Nina. Quería darle una sorpresa y, asegurarse de paso de que siempre estaría a salvo tras aquel día.

—No te preocupes, sé cuidarme, mi amor.

Los Puestos de Socorro comenzaban a verse desbordados de heridos del frente que parecía no tener fecha de caducidad. Al hospital de campaña acudían heridos con los miembros colgados, heridas abiertas, órganos a la vista o inconscientes.

—La situación empeora por momentos, Adler, pero seré cuidadosa —hizo una pausa para acomodar mejor sus sentimientos en sus debidos lugares—. Tú también cuídate, mi amor.

Besó el anillo de compromiso como si estuviera besándola a ella.

—Te amo, Nina.

La enfermera casi se tragó la lengua al escucharlo.

—¿Me amas?

¿Dijo te amo? Era la máxima promesa de una persona hacia otra. Era un vínculo eterno entre dos almas enamoradas.

—Como nunca antes, Nina.

Y era cierto, antes quiso a otras mujeres, las deseó, las veneró en la intimidad, pero a ninguna amó de aquel modo tan fuerte y genuino. A ninguna le quiso dar la vida y a ninguna pensó desposar hasta que ella llegó.

—Yo… también… te… amo… —tartamudeó la joven con la voz llorosa—. Con todo mi corazón, Adler…

Volvió al presente cuando su jefe la llamó a grito pelado y con mucha impaciencia.

—Señorita del Bianco, es hora de irnos.

No solo ayudarían a los suyos, sino también a los españoles de la División azul que luchaban en aquella zona de Krasni Bor y a los alemanes.

—Sí, señor.

Subieron al coche de la Cruz Roja con otras compañeras y con el equipo necesario para atender a los soldados caídos. Hicieron todo el trayecto hasta Krasni Bor en silencio. La carretera estaba congestionada de vehículos que iban y venían; también de tropas a pie y de carros tirados por caballos con heridos y suministros. Afortunadamente, se intentaba dar paso prioritario a la Cruz Roja.

—Madre mía —musitó Nina, atónita ante lo que veía—. Esto es apocalíptico.

121

El cielo era de color negro, las explosiones eran ensordecedores y el aire olía a un intenso olor a pólvora y a caucho quemado. Nina frunció el entrecejo al olisquear algo más que no sabía qué era al cierto, hasta que, su mente solita se dio cuenta de lo que podía ser: cuerpos humanos incinerados. Llevó la mano a la boca para ahogar un gemido. ¿En qué se habían convertido los hombres por culpa de aquella guerra?

—Sofía me dijo que es terrible lo que veremos —comentó Giovanna, la nueva enfermera—. Así que, recemos.

La nieve se había fundido al calor del fuego de artillería.

—Sí, recemos.

La tierra estaba calcinada y cubierta de cráteres.

—Esto no pinta nada bien, Nina.

Algunas isbas habían reventado al ser alcanzadas por los proyectiles y las llamas consumían sus restos.

—Dios mío… —musitó Nina con el corazón encogido—. Esto es dantesco.

La silueta de los cadáveres tendidos en el suelo era aterrador y bastante impresionante. Nina había visto muchas cosas, pero nada similar a aquello. Los ojos se le nublaron de manera inevitable. ¿Adler había presenciado algo similar? ¿Su hermano también?

—Hay más heridos de los que supusimos —murmulló Giovanna—. ¿Podremos ayudar a todos?

Nina contemplaba el panorama con el cuerpo en tensión y el alma flotando sobre ella misma. Tragó con fuerza y se santiguó.

—No lo sé, Gio.

Algunas balas impactaron en la carrocería del automóvil de un momento a otro y las asustó sobremanera. Nina chocó contra la ventanilla ante el volantazo que dio el cabo Ferrara y se cubrió la cabeza con los brazos en un acto reflejo.

—¡Agáchense! —les gritó el cabo Ferrara—. ¡Ahora!

Y ellas obedecieron sin rechistar. El camino estaba repleto de baches y cuerpos repartidos por todas partes. Algunos seguían vivos y otros se arrastraban por el suelo bañados en sangre.

—Dios mío —susurró Nina, con lágrimas en los ojos—. Esto es inhumano…

Entraron en una aldea a toda marcha para evitar que el coche fuera blanco de los ataques. Bajaron y a todo correr se refugiaron en la isba señalada con el enorme cartel de la Cruz Roja.

—Santo cielo —dijo el doctor Brignoni al entrar en el lugar.

La situación era caótica y bastante desalentadora. Nina pensó en Adler y en todo lo que había vivido como soldado. ¿Cómo conseguía mantener intacta su dulzura y su fe tras tanta crueldad? Solo los héroes o los santos eran capaces de algo así, se dijo con el pulso muy acelerado.

—Son demasiados.

Los heridos se amontonaban por todas partes y apenas unos pocos sanitarios podían atenderlos. Estaban cansados, hambrientos y enfermos tras tantos días trabajando para salvar a los soldados heridos. No había suficiente morfina, gasa, yodo y alcohol. Algunos soldados, que aún tenían fuerza, se daban un tiro y terminaban con su agonía. Al inicio, los sanitarios se asustaban, pero después, incluso, se sentían aliviados, ya que eran conscientes de que ya no sufrirían. Nina miró a sus compañeras de oficio y sintió mucha pena por ellas.

—¿Qué haremos?

Se acercó un soldado con un mensaje y el médico lo leyó rápidamente.

—¿Malas noticias, doctor? —le preguntó Nina al ver cómo contraía su rostro.

Los ojos del médico permanecieron fijos en el mensaje.

—En la aldea vecina, donde están gran parte de los heridos italianos, no cuenta con ningún oficial de Sanidad y es el principal Puesto de Socorro de primera línea.

¿Primera línea? ¿Estaría allí Gino? Nina le miró fijamente.

—Debo irme, enfermera.

La mujer miró el lugar con ojos lúgubres. Allí necesitaban su ayuda, pero tal vez, en la otra, al fin, encontraría a su hermano mellizo.

—Voy con usted —espetó ella.

El hombre abrió los ojos de par en par.

—No, es peligroso —zanjó con expresión seria—. Quédese aquí.

Nina se puso delante del hombre de unos cuarenta años y lo miró desafiante.

—¡Necesitará una ayudante!

El médico la miró ceñudo.

—¡No!

Mientras tanto, en otro lugar, Adler sintió una fuerte punzada en la cabeza al leer el último informe sobre los ataques soviéticos en Krasni Bor. Pensó en Nina y su traslado hasta el hospitalillo de la Cruz Roja en zona conflictiva. Maldijo por lo bajo y golpeó la mesa de su escritorio con el puño.

—La batalla de Krasni Bor es terrible, comandante —le dijo su camarada con pesar—. Tan sangrienta como la de Stalingrado.

En aquel enfrentamiento, intervino la 250.ª División de Voluntarios Españoles de la *Wehrmacht*, más conocida como la División Azul.

—*Verdammt*! —despotricó el oficial—. ¡Maldición!

—Menos de seis mil españoles hacen frente a treinta y ocho mil soldados soviéticos del Ejército Rojo, señor —acotó otro.

Adler llevó las manos a la cabeza y soltó un taco mientras Nina, en ese preciso instante, trataba de convencer a su jefe de que la llevara con él, ilusionada con la ridícula posibilidad de encontrar a su hermano entre los heridos, que, no todos eran soldados, sino también partisanos, al menos eso le dijeron días atrás.

—La primera línea no es lugar para mujeres —le dijo el médico a Nina.

—Ya he estado otras veces en primera línea —mintió con descaro—. Sé a lo que me enfrentaré, señor.

Nina nunca había estado en primera línea, pero estaba dispuesta a todo por su único objetivo: encontrar a su hermano.

—Es peligroso.

Los disparos y bombardeos eran ensordecedores en la parte externa. Los gritos y las explosiones se entremezclaban en una sola sintonía de terror y dolor.

—¿Y aquí no?

El médico se volvió hacia ella con el rostro congestionado. La miró con atención por unos segundos. Era tan bella y tan tozuda. ¿Cuántos años tenía? ¿Veintidós? No podía tener más que eso.

—Usted se queda aquí.

Nina lo miró con ojos suplicantes.

—Mi hermano podía estar allí, doctor.

Le dijeron que Gino estuvo en Leningrado y podía estar en uno de los hospitales de campaña, sea italiano, alemán o español. Ahora el hombre comprendía mejor su urgencia. Enarcó una ceja al evocar al comandante nazi que estaba interesado en ella y en lo que estaría dispuesto a hacer por protegerla de todo mal, Pero, ante la insistencia de la mujer, terminó accediendo y no sabía muy bien por qué. Tal vez porque él también buscaba a su hijo, caído meses atrás en esa línea.

—Ira bajo su propia responsabilidad.

—Sí, señor.

Alzó la vista y miró alrededor.

—Vámonos, señorita.

En el exterior la batalla continuaba: disparos, explosiones, gritos y el crujido de cadenas de los tanques. ¿Lograrían llegar hasta el otro puesto sanitario sin que los rusos atacaran el coche?

«En el riesgo está la ganancia» se dijo ella y se persignó.

—Perdóname, Adler.

El vehículo, en más de una ocasión, se tambaleó y casi perdió el equilibrio. Nina rezó, imploró a Dios por una ayuda y, al parecer, logró conmoverlo, ya que llegaron al lugar sanos y salvos.

—Dios mío, esto está peor que el otro sitio, doctor.

Nina no perdió tiempo y empezó a revisar a los heridos, buscando a su hermano entre ellos, pero nada, allí no estaba Gino. Sin embargo, estaban otros soldados que necesitaban su ayuda con urgencia, así que, se puso mano a la obra sin perder el tiempo.

—Esterilizaré los instrumentos, doctor.

Lograron salvar unos cuantos, pero a otros ni siquiera tuvieron tiempo de auxiliarlos.

—¿Y ese ruido?

El pensamiento de la enfermera no se completó, ya que una bomba estalló a muy pocos metros de allí. El impacto fue tal, que los cristales de las ventanas salieron volando por los aires y Nina terminó sobre unos cadáveres que no hacía ni diez minutos que habían cubiertos con unas sábanas.

—Dios mío —masculló la mujer, con el brazo en el rostro—. Ayúdanos… —imploró y se metió entre los muertos.

Los disparos estremecieron los cuerpos, pero no la alcanzaron. El médico no tuvo la misma suerte. El hombre cayó en el suelo sin vida tras recibir varios disparos. Las vigas del techo cayeron sobre él y remaron su inminente final. Nina gritó con tanta fuerza, pero el ruido de las bombas amortiguó su alarido.

—¡Doctor!

Ahora estaba rodeada de muertos y heridos moribundos. Sin el doctor, nada podía hacer en aquel sitio.

—Doctor… —lloriqueó sin fuerza—. Lo siento mucho...

observó el lugar a través de las lágrimas mientras evocaba el pasaje más maravilloso de su vida, el día que Adler von Schwarz llegó a ella.

—Adler… —dijo, anegada en lágrimas—. Lo siento, mi amor.

miedo se adueñó de ella por completo. Tal vez aquel sería el último día de su vida y ni siquiera tendría la oportunidad de ver a Adler por última vez.

El destino y sus jugadas

Dejó de escuchar las explosiones y los disparos, media hora después. El silencio más que aliviarla, la inquietó. Rezó y lloró, lloró y rezó mientras, a varios kilómetros de allí, Adler cruzaba el país polaco rumbo a Krasni Bor para salvarla.

«Nina, sobrevive por nosotros, mi amor» repetía una y otra vez entretanto se vestía con el uniforme de combate ruso.

Adler bajó del coche y montó un caballo a toda prisa.

—Comandante, es muy arriesgado —le dijo uno de sus hombres.

Adler observó el camino con el cejo fruncido.

—Llegaré antes de lo previsto y sin llamar tanto la atención como lo haría el coche o un tanque, teniente Niespor.

Y con esas palabras, salió disparatado hacia la aldea, donde, probablemente, estaría Nina. Arreó y su caballo, su fiel amigo desde su adolescencia, aceleró sus pasos.

«Protégela» rogó a Dios.

—¿Terminó por hoy? —susurró Nina en un estado visible de shock—. ¿Qué voy hacer? ¿Cómo volveré a ti, Adler? —se estremeció—. ¿Qué haré aquí sola?

Estaba exhausta, hambrienta y sedienta. No se movió, ni por un momento, lo intentó. Estaba allí, en aquella isba destartalada y en medio de unos muertos que tenían los rostros totalmente desfigurados.

—Dios mío, ¿cómo saldré de aquí con vida?

Adler estaba camino a su rescate, arriesgando el pellejo ante sus superiores y ante el enemigo. Horas después, una patada en la puerta la hizo gemir, pero no gritó. Unos hombres dijeron unas palabras que no reconoció, no eran alemanas, ni españolas y mucho menos italianas.

«Rusos» dedujo con el alma a los pies.

Unos hombres aparecieron y apuntaron sus fusiles hacia ella. Se puso en pie y levantó las manos cuando uno de ellos le hizo un gesto con la cabeza.

—Soy enfermera de la Cruz Roja —les dijo y les enseñó el brazo—. Cruz Roja... —repitió con voz temblorosa.

Aquellos hombres de caras redondas, blancas y de ojos rasgados, eran rusos, sin lugar a dudas. La miraron de pies a cabeza y luego se echaron a reír a carcajadas. El hombre que parecía ser el líder, le tocó el brazo y luego los pechos con descaro. Ella se sobresaltó y dio un respingo hacia atrás ante el susto.

—Cruz Roja —repitió con lágrimas en los ojos al ver la lujuria y la malicia en los de aquellos hombres—. Enfermera... —las lágrimas nublaron su vista al ser consciente de que aquellos rusos serían implacables con ella.

Adler acababa de llegar al hospital donde Nina había estado en un primer momento. Bajó del caballo y observó con ojos vidriados de desesperación el estrago que hicieron los rusos con sus bombardeos constantes. El hospital simplemente había volado por los aires tras una gran explosión.

—Dios mío... no...

En ese mismo instante, uno de los rusos le desabrochaba los botones del uniforme de Nina, manchado de sangre y cenizas mientras las lágrimas corrían por sus mejillas, consciente de que aquellos hombres, que la miraban como lobos hambrientos, saciarían sus deseos y luego la matarían. Aunque, ella prefería que el orden fuera al revés.

—Por favor, no… —les rogó, llorando.

Uno de los hombres se puso tras ella y le hincó las nalgas con su parte íntima, dejándole en claro sus intenciones entretanto, Adler llevaba las manos a la cabeza en ese preciso instante en el otro hospital.

—No… no… —repetía el alemán con lágrimas en los ojos—. No, meine Kleine.

Gritó con todas sus fuerzas:

—¡Ninaaa!

Un estallido fuera de la isba destrozada, hizo que los rusos se apartaran de Nina unos minutos. Ella aprovechó la distracción de los hombres para abrocharse los botones del uniforme y para rezar. Dijeron un par de palabras que ella no entendió y luego echaron mano de la cantimplora de vodka. Bebieron y rieron a mandíbula batiente, dejando a la vista sus amarillentos dientes. Nina contó cuántos soldados eran y tragó con fuerza al llegar al número siete. ¡Eran siete soldados dispuestos a hacer lo inimaginable con ella! La violarían por horas y entre varios hombres a la vez. La golpearían si pusiera resistencia y luego la estrangularían por pura diversión. Tras dejar de respirar, profanarían su cuerpo sin vida y lo dejarían allí entre los soldados. Quemarían la isba y nunca más nadie volvería a saber nada de ella.

«Adler» pensó con agonía y lágrimas en los ojos.

—Debí obedecerte, mi amor —musitó con la voz enronquecida.

El jefe del pelotón y otros dos se acercaron a ella como dos lobos en celo.

—Por favor, soy enfermera de la Cruz Roja —les dijo señalando su brazo—. ¡Maldita sea! —explotó y uno de ellos a punto estuvo de pegarla—. ¡Soy enfermera! ¡Ayudo a las personas!

Uno de ellos parecía haberle entendido.

—¿Ser italiana?

Era el líder.

—¡Sí! —le contestó con desesperación y una ilusión que iluminó sus ojos—. Por favor, no me hagan nada —le suplicó.

—Trabajar para nazis —le dijo con expresión burlona—. Ser fascista nazi —hizo un gesto obsceno con la mano—. Puta fascista nazi.

«Puta será tu madre» pensó ella con la ilusión hecha trizas. Todos escupieron a un lado en un gesto de asco.

—Nazi merecer muerte.

Si llegaran a saber de su relación con Adler, serían aún más sádicos con ella.

—Por favor… —les rogó, inútilmente—. No me hagan nada… —lloriqueó.

Los fusiles seguían apuntándola y en sus miradas ardía la lascivia más impúdica y sucia del mundo. Se estremeció y se frotó los brazos en un acto reflejo.

—Ser muy bella.

Le tocó la cara, los pechos, bajó por las caderas y le manoseó las nalgas con descaro. Nina se revolvió y el soldado le lanzó un manotazo que la hizo girar el rostro a un lado.

—Fashistakaia Suka!

Con poca delicadeza, la obligó a arrodillarse y le puso el cañón de su pistola en la frente. Nina temblaba como una hoja a la vez que rezaba. A pesar de todo, no perdía la fe.

—Puta fascista —le dijo con rabia—. ¿querer una polla de verdad en su linda boca?

Le pegó su parte íntima a la cara y luego la apretujó contra ella de un modo muy perturbador. Nina sintió un enorme deseo de vomitar. Aquel hombre olía a tabaco, a vodka, a pólvora y a poca higiene. Le sacó la cofia y le soltó el pelo, para luego tirarlo de mala gana hacia atrás.

—Fashistakaia Suka, mirar a mí...

Se bajó la cremallera de los pantalones y metió la mano de Nina en el interior. Ella quiso estrujarlo como si fuera un tomate, pero se limitó a rezar para sus adentros. ¿Quién la salvaría en aquel sitio olvidado incluso por Dios?

—¿Te gusta, Suka?

Otro le abrió el uniforme de un tirón y dejó a la vista el sujetador color rosa opaco. Cuando Nina intentó taparse, recibió un fuerte bofetón que la hizo caer a un lado. Levantó la vista y los miró con terror.

—Dios os castigará —les dijo ella sin mucha convicción—. No permitas que me hagan nada, señor.

Ellos se bajaron las cremalleras de los pantalones al mismo tiempo tras recibir una orden del líder.

—Chupar todas las pollas —le dijo con su sonrisa diabólica—. ¡Y Luego divertir a todos! —se echaron a reír.

—Suka! —gritaron riendo.

Dos de ellos tironearon con sus ropas y le rasgaron las medias de seda y parte de la falda del uniforme. Nina intentó defenderse cómo pudo de aquellas garras mientras, con los miembros en las manos, los demás hombres se preparaban para atacarla en manada.

—¡Nooo! ¡Malditos! —chilló, iracunda—. ¡Hijos de satán!

Nina se rompió a llorar cuando le vendaron los ojos y le tocaron los senos tras ello.

—¡No!

¿Para qué la vendaban? ¿Acaso pensaban matarla directamente? No, ellos no querían ver el terror y el asco en su mirada mientras la violaban en grupo.

—Por favor… no… —sollozó con amargura.

Cuando el líder la puso de espaldas contra una camilla y le levantó la falda dispuesto a desfogarse, se abrió la puerta de golpe y entró alguien que habló en ruso.

«Dios, ayúdame» rogó Nina, llorando a lágrima viva.

Todos se volvieron y apuntaron sus fusiles hacia él, pero era uno de los suyos, vestía el mismo uniforme y el gorro de astracán con la estrella roja. Se cuadraron al ver que se trataba de un oficial de alto rango.

—No me hagan nada —rogó Nina a ciegas cuando el líder la obligó a arrodillarse delante del oficial que acababa de entrar—. Por favor… —le suplicó con la esperanza de que aquel hombre fuera más piadoso que los demás.

El oficial comenzó a hablarles, sin alzar el tono, pero con gravedad y cierta impaciencia, al menos eso le pareció a la italiana.

—Por favor… —dijo Nina cuando sintió en la frente el frío metal del fusil Tokarev—. Ten piedad… —

fueron las últimas palabras que pretendía decir antes de ser fusilada.

El oficial soviético se acercó y la observó con una indiferencia escalofriante. Nina no podía verlo, pero, de todos modos, sintió su desprecio desparramándose por su piel y por su alma.

—Imbécil —masculló ella en alemán.

El líder y el oficial, un capitán, intercambiaron algunas frases cargadas de reproche. El oficial alzó más la voz y Nina, aunque no comprendía una sola palabra, supo que estaban discutiendo.

—¿Qué está pasando? —se preguntó la italiana y casi se quitó la venda, pero al final no lo hizo por temor.

Alguien la cogió del brazo con brusquedad y le dijo algo que ella no entendió.

«Dios mío» pensó con el alma a sus pies. Aquel hombre era como los otros y su final sería trágico, inevitablemente.

—¡Nooo! —chilló ella, desesperada—. ¡Por favor!

Un soldado la arrastró al exterior con violencia sin quitarle la venda. El oficial dio una orden y alguien la envolvió con una manta a la que ella se aferró con todas sus fuerzas.

—¿Me puedo quitar la venda? —preguntó indicándola con la mano.

—Niet —le dijo en tono austero y apartó la mano de un manotazo.

—Cabrón.

El soldado y Nina siguieron al oficial hasta un camión ZIS con la estrella del Ejército Rojo.

—¿Adónde vamos?

Nina negó con la cabeza en un gesto de reproche.

—Malditos hijos de puta —refunfuñó—. Dios existe y os castigará.

El hecho de que no entendían su idioma, la llenaba de valentía para soltar aquellas maldiciones. El soldado la empujó con poca delicadeza al interior del coche y se sentó junto a ella sin dejar de apuntarla con el arma. El oficial arrancó y condujo a toda pastilla.

—¡Animal! —protestó Nina, cuando el camión comenzó a dar botes—. ¿No sabe conducir?

El oficial dijo algo y ella lo tomó como un taco.

—Eso será usted —murmuró con rabia—. Idiota —si iba a morir aquel día tras ser ultrajada y vejada por aquellos rusos, pues tenía el derecho de exponer su opinión—. ¡Arderán en el infierno!

El soldado le tocó la pierna y ella le pegó con violencia la mano. El joven de unos veinte años soltó un taco y levantó la mano como para golpearla, pero el oficial le dijo algo y cambió de parecer rápidamente.

—¿Me va a violar? —le preguntó Nina, desesperada.

Nada, ni una sola palabra.

—Quiero que sepa que amo a un alemán —continuó ella—. ¡Amo a su enemigo con toda el alma!

El oficial aceleró el coche cuando vio unos tanques alemanes. Desvió el camino a toda prisa y Nina perdió el equilibrio, golpeándose la parte de atrás de la cabeza. Soltó un gemido de dolor y luego una maldición.

—Es guapo a rabiar —soltó con una sonrisa—, nada que ver con ustedes, feos y malolientes —continuó su parloteo solitario y sin sentido—. Es el amor de mi vida… —las lágrimas anegaron su rostro—. El único hombre que he amado… —la voz se le ahogó.

¿Quería ganarse un tiro? ¿Era eso? ¿Y si él entendía su idioma como el otro? El camión dio un frenazo. El soldado perdió el equilibrio y Nina terminó sobre él de un modo muy patoso.

«Dios mío, es la hora».

La puerta del conductor se abrió y unos pasos le advirtieron que venía a por ella.

—Lo siento, no quise decirle esas cosas —se disculpó—. En realidad, no me arrepiento —murmuró enfurruñada—. ¡Idiota!

Se abrió la lona de golpe y se asomó el oficial, alzó la pistola y apuntó hacia ellos.

—Dios, que no duela… —suplicó Nina, llorando.

Escuchó al oficial dar órdenes.

—Padre Nuestro… —empezó a rezar Nina.

Sintió de repente que tiraban de ella. El soldado la sacó del vehículo a punta de fusil, pero sin quitarle la venda. Nina casi se tropezó de no ser por la habilidad del oficial que la sostuvo a tiempo.

—¿Puedo quitarme la venda? —le preguntó—. Quiero ver la cara del desgraciado que me matará.

Nada, aquel hombre simplemente la ignoró.

—Volveré del más allá y le perseguiré —le amenazó ella entre dientes—. Pero si me deja libre, no volverá a verme jamás y hasta rezaré por usted.

Las piernas le temblaban y el corazón le latía a un ritmo anormal en el pecho.

—Será rápido, solo unos segundos —se decía mientras oía el crepitar de la nieve bajo sus botas.

La violarían y la matarían después. Luego descuartizarían su cuerpo y lanzarían los restos a una hoguera en honor a la bandera rusa. Y la cabeza la conservarían como un trofeo. Pero, al analizarlo mejor, no tenía sentido que hicieran eso con una simple enfermera. No era un oficial de alto rango para merecer semejante honra.

«Si no me mata ya, lo haré yo» se dijo al no conseguir controlar sus pensamientos.

—¡Máteme ya! —le gritó con furia al oficial—. ¡Por favor termine con mi agonía!

Los rusos murmuraron algo, sus pasos en torno a ella crujían en la nieve y aquel sonido retumbaba en su corazón. Empezó a castañear los dientes y a temblar como una hoja. ¿Acaso no quería morir? No, ningún ser humano quería morir, ninguno estaba preparado.

Jamás.

—Niet —dijo el oficial que sacó su pistola y con un golpe certero de la culata en la cabeza del soldado, lo dejó inconsciente y a los pies de Nina, que soltó un gritito ante el susto.

—Nina, no sé cómo llegué hasta ti —le dijo Adler con la voz enronquecida y ella casi perdió el conocimiento ante la sorpresa.

Adler había modulado la voz para que no se dieran cuenta de que no era ruso en realidad.

—Tras saber dónde fuiste con tu jefe —Nina se rompió a llorar ante la emoción—, a través de una enfermera que sobrevivió en el otro hospital —le dijo mientras le quitaba la venda—. Llegué aquí.

La enfermera fue incapaz de contener las lágrimas.

—He pasado por muchas cosas, pero ninguna, ninguna cómo esta angustia...

El cuerpo de Nina vibró con cada sollozo que se le escapaba. No podía creer que era Adler, que aquel oficial petulante y valiente era él.

—Dios… mío…

Cuando él hincó la rodilla en la nieve frente a ella con un anillo entre los dedos, ella llevó las manos a la boca y trató de ahogar un grito que se filtró entre sus dedos de todos modos.

—Nina del Bianco, amor de mi vida y cabezota como ninguna, ¿quieres casarte conmigo y así dejar de hacer estas locuras suicidas?

Nina no podía más y se desmayó ante la fuerte emoción.

—Meine Kleine! —chilló Adler al cogerla en brazos antes de que se cayera en el suelo—. Ahora vuelvo a respirar con normalidad, mi amor —le dio un beso en los labios entumecidos—. Gracias, Dios —le llenó la cara de besos antes de meterla en el coche—. Te amo —le cubrió con la manta—. Con toda el alma, meine Kleine.

Y antes de que los rusos o los alemanes los encontraran, salieron de allí disparatado.

Huir del infierno

Las piernas de Gino del Bianco temblaban cada vez más y el corazón le latía por todas partes con desenfreno. A ello se sumaba el hambre, el cansancio y la tristeza. Guido lo miró con ojos teñidos de dolor y de admiración al tiempo. Gino quiso decirle que volverían a verse, pero no quería mentirle. No quería ilusionarle.

—Adiós —le vocalizó con un nudo enorme en la garganta—. Te echaré de menos.

Gino había sido acusado de alta traición, pero tras él se escondía otro delito: amar a un hombre. Un secreto que solo su hermana melliza conocía y su amor perdido, Gianfranco, fusilado meses atrás por los nazis.

—Adiós —le dijo Guido y le regaló una dulce mirada.

Formaron fila en el patio del campo y un oficial de las SS les vociferó palabras ininteligibles para sus oídos, ya que estaba sumido en sus pensamientos. Su plan de escapar podía fracasar y acabar en un lugar mucho peor que aquel. ¿Y si descubrían qué no era el dueño de aquella placa de identificación? Comenzó a sudar frío, a sentir pánico y un terrible dolor en el estómago.

«Cuando nos necesites, sabes dónde encontrarnos» le había dicho su camarada, días antes de que cayera en las manos de los alemanes, tras entregar un mensaje codificado a otro partisano.

Gino fue sometido a torturas inhumanas antes de terminar en aquel campo llamado Treblinka. Si lo torturaron de aquel modo tan salvaje por un mensaje, ¿qué le harían por huir?

—Schnell! Schnell!

Los prisioneros iniciaron una marcha fúnebre.

—¿Qué ocurre?

—Van a registrarnos antes de salir.

Gino volvió la vista atrás, hacia los barracones.

—¿Por qué?

El hombre se encogió de hombros.

«Dios mío».

No podía parar de moverse, los nervios le comían el estómago y parte de los sesos. Se mareó y trató de no perder los estribos, inútilmente. El sudor empapó su rostro y los tembleques se adueñaron de sus extremidades. Apretó los dientes y después tragó con fuerza. Intentó rezar, pero no recordaba ninguna oración.

«Tranquilo, Gino» se dijo con los dientes apretados.

Se secó el sudor de la frente con las manos heladas. Quiso salir corriendo de allí, pero era consciente de que le disputarían desde la torre de control o sería el menú de los perros.

—Tú… —le dijo un guardia a uno de los prisioneros.

La mente de Gino lo transportó al pasado, en contra de su voluntad, lo llevó a aquellos funestos y terribles días tras su captura.

—*¿Teniente del Bianco?*

Era militar desde los dieciocho años.

—*Sirve a dos amos* —*le dijo el elegante y atractivo oficial de las SS*—. *Eso nunca es bueno.*

Al principio lo había interrogado sin más, civilizadamente, enfrentados cara a cara en una mesa como dos viejos conocidos.

Incluso le regalaron un cigarro y un vaso de wiski. El alemán era tan educado y tan fino que no parecía ser un simple oficial de las SS. Tal vez pertenecía a la nobleza o a alguna familia adinerada.

—¿Qué hacía en aquel hotel lleno de traidores?

Y entonces, tras la quinta vez que le preguntó aquello, adoptó una actitud más severa y estricta, casi bestial.

—Solo fui a ver a mi chica.

Los ojos del alemán se oscurecieron.

—¿Una traidora?

Bianca se quitó la vida cuando los guardias entraron en la casa, prefirió la muerte a tener que pasar por las manos de los nazis, que solían ser tan violentos con las mujeres como lo eran con los hombres.

—No, ella era bailarina.

—Una puta traidora.

Los golpes con la porra en la cara, las sacudidas, los puñetazos, los escupitajos, la cuba de agua helada en la que le sumergieron hasta dejarlo sin respiración y las patadas vinieron a continuación.

—Tenemos mucha paciencia, teniente.

Gino estaba irreconocible el tercer día.

—Mucha paciencia —le repetía cada vez que lo lanzaban a su celda tras una dura sesión de tortura.

Ni siquiera recordaba lo que le habían preguntado o si había respondido aquellos días. Sus gritos era lo único que podía recordar con claridad.

—Agua, por favor, dame agua —les rogó y a cambio metieron su cabeza en la cuba de agua helada.

—¡Tú! —le gritó el guardia y lo devolvió al presente de golpe.

De un empellón, avanzó algunos pasos que lo colocaron frente al guardia que, justamente, solía registrar su barracón. ¿Lo reconocería? Los alemanes tenían muy

143

buena memoria, a pesar de que había miles de hombres en aquel campo, no olvidaban un rostro con facilidad como la mayoría de los mortales. Pero, éste ni siquiera le miró, hizo su tarea rutinaria con manos blandengues y sin mucho entusiasmo. Gino lo miró con atención y con cierta incredulidad.

«No lo mires así» se reprochó.

El SS comenzó a cachearle por los brazos, los hombros, el torso y las piernas. Lo miró con atención a través de sus clarísimos ojos azules y solo entonces, Gino comprendió por qué fingía no reconocerlo, no era por falta de memoria, sino falta de compasión. Estaba feliz por su partida a la muerte segura. Revisó la placa y enarcó las cejas de un modo que no le gustó al italiano.

—Hmmm.

Las gotas de sudor le resbalaban por la cara a Gino y también por el pecho mientras aguardaba. El guardia le miró con ojos desapasionados.

—Adiós —le murmuró sin apenas mover los labios.

Y llamó al siguiente.

«Dio santo».

Gino tardó en moverse y cuando al fin logró hacerlo, temió desmayarse de la emoción. Miró el cartel que rezaba: Treblinka con una rara sensación en el pecho, aquella que solo la alegría le otorgaba a un ser humano.

—Iremos a Auschwitz —anunció de pronto un francés—. Y sabemos a qué vamos allí.

Gino hablaba francés perfectamente y puso atención en ellos, que ni siquiera se dieron cuenta de su presencia. Eran unos médicos judíos que lo habían perdido todo tras el inicio de la guerra.

—Allí exterminan a las personas en cámaras de gas o por inanición.

Gino se dio la vuelta y miró con ojos ensombrecidos el campo donde había estado los últimos meses. No sabía si sentía alivio o terror ante lo que le deparaba tras cruzar la puerta.

«Escaparé» se dijo al tocar la pierna donde ocultaba una navaja que había robado días atrás de un prisionero. No podía creer que aquel guardia no lo notó al tocarlo. Tal vez le daba igual su destino o, simplemente, estaba demasiado cansado como para haberse dado cuenta.

—Pronto nos veremos, Nina —se dijo sonriendo—. Sorella mia.

Se sentó en el tren con ese pensamiento y esa esperanza en el alma.

El precio de la valentía

La expresión de Adler era dura como el granito ante su superior, que estaba bastante decepcionado tras su huida sin previo aviso hacia la zona más conflictiva en Krasni Bor.

—El delito que cometió al abandonar a sus compañeros y ponerlos en peligro ante el enemigo —le dijo el general en tono duro— es imperdonable y seré bastante estricto con usted, capitán.

La degradación del joven militar a su antiguo rango fue una de las más difíciles decisiones que tuvo que tomar su superior, pero era la manera de hacerle recordar quién era y para quién trabajaba. Además, de la degradación de rango, Adler fue suspendido de sus servicios por una semana y sin goce de sueldo por un mes.

—Una vez salvaste a una judía delante de los ojos del comandante Weiß —le recordó su superior con una sonrisa desenfadada y tuteándolo—. Y te negaste a fusilarla cuando te lo ordené.

El recuerdo estrujó el corazón del capitán.

—Al final, murió a manos de un cabo —sonrió con amargura—. Eso sin mencionar las dos cajas de alimentos que desaparecieron del despacho del sargento Müller de una manera bastante discutible —miró al joven militar con expresión ladina—. Harina, mantequilla, sal, azúcar, café y un par de tabletas de chocolate que, según entendí, terminaron en las manos de unos judíos que estaban encerrados en un tren y pedían a gritos comida y agua —

147

Adler parpadeó—. Tú te encargaste de darles algo de comer y de beber mientras una puta mantenía ocupado al encargado y a sus soldados —negó con la cabeza—. Y tres niños desaparecieron sin dejar rastro —enarcó una ceja—. Tres bebés en realidad.

Adler los llevó a un orfanato donde el cura era su primo por parte de su madre.

—Aunque las madres dijeron que los lanzaron por la ventanilla para evitarles un sufrimiento innecesario.

Adler no era el típico militar alemán que obedecía al pie de la letra las normas. En especial, cuando se sentía atacado por las injusticias que se cometían en aquella guerra a diario.

—Eres un buen hombre capitán, pero ante todo, eres un soldado y debes obedecer las órdenes de tus superiores.

El rostro de Adler se mantuvo duro y firme todo el tiempo, como si estuviera en una sala repleta de militares de alto rango que decidirían su destino como soldado, un lujo que no podían darse en aquellos momentos tan críticos.

—En breve recibirás noticias mías y de tu nuevo cargo en Varsovia, capitán.

Adler le dedicó el saludo militar sin abandonar su deje pétreo.

—*Jawohl!*

Salió de la sala con una rara sensación en el pecho. No era una mala sensación, al contrario, era algo parecido al alivio.

—Nina… —musitó con una sonrisa que apenas curvaba sus labios—. Tendremos una semana solo para nosotros dos.

Al principio, se enfadó cuando le dijeron que lo degradarían, pero luego, ante la posibilidad de realizar un trabajo menos peligroso y por tierras polacas, sintió una indescriptible alegría en el corazón.

Salió del edificio y se dirigió a una cafetería donde compró pastas de chocolate, las favoritas de Nina, que seguía de baja tras lo que vivió en Krasni Bor. La dependienta del lugar lo miró embelesada y ni siquiera se dio el trabajo de ocultarlo. Adler despertaba pasiones por donde pasaba.

—Su novia es muy afortunada, señor —le dijo a modo de farol.

Adler le sonrió y ella, por muy poco, no se abanicó la cara con las manos ante la emoción.

—El afortunado soy yo, señorita.

Y con aquella afirmación, tan franca y leal del militar, la mujer casi se desmayó ante la decepción.

—Adiós.

Adler no tenía ojos para otra mujer que no fuera su futura esposa. Estaba tan enamorado que hasta puso en riesgo su propia vida y la de sus compañeros aquel día que la rescató. Lo que nadie sabía, era que, tras el desmayo de Nina, los rusos aparecieron de la nada antes de que pudiera arrancar el coche al darse cuenta de que no era uno de ellos. Furioso aún por lo que trataron de hacer con Nina, Adler no dudó ni dos segundos en eliminarlos del mapa con su extrema habilidad con el arma. Ni siquiera tuvieron tiempo de apretar el gatillo cuando él lo hizo. Por fortuna, su *Luger* tenía silenciador y el trabajo fue magnánimo.

—Soy capaz de todo por ti, Nina —masculló mientras caminaba por la acera rumbo a su casa.

Nina estiró los dedos de la mano derecha y escrutó con embeleso el anular donde se encontraba la promesa en forma de sortija de Adler. Esbozó una sonrisa que no le cabía en la cara al evocar aquel inolvidable día…

—Pertenece a mi familia desde hace generaciones —le dijo Adler mientras le ponía la sortija a la luz de las velas cuando recuperó la consciencia y se encontró en la cabaña donde él estaba hospedado durante la misión de su pelotón—. Ahora quiero que mi familia seas tú.

Los ojos se le llenaron de lágrimas.

—Eres mi vida entera, Nina.

Alzó la vista para mirarle.

—Sí, quiero —le dijo con la voz enronquecida—. Quiero ser tu esposa, Adler.

Adler le dio un apasionado beso de amor mientras las leñas en la chimenea crepitaban en el fuego como sus corazones en sus pechos.

—Quiero que seas mi hogar, mi dicha, mi refugio, mi esperanza, mi consuelo, la razón por la que luchar cada día, Nina.

Ella se quebró, no podía más ante la fuerte emoción que recorría todo su ser.

—Te amo, Adler.

Nunca había dicho esas palabras con tanta intensidad y sintiendo aquella sensación maravillosa en el alma. Era su primer amor verdadero, el que nace en medio del pecho y se mete en cada partícula del corazón hasta ser parte de él. Una parte esencial de él.

—Nunca me amarás como yo te amo a ti, Nina —le dijo con la mirada brillante—. Nunca amé de este modo a nadie en toda mi vida —ahuecó el rostro de la mujer entre las manos—. Tú eres mi corazón.

Agachó la cabeza y la besó mientras la estrechaba con fuerza entre sus brazos como si temiera que fuera a desvanecerse igual que se desvanecen los sueños al despertarse. Nina lloró y él, por muy poco, también casi se rompió a llorar.

—Te amo, futura señora Adler von Schwarz.

Nina tembló antes de alargar la mano y desabrocharle la guerrera con la mirada clavada en él. Adler quiso decirle que podían *esperar hasta el día de la boda, pero cuando pensaba abrir la boca, ella le quitó la guerrera y la camisa con mucha decisión.*

—Eres tan hermoso…

Deslizó las manos por su abdomen esculpido del hombre y acarició con las palmas cada músculo, cada lunar y cada cicatriz que la guerra fue dejando en su piel a lo largo de los años.

—No como tú, meine Kleine.

Estaban en la moqueta de la habitación, al lado de la bucólica chimenea estilo victoriano. Habían comido allí un par de frutas y chocolates entre risas. Nina no se reconocía, parecía otra en los brazos de aquel hombre que, simplemente, amaba con todas sus fuerzas.

—Quiero amarte, Nina.

Estaba de rodillas ante ella, que sentada y con la camisa de él como única vestimenta, la miraba con amor infinito. Nunca pensó que algún día se enamoraría de aquel modo tan fulminante. Su exnovia, Gerda, le dijo que era un hombre inconquistable y que ninguna mujer lograría meterse en su pecho. En aquel momento, tras el bofetón que recibió de ella, pensó en sus palabras y le contestó en silencio: tienes razón, el amor no fue hecho para mí. Pero entonces, tiempo después, Nina llegó a su vida y con tan poco le hizo cambiar de opinión.

—Déjame amarte, Nina.

Le tocó la cara con mucho amor.

—Ámame, Adler…

La recostó en la moqueta con suma delicadeza y le desabrochó los botones de la camisa casi a cámara lenta. Un escalofrío, que nada tenía que ver con la temperatura del ambiente, recorrió la espina dorsal de la italiana y la hizo arquear la espalda en un acto involuntario. Adler sonrió con la mirada antes de apartar la tela y dejar a la vista su esbeltez.

—Eres perfecta, mi amor.

La veneró con los ojos mientras se quitaba el resto de sus ropas y dejaba a la vista su desnudez. Nina recorrió con los ojos su cuerpo iluminado por las llamas y suspiró hondo, muy hondo.

—No tengas miedo, cielo —le rogó al ver el terror en la mirada de la joven—. Seré muy cuidadoso.

Nina se estremeció.

—Confía en mí —le rogó en un susurro cargado de erotismo—. Eres lo que más amo en esta vida… —se acomodó entre sus piernas.

Se inclinó y la besó con una suavidad sorprendente, con los labios succionándole con dulzura los suyos y deslizando la nariz junto a la de Nina en una caricia llena de ternura.

—Meine Kleine…

La pasión de Adler era evidente y el miedo de Nina a flor de piel.

—Confío en ti, Adler —le susurró con agonía—. Ciegamente.

Adler dibujó su cuello y despertó cada una de las terminaciones de su cuerpo con aquella primera caricia íntima. Nina dobló las piernas y enterró los dedos en el pelo dorado del alemán cuando sus labios posaron en sus pezones erectos. Los lamió, succionó y mordisqueó con mucho afecto. Nina se aferró al pelo del hombre cuando las caricias se hicieron más intensa y exigentes.

—Adler… —gimió.

El alemán dibujó un largo camino de besos por el torso de la mujer. Despertando un puñado de nervios que ella ni siquiera sabía que tenía.

—Tu piel sabe tan bien, Nina.

Recorrió con la lengua las piernas de la enfermera hasta llegar a su entrepierna, donde se detuvo. Nina se estremeció cuando la lengua de su amado separó los pliegues de su sexo y se adentró en él lentamente. Movió la lengua de arriba abajo sin abrir los ojos, perdiéndose en aquella devoción. Una corriente eléctrica la recorrió de arriba abajo y aceleró su pulso a niveles insospechados. La caricia de Adler era tan delicada y tan firme al tiempo que Nina no sabía si gritar o removerse bajo su boca implacable.

—Oh, Adler… —gimió cuando una sensación indescriptible en aquella zona hipersensibilizada se adueñó por completo de su ser—. Ohhh…

Enredó las manos en el cabello de Adler, no sabía si para apartarlo o para apretarlo más contra sí. El alemán hizo una lenta exploración de la ranura, una caricia que disparó las caderas de Nina cuando el placer le invadió la columna una vez más.

—Eres tan dulce.

Nina gemía y jadeaba, le costaba respirar mientras él le lamía y succionaba hasta hacerla caer en el olvido por segunda vez.

—Oh, Dios…, Adler…

Su cuerpo entero se sumió en los espasmos cuando las olas de placer la bañaron entera.

—Nina… —murmuró él entre sus piernas—. Eres mía, solo mía.

Le cogió el punto más erógeno de su sexo entre los labios y se lo succionó con suavidad hasta que ella volvió a gemir.

—Como yo soy solo tuyo.

Y solo entonces, cuando ya estaba lista, se acomodó entre sus piernas y la penetró, centímetro a centímetro, con mucho cuidado para no hacerle daño o lastimarla.

—¿Estás bien, meine Kleine?

Nina hundió las uñas en sus fuertes hombros cuando sintió que la estaba desgarrando por dentro. Trató, con todas sus fuerzas, no dejar a la vista de su amado su penuria, pero él lo vio de todos modos y se detuvo.

—¿Quieres que pare?

Ella le rodeó la cintura con las piernas y sonrió, a pesar del dolor, sonrió.

—No, por favor.

Adler no se movió, espero a que ella se adaptara a su tamaño para continuar. Nina sintió que todo le daba vueltas y que una quemazón en aquella zona empezaba a arderle.

—¿Estás bien, meine Kleien?

Lo miró con ojos vidriados de deseo.

—Sí, estoy bien.

Adler era un hombre muy fuerte y ella una mujer menuda y delicada. No quería hacerle daño, pero la primera vez de una mujer siempre era dolorosa.

—No tengas miedo, meine Kleine.

Nina estaba tan hinchada, tan sensible, que no sabía si podría soportarlo y le puso las manos en las caderas en un intento no muy decidido de detenerlo, pero no lo consiguió.

—Te amo... —le susurró él y empezó a moverse dentro de ella—. Con toda el alma, meine Kleine.

Las llamas de la chimenea iluminaron sus cuerpos desnudos y sus miradas lacrimosas. Había tantos sentimientos en aquella conexión que las lágrimas se hicieron presentes inevitablemente.

—Te amo, Adler.

Y tras aquella declaración cargada de amor, él la penetró hasta el fondo y la hizo suya, solo suya.

—Mi amor... —susurró Nina con una sonrisa bobalicona al volver al presente—. Solo mío.

La puerta se abrió y al girar el rostro se encontró con él, con su alemán. Se levantó del sofá y salió corriendo a su encuentro. Adler puso las pastas sobre la mesa y la cogió en brazos con una sonrisa de pura alegría estampada en la cara.

—¡Te eché de menos!

Capturó los labios de su amado en un profundo beso de amor.

En tus brazos

Adler estaba sentado en la moqueta con Nina a horcajadas en su regazo y muy dentro de ella. Las llamas de la chimenea caldeaban toda la habitación y también sus cuerpos desnudos. Nina le tocaba la cara con tanta adoración que él, por muy poco, no gimió de placer. Se besaron con dulzura y cierto salvajismo al tiempo. Y es que él no sabía besarla de otra manera que no fuera de aquel modo. La deseaba tanto que le era imposible contener las ganas de tocarla, pero ella le pidió que no lo hiciera. Y él sufría por eso.

—Si me tocas, perderás la apuesta y volveré al trabajo mañana, capitán.

Adler estaba apoyado por las manos y la miraba desafiante a través de sus ojos clarísimos bajo el efecto de la lumbre del fuego a un costado. Nina lo tenía dentro, duro y ardiente, y de vez en cuando, muy de vez en cuando, se movía. El dolor era incómodo, pero aquel cosquilleo delicioso lo hacía más soportable.

—¿Me estás torturando?

Ella se movió con una mirada llena de picardía.

—Eres un soldado, un buen soldado y debes soportar lo insoportable.

Adler llevaba meses sin estar con alguien y el deseo no era muy domesticable como el hambre o el frío. Había entrenado duro para ser quién era, pero ciertas cosas, a pesar de todo, seguían siendo difíciles de domar.

—Nina…, por favor…

Ella se tocó los senos hasta dejar duro los picos de sus pezones de color rosa claro. Adler quería meterlos en la boca, lamerlos y succionarlos hasta hacerla gritar.

—Llevamos una semana encerrados, capitán —le recordó con una sonrisa divertida—. Haciendo el amor como dos locos —miró la moqueta a un lado.

Sintió un poco de vergüenza al recordar la sangre que había manchado la moqueta la primera vez. Pero era normal, ya que ella era muy menuda y él muy fuerte.

—¿Te duele, meine Kleine?

Todavía ardía, pero ya no dolía como días atrás.

—Casi nada, mi amor.

Adler sonrió al traer a la mente cómo le calmó las molestias con la lengua y la manera en cómo ella se retorcía cada vez que tocaba el cielo.

—¿Por qué me miras así?

Una sonrisa iluminó el rostro del alemán y realzó el tono rubicundo de su piel. Nina le tocó la cara ensombrecida ligeramente por una barba de tres días.

—No sé cómo mirarte de otra forma, meine Kleine.

Estaba tan enamorado y nunca pensó que, en medio del caos, la encontraría a ella, su salvación, su destino.

—No, tienes esa mirada un tanto amenazante.

Él sonrió.

—Es tu culpa.

Nina le besó con ternura y luego con mucha pasión.

—¿Sí, capitán? —le provocó.

Él sintió que estallaría en cualquier momento.

—¡Cristo!

Adler le pidió que se sujetara porque se levantaría sin tocarla. Nina le rodeó el cuello con los brazos y la cintura con las piernas. Con mucha agilidad, el alemán se levantó y ella, llevada por la lujuria que él despertaba en su cuerpo, empezó a moverse con mucha sensualidad como él calculó minutos atrás. Con las manos tras la espalda y la boca devorándola, la hizo suya en aquella posición que la volvía loca sin la necesidad de tocarla. Nina no paró, se deslizó de arriba abajo por su erección hasta correrse, hasta hacerlo perder por completo la razón. Los músculos de las piernas del alemán se tensaron tanto como los de su cara y luego temblaron como los de su espalda. Nina lo miraba expectante mientras sentía en su interior la explosión de su placer, densa y profunda. Quería tocarla, quería estrecharla y gemir en su boca las últimas pulsaciones de su frenesí, pero no pensaba perder la apuesta, ¡jamás!

—Eres…, eres…, increíble…

Adler quería más, él siempre quería más y más de ella. Así que, se arrodilló con ella encima y le pidió que lo liberara. Nina vaciló unos segundos, pero al ver la expresión de sus ojos, decidió obedecerle. El oficial dibujó un camino intenso de besos y chupeteos por su torso, que la encendieron en pocos segundos. Ahora ella también quería más y más de él. ¡Era adictivo!

—Dios, estoy loco por ti, señorita del Bianco.

Cuando el alemán llegó a su entrepierna y enterró la lengua en su sexo, Nina gritó, simplemente gritó.

—Gime para mí, Nina…

La noche anterior la había sujetado por las caderas para que no se moviera mientras exploraba su sexo y luego la levantaba y bajaba con la lengua dentro hasta el fondo.

—Oh, Dios…

Nina no era muy religiosa, pero cuando estaba con él, era casi una devota.

—¿Te gusta, meine Kleine? —jadeó entre los pliegues de su sexo y con la mirada clavada en ella—. ¿Sigo?

La voz ronca y revestida de lascivia del alemán la obligó a mover la cabeza de un lado al otro mientras los talones se hundían en la moqueta.

—Sí... sí...

Tiró de su cabello, empujándolo dentro de ella con desesperación. Las piernas empezaron a temblarle, y los dedos a encogerse a medida que el orgasmo se acercaba. Un gemido de dolor salió de los labios de Adler y se perdió en medio de la carne de la mujer. No se detuvo, continuó succionando aquel punto más erógeno de su ser con una devoción que la hizo perder la cordura por completo.

—¡Madre santa! —gritó la italiana cuando el clímax se apoderó de ella—. Estoy..., oh, Dios mío. Estoy... —no sabía qué decir—. Jesús...

Él sonrió de lado.

—Eres muy devota, meine Kleine —se burló sin abandonar su sonrisa—. Por muy poco no me persigné.

Ella tenía la mano en la cabeza y una de las piernas flexionadas. Su pecho subía y bajaba sin parar.

—Esto fue celestial, Adler.

Una risita se le escapó al oficial.

—Amén —se mofó y ella no pudo evitar sonreír.

Recorrió con la boca hambrienta el cuerpo de la mujer que parecía estar flotando en el aire. Sabía que los soldados tenían muy buena condición física, pero nunca se imaginó cuánta. ¡Adler ya estaba listo otra vez!

—Eres deliciosa.

Sonrió, él siempre sonreía y la cautivaba un poco más.

—Te amo —salió de sus labios como un suspiro apenas audible.

Se precipitó sobre ella y se apoyó por los codos para no aplastarla con su peso.

—Y yo a ti.

Entró dentro de su cuerpo y no se movió.

—Eres…

Salió un poco y volvió a empujar hasta el fondo.

—La mujer…

Salió de nuevo y ella le hundió las uñas en las nalgas de acero para obligarlo a entrar de nuevo en su cuerpo. Lo quería allí, porque era suyo. Solo suyo.

—De mi…

Empujó hasta el fondo y la obligó a flexionar las piernas y a arquear la espalda con fuerza.

—Vida.

La miró con amor infinito, como si aquel día fuera el último de sus vidas. Abrió la boca para susurrarle dulces palabras, pero un estremecimiento inesperado de la mansión lo obligó a cerrarla de nuevo.

—¡Bombas! —chilló ella.

Adler y Nina se vistieron a toda prisa. Bajaron al refugio del lugar y se abrazaron con fuerza mientras esperaban el fin de aquellas explosiones.

—Tengo miedo, Adler.

Los sombríos recuerdos del pasado agitaron el corazón de Nina con violencia. Cerró los ojos y allí estaban aquellas imágenes que nunca podría olvidar. Su madre y su hermana volando por los aires tras la caída de una bomba en la ciudad de Roma.

—¡Mamá! —gritó sin querer y Adler, aunque no conocía su triste historia, la consoló con dulces palabras y tiernas caricias.

—Tranquila, meine Kleine —le dijo cerca del oído—. Aquí estoy, no tengas miedo.

Aquel día fue la última vez que las vio con vida.

—Lo siento, mamá. Lo siento.

Nina nunca se perdonó, ya que ambas fueron a verla en el hospital antes de volver a casa. Si ella no hubiera ayudado a su jefe la noche anterior, ellas no estarían en la ciudad por aquellas horas.

Y seguirían vivas.

—Shhh… —le murmuró Adler—. Ya pasó…

Nina salió de la casa de Adler con una sonrisa de oreja a oreja. No podía esconder su felicidad, nunca fue egoísta y compartía todo con los demás. Incluso con gente extraña que la miraba con atención mientras se dirigía al hospital, recordando las últimas palabras de su amado:

—Quiero que vivas conmigo, meine Kleine.

Al principio no sabía qué decirle.

—Nos casaremos dentro de dos meses, Adler.

Él la miró con expresión almibarada y una sonrisa derrite corazones.

—No puedo vivir sin ti, meine Kleine.

Y con aquellas palabras la convenció. Nina se mudaría con él en aquella enorme y lujosa mansión gótica que pertenecía a su familia.

—Estás loca —se dijo mientras cruzaba la calle con su fiel compañera los últimos días: su sonrisa de mujer enamorada—. ¿Qué me hiciste, Adler?

Un oficial de la *Wehrmacht* se acercó a ella como alma que lleva el diablo, sin que se diera cuenta y obstaculizó su camino. Nina chocó contra el joven y casi perdió el equilibrio ante el impacto. Lo miró estupefacta y algo huraña.

—Señorita, soy el teniente Kurt Weischenberg y la necesito con urgencia.

Era un oficial tan joven y apuesto como Adler, pero no tan rubio como su amado. Era altísimo, fuerte y de unos ojos que no parecían terrenales. Tenía una barba bien cuidada de una semana o un poco más. La barbilla era más prominente que la de Adler y tenía un hoyuelo en el centro que llamaba mucho la atención. Pero lo que más sobresalía en él, era sin lugar a dudas, su noble corazón.

—Un niño sufrió un terrible ataque de un guardia de las SS y está muy mal.

Nina le preguntó dónde estaba y qué le hicieron. En su bolso siempre llevaba un poco de morfina, gasas, yodo y antibióticos.

—Le golpearon en la cintura con una porra.

La enfermera temió lo peor, ya que aquella zona era muy delicada y aún más si se trataba de un niño.

—Es judío —le dijo el teniente—, por eso lo llevé a un sitio secreto, señorita.

El joven oficial temió lo peor al ver el gesto de la mujer, pero cuando sus ojos se nublaron, supo que había elegido a la mejor.

—No perdamos el tiempo, teniente.

Nina revisó al niño de pies a cabeza con mucho cuidado y supo al instante que no podía hacer nada para salvarlo. Era tarde, muy tarde para eso.

—Lo siento, pequeñín —le dijo, llorando—. Dios, por favor, dadle consuelo —tocó la cabecita del niño con afecto—. Ten piedad de él.

El niño ya no se movía cuando lo revisó.

—Descansa, cielo.

Kurt fumaba sin parar mientras esperaba noticias en la antigua sala de una mansión completamente abandonada a las afueras de Varsovia, en un pueblo donde ya nadie vivía desde la invasión alemana. Estaba sentado en el alféizar de la ventana con las piernas flexionadas y la mirada perdida en el plomizo horizonte. Nina apareció de un momento a otro y sus ojos lacrimosos le dieron la triste noticia que estrujó su corazón con saña.

—Lo… siento… —lloriqueó—, no pude hacer nada, teniente.

El niño murió en los brazos de Nina, tras una lucha desleal contra su destino.

—No pude hacer nada, teniente.

Le explicó al teniente que los golpes reventaron sus órganos y provocaron una hemorragia interna incontrolable.

—Es el tercero que muere de esa manera, señorita.

Nina lo miró con atención por unos segundos y se preguntó por qué un oficial de su rango salvaba a niños judíos como aquel. ¿No iba en contra de la ideología de los nazis? Suspiró hondo.

—Lo siento mucho, teniente.

Kurt la miró con la pena estampada en la mirada.

—Yo también, señorita.

El alemán dejó caer una lágrima, que secó a toda prisa con el dorso de la mano. Era algo inaceptable para un oficial como él dejar a la intemperie sus emociones.

—¿Usted lo conocía?

Nina dejó caer un par de lágrimas, a pesar de ver todos los días niños como aquel en el hospital, no se acostumbraba a la muerte y, mucho menos, de aquellos más inocentes.

—Sí, lo conocía.

No le dio más detalles, era peligroso para él y ahora también para ella.

—Entiendo.

Kurt conocía muy bien a los suyos y de lo que eran capaces de hacer cuando se sentían ofendidos. Y salvar a un judío era una de las peores ofensas que se podía hacer contra ellos.

—Muchas gracias, señorita.

Cogió la mano de Nina y depositó un beso en el dorso a modo de gratitud. Los rayos del sol que se filtraban con osadía entre las espesas nubes grisáceas, iluminaron sus rostros y desvelaron la enorme pena que yacía en sus almas.

—Trabajo en el hospital cerca del parque —le dijo ella en tono suave y apartó la mano de la de él con suavidad—. Si necesita ayuda para salvar a otros niños como...

—Karol —le aclaró Kurt con tristeza—. Moquito, como lo solía llamar yo.

Nina sonrió con tristeza.

—Cuenta conmigo, teniente.

Los ojos de Kurt brillaron con intensidad al escucharla. ¿Estaba ofreciendo su ayuda a pesar del peligro? La miró con más atención y solo entonces, se fijó en lo guapa que era. No solo físicamente, sino también por dentro, algo muy raro en aquellos tiempos tan difíciles en que cada quien pensaba solo en su propio bienestar y olvidaba a los demás por completo.

—Soy Nina del Bianco —se presentó con la mano tendida.

Kurt la estrechó con suavidad.

—Mucho gusto, señorita del Bianco.

Miró hacia la puerta.

—¿La llevo a su trabajo?

Ella asintió.

—Sí, por favor.

Bajó del coche del teniente a dos manzanas del hospital como ella se lo pidió, ya que nadie veía con buenos ojos que estuviera con un alemán que no fuera su novio. Se despidió de él tras aceptar un par de tabletas de chocolate que podía alegrar a algunos niños o ancianos. El teniente era muy buena persona y se le notaba en la mirada.

—Adiós.

Cuando llegó a su trabajo, saludó con frialdad a sus compañeras, menos a Giovanna, que, de cierta manera, la había salvado el día que los rusos casi la violaron en grupo. De no ser por ella, que le dijo a su novio dónde estaba, hoy estaría muerta.

—Hola, Nina —le saludó con ironía Mariella—. Llevas días sin aparecer en el piso.

Nina estaba cansada de ella y aprovechó su distracción para verter un polvo en su taza de café. La mujer, que no se dio cuenta de nada, lo bebió mientras comentaban el nuevo chisme.

—Dicen que hay un nazi que salva vidas inocentes.

Nina frunció el entrecejo al escuchar aquella afirmación.

—Muchos lo llaman «ángel nazi» —recalcó con cierta ironía en la voz.

La sangre abandonó la cara de Nina al pensar en el teniente. ¿Hablaban de él? Tragó con fuerza y con mucha dificultad.

—¿Un qué? —retrucó Francesca con el ceño desencajado—. ¿Un nazi con alma? ¡Nahhh!

Nina no opinó, solo se limitó a pensar en Karol, que ahora descansaba en paz en el jardín de la mansión, donde Kurt pensaba enterrarlo por la tarde. Los ojos se le nublaron irremediablemente.

—Dicen que hay un nazi que salva judíos —soltó Mariella con cierto sarcasmo—. A niños judíos, en realidad.

«Es el teniente» pensó Nina con un enorme nudo en la garganta. Miró a sus compañeras con sigilo.

—Dios… —gimió Mariella de dolor y la sacó de su trance de golpe—. Tengo…, tengo…, que ir al servicio.

Mariella no llegó a tiempo y Nina sonrió satisfecha ante su venganza. Levantó la taza a modo de brindis mientras pensaba en el teniente, que, en ese preciso instante, entraba en la mansión abandonada con una pala.

—Murió… —le dijo alguien con tristeza—. Hemos fracasado, Kurt.

El hombre sostenía el cuerpo del niño cerca de la ventana y de espaldas a él.

—Sí, infelizmente, sí.

Se dio la vuelta y miró al teniente con magnitud.

—Por última vez, Kurt.

El corazón del nazi

Nina metió a escondidas un par de jeringuillas de morfina en el bolso, junto con unas gasas y algodones. No era honesto robar, pero aquellos niños que el teniente salvaba del gueto de manera clandestina, lo necesitaban tanto o más que los pacientes del hospital. Le pesaba robar, tanto o más que esconder lo que hacía a su futuro marido. Adler no necesitaba más preocupaciones, se dijo sin mucha convicción mientras se dirigía al bosque para entregar lo que había cogido al teniente.

—Muchas gracias, señorita.

Kurt rozó los dedos con los de ella sin querer y sintió una rara sensación en la base de la columna vertebral. Cada día esperaba aquel momento con ansia.

—Debe hacer como le enseñé ayer, teniente.

El alemán no podía dejar de mirarla un solo segundo. ¿Por qué no podía controlar sus emociones? ¿Qué le estaba pasando?

—Sí, señorita.

Nina lo oteó con extrañeza al percibir cómo la estaba mirando. Se ruborizó sin querer y él desvió la mirada a un lado. No quería perder la amistad de la mujer por algo que ni siquiera tenía definiciones exactas. Lo que sí tenía muy en claro era que no se trataba de lujuria mundana. O, caso contrario, las noches apasionadas con Gisele serían suficientes para apaciguarlo, pero no, tras el frenesí se sentía vacío y pensaba en ella, en Nina para dormir bien.

—Hemos salvado a cinco niños con su ayuda estos últimos días, señorita.

Nina se sentía feliz cada vez que salvaba a una persona, pero cuando se trataba de aquellos niños inocentes se sentía simplemente realizada.

—Me alegro, teniente —susurró con la expresión salpicada de felicidad—. ¿Cómo está Emma?

Emma estaba muy mal, pero con los medicamentos que Nina consiguió, había mejorado notablemente.

—Creo que sobrevivirá, señorita.

La italiana quiso decirle que podía tutearla, pero por alguna razón ajena a ella, no lo hizo. Prefería mantener las distancias y las formalidades con él.

—El jueves le conseguiré más antibióticos, teniente.

Él sonrió y alargó la mano para tocarle la cara.

—Muchas gracias, señorita. Por todo.

Mariella abrió como platos los ojos al ver a Nina con otro oficial alemán que no era su futuro marido. ¿Qué hacía allí con él? ¿Y por qué él le tocaba la cara de aquel modo tan cariñoso? Sonrió con malicia.

—Eres peor que una puta —susurró sin abandonar su deje malévolo—. ¿Qué pensaría el capitán de esto?

Nina apartó la cara y le dijo al teniente que estaba comprometida. Kurt sintió una fuerte punzada en el pecho al oírla. ¿Estaba comprometida? Su expresión se contrajo y mal podía esconderlo.

—Lo siento —farfulló en tono apagado—. No lo sabía.

Nina no era muy experta en el tema, pero aquel oficial le acarició y la miraba de la misma manera que

Adler. Y para evitar cualquier tipo de confusión, decidió sincerarse con él.

—Nos vemos el jueves, teniente.

Se dio la vuelta y se dirigió a la casa de su novio, donde vivía hacía un par de días. Mal llegó, se quitó las ropas y se metió en la bañera para relajarse un poco. Adler llegó tiempo después y golpeó la puerta del cuarto de baño con los nudillos. Se sentó y lo miró con expresión melosa.

—¿Quieres compañía, meine Kleine?

Una sonrisa afloró en los labios de la mujer.

—Mucho, capitán.

Se desnudó y se metió en la bañera con ella. La besó con mucha pasión y terminaron haciendo el amor como todos los días.

—Te eché de menos, meine Kleine.

El corazón de la mujer seguía latiendo con fuerza tras el frenesí explosivo. Ahuecó el rostro del alemán entre las manos y lo miró con amor infinito.

—Y yo a ti, mi amor.

En ese momento, quiso decirle tantas cosas, contarle todo lo que había hecho las últimas semanas a escondidas del mundo y de él. Pero el teniente le dijo que nadie más podía saber lo que hacían, porque era demasiado peligroso y podría poner en riesgo vidas inocentes. Y ella prefería morir fusilada antes de que le pasara algo a Adler.

—¿Te pasa algo, meine Kleine?

Adler no era tonto y se daba cuenta de que algo aturdía el corazón de la mujer que amaba.

—Solo estoy cansada, mi amor.

Esa noche durmieron abrazados mientras fuera llovía de manera desapacible. Nina se preguntó cómo estarían los niños en la mansión abandonada. Miró a su amado con tristeza.

«Odio no poder contarte esto, mi amor».

Él soltó un suspiro.

—Nina… —susurró entre sueños.

Incluso dormido pensaba en ella.

—Mi amor.

Nina no durmió bien aquella noche, dándole vueltas a una sola cuestión: ¿valía la pena esconder la verdad de Adler? ¿Sería él capaz de perdonarla tal mentira? ¿Se uniría a la causa? ¿O la dejaría sin rechistar?

—¿Qué hago?

Al día siguiente salió de la casa con un extraño nudo en el pecho. Caminó cabizbaja y ensimismada en sus pensamientos cuando de pronto, unos gritos titánicos de dolor la sacaron de su trance de golpe. Se detuvo en seco al ver a tres jóvenes de rodillas ante unos soldados de las SS. Por sus ropas manchadas de sangre, se dio cuenta de que habían sido duramente torturados, eso sin mencionar sus rostros magullados y bastante hinchados. ¿Qué hicieron? El oficial paseaba delante de los tres mientras gritaba palabras que ella no comprendía, pero que le sonaban frías y crueles. Las personas dejaron de caminar para mirar lo que estaba pasando.

—Dios mío… —le dijo de pronto Giovanna—. Esos jóvenes robaron comida y ahora serán fusilados por eso, Nina.

Los ojos de Nina se llenaron de lágrimas.

—¿Por robar un poco de comida?

Giovanna tenía las mejillas muy sonrojadas.

—Sí, Nina, por muy poco pagarán con sus vidas.

La enfermera miró a los jóvenes que no tenían ni veinte años con un dolor punzante en el centro de su pecho. ¿La fusilarían del mismo modo por ayudar a aquellos niños? ¿También a Adler? La sangre abandonó su cara y por muy poco, no cayó desmayada en el suelo ante la fuerte impresión.

—¿Estás bien? —le inquirió Giovanna cuando se tambaleó—. Tranquila, no podemos hacer nada, Nina.

Las lágrimas rodaron por las mejillas de Nina sin parar.

—Apuntar —dijo el oficial nazi a voz en cuello—. ¡Fuego!

Los jóvenes recibieron varios disparos y murieron en el acto ante todos. Nina soltó un grito que se perdió en medio del tiroteo. ¿Adler hacía lo mismo? ¿Daba órdenes a otros para matar? La simple idea la hizo perder por completo el control de su corazón.

Llegó a la casa tras un día ajetreado en el hospital. Se duchó rápidamente y se preparó un poco de café mientras esperaba a su novio, que aquel día, llegó un poco más tarde.

—Hola —soltó con sequedad al verlo.

Adler se quitó el gorro de plato sin desviar la mirada de ella. ¿Por qué estaba tan seria y fría? Achicó un poco los ojos antes de acercarse.

—Hola, meine Kleine. ¿Qué te ocurre?

Lo miró de reojo con el corazón en un puño.

—Sólo me duele la cabeza.

Adler la miró con ternura y preocupación.

—¿Quieres que avise al médico?

Ella negó con la cabeza.

—Me he tomado un analgésico y ya estoy mejor —le aseguró mientras se incorporaba y se reclinaba en los almohadones.

Adler le acarició la cabeza y dejó la palma de la mano en su frente unos segundos sin abandonar su deje meloso.

«Él es distinto a aquel oficial» se dijo Nina, con tristeza.

—No tienes fiebre.

Su voz era tan dulce y tan atenta que las entrañas de Nina se retorcieron de rabia por pensar mal de él, pero no podía evitarlo.

—No es nada importante.

Él la miró con expresión seria. ¿Miraba así a las personas todo el tiempo? ¿Era tan implacable y severo como aquel oficial lo fue con aquellos jóvenes hambrientos? ¿Disparaba sin rechistar a los ladrones de pan?

—Meine Kleine, ¿qué tienes? ¿Piensas que no me doy cuenta de nada?

¿Sabía algo? ¿La vio? ¿Era eso? Quiso decirle lo que hacía y también lo que vio por la tarde. Quería preguntarle tantas cosas, pero no se atrevió.

—No es fácil ver morir a la gente, Adler —le declaró con pesar—. Sin poder evitarlo.

Adler se sorprendió al encontrarla de pronto tan angustiada. La acarició con ternura, como a una niña pequeña. Le levantó la cabeza por la barbilla y la miró a los ojos vidriosos con tristeza.

—Me gustaría evitarte estas penas, meine Kleine...

Nina lo miró con expresión de cordero degollado.

—Vámonos lejos, Adler.

Él sonrió con ternura y con pesar al tiempo. Nina suspiró derrotada antes de levantarse del sofá y acostarse en la cama. Le dolía la cabeza y también el alma.

—No puedo. Tengo que terminar mi trabajo aquí.

La curiosidad habló por ella.

—¿Y qué trabajo es ése?

Adler la miró con extrañeza y confusión. Los hombres de la enfermera se tensaron ante su escrutinio severo.

—Pero... ¿a qué viene este repentino interés por mi trabajo, meine Kleine?

Rio con nerviosismo.

—Soy tu novia. ¿Tan raro es que quiera saberlo?

—No, raro no, pero... —la miró con el cejo fruncido—. No sé...

Nina se puso aún más tensa.

—Te aseguro que lo que hago no es nada apasionante, meine Kleine.

—¿Ni peligroso?

Él reaccionó con naturalidad ante su pregunta retórica. Quería decirle que no era peligroso, pero estaría mintiéndole y no quería eso.

Jamás.

Porque las mentiras eran como balas en el corazón. No siempre mataban, pero dejaban secuelas graves en uno.

—Controlo el gueto —le dijo con una sonrisa—. A la población del gueto y el estado en qué se encuentran allí, en realidad —hizo una pausa—. También la repartición de alimentos y medicamentos.

Nina había escuchado cosas terribles del gueto y del trato que recibían sus habitantes. No estaba del todo segura al respecto, ya que nunca entró allí, pero los rumores flotaban en el aire y envenenaban muchas veces las mentes y el corazón de las personas.

—No te inquietes, meine Kleine —le habló con dulzura—. Créeme, no hay ningún motivo para que estés así.

—Mmm.

—Tu trabajo es mucho más peligroso y no veo la hora de que seas mi esposa y dejes el trabajo como me lo prometiste —le recordó y le guiñó un ojo al tiempo.

Adler llegó a la conclusión de que era hora de zanjar el tema o Nina volvería a preocuparse sin razón alguna. Cuando llegaba a la casa, le gustaba estar entre sus brazos, mimarse mutuamente, conversar, bromear y hasta discutir por tonterías como si la guerra hubiera terminado, al menos por aquellas horas que podían estar juntos.

—¿Tienes hambre? ¿Quieres que te suba algo de cena?

—No demasiada, la verdad. Te dejé la cena en la mesa, ¿quieres que te la caliente?

—No me apetece mucho comer sin ti.

Empezó a quitarse las botas tras apagar la luz central y encender el pequeño velador de la mesilla. Nina suspiró, inevitablemente, suspiró.

—Lo que de verdad me apetece es tumbarme aquí contigo.

Ella sonrió por fin, se escurrió entre las sábanas y dejó sitio al otro lado del colchón.

—Túmbate conmigo, capitán.

Adler terminó de descalzarse y se subió a la cama. La atrajo hacia sí, hasta tener su espalda pegada al pecho. La rodeó con un brazo y aspiró su perfume de rosas.

—¿Te duele la cabeza, meine Kleine?

Nina cerró los ojos.

—Ya no.

Se sentía tan feliz y tan protegida a su lado.

—Adler…

La habitación estaba casi a oscuras.

—Dime, meine Kleine.

Se dio la vuelta y lo miró con ojos teñidos de dulzura.

—Me duele amarte tanto.

Los ojos del alemán brillaron con intensidad.

—¿Te duele amarme?

La expresión sonaba rara, pero era la más exacta para definir lo que sentía en aquel preciso instante.

—Sí, mucho.

Adler le dio un tierno beso.

—¿Y cómo puedo curarte, meine Kleine?

Nina dejó caer una tímida lágrima que él rescató con el pulgar.

—Siendo tú siempre.

—No sabría ser de otra manera contigo.

—¿También con los demás?

El tono sonó más desafiante del que calculó.

—Soy con todos de la misma manera, pero contigo soy más cariñoso, mimoso y apasionado —se burló y ella sonrió a la vez que le daba un golpecito en el brazo—. ¿O quieres que le dé el mismo trato a mi secretaria y a mi jefe?

Nina sonrió de oreja a oreja y negó con energía.

—No si quieres seguir vivo, capitán.

Una carcajada explotó en el pecho del alemán.

—¡Eres más peligrosa que un ruso!

Adler la pegó aún más a su cuerpo y sus piernas terminaron entrelazadas. Se miraron fijo por varios segundos sin emitir una sola palabra. El oficial le dio un dulce beso y ella le devolvió con la misma dulzura.

—Eres mi mundo, meine Kleine.

Ella suspiró hondo.

—Te amo tanto, capitán.

La pegó aún más a su cuerpo.

—Y yo a ti, meine Kleine, no te imaginas cuánto.

Un regalo especial

Los pensamientos eran inestables en la cabeza de Nina aquel día que cumplía años. Adler había viajado la noche anterior a Treblinka, a por unos documentos y no sabía si llegaría a tiempo para felicitarla. Algo que lo dejó de muy mal humor y mal podía esconderlo. Su superior le dio un par de ordenanzas que le llevaría casi el día entero para llevarlas a cabo. Motivo por el cual llamó a su mejor amigo y le pidió un favor muy personal.

—Necesito que me consigas una tarta de chocolate y un par de bocadillos para esta noche, Falker —le dijo mientras acariciaba la cabecita de un gatito que había encontrado en la calle—. También licor de chocolate y menta.

Desde niños se llamaban por sus apodos: águila y halcón.

—Ajá —le dijo su amigo en tono socarrón.

Su amigo anotó cada uno de sus pedidos con una sonrisa ladeada. Adler suspiró hondo al ver la cantidad de papeles que debía revisar, sellar y firmar.

—¿Dónde se supone que encontraré todo esto, Adler?

El capitán sonrió con malicia.

—Tú sabes cómo hacerlo —le retrucó, divertido—. Es un día especial y quiero que mi futura esposa nunca lo olvide.

Su amigo de infancia suspiró hondo y Adler no pudo evitar fruncir el ceño. ¿Qué le pasaba? Llevaban días sin poder hablar con normalidad, ya que las cosas se pusieron muy difíciles tras la derrota de Alemania en Stalingrado.

—Capitán… —le dijo de pronto una mujer muy atractiva desde la puerta—. Soy Eva Schneider —se presentó con solemnidad—. Aquí tiene los documentos que le pidió al sargento Winter.

La mujer miró con verdadero interés al apuesto alemán mientras él seguía con el teléfono pegado a la oreja.

—Muchas gracias, señorita.

Era su nueva secretaria y tenía una misión muy específica: evitar que él se casara con Nina del Bianco, que no era una aria de pura cepa como lo era ella. El nuevo superior de Adler veía mucho potencial en él y para llegar a un estatus más alto dentro de la milicia, necesitaba una mujer con agallas y sin escrúpulos como Eva.

—¿Le traigo café, señor?

El escote pronunciado de la camisa de la mujer, dejaba a la vista sus encantos, que él, simplemente, no miró. Porque para Adler von Schwarz no existía otra mujer que no fuera Nina. Solo tenía ojos para ella, su dulce y caprichosa italiana que, la noche anterior, se había enfadado mucho con él por su repentino viaje a ese pueblo. El recuerdo lo hizo sonreír.

—*¿Mañana? ¿Viajarás mañana?*
Adler fingió no saber qué se escondía tras su pregunta.
—*Mi amor, es un viaje fugaz.*
Nina se cruzó de brazos cuando él no mencionó su cumpleaños una sola vez. ¿Se había olvidado? No podía culparlo, trabajaba demasiado y era normal olvidarse de ciertas fechas.

—*Está bien, Adler.*

Estaba triste.

—*Meine Kleine…*

La abrazó y ella se aferró a ese gesto con todas sus fuerzas. Él empezó a mecerse al son de: O mio babbino caro de Puccini, el compositor favorito de Nina. En pocos segundos, empezaron a girar en el salón de fiesta de la mansión con mucha gracia y delicadeza. Nina no podía dejar de mirarlo y sonreír. Adler era tan guapo y tan dulce que temía devorarlo a mordiscos en cualquier momento.

—*Volveré lo antes posible, meine Kleine.*

Se detuvo para darle un beso en los labios, un beso tierno y apasionado al tiempo.

—*Tienes hasta la medianoche, capitán.*

Él sonrió con ternura a la vez que le ahuecaba el rostro entre sus suaves manos de algodón y reclinaba la frente contra la de ella. Nina también acunó su rostro entre las manos y cerró los ojos cuando él le besó la frente.

—*Mein kleines Aschenputtel —bromeó él y ella lo miró con expresión interrogante—. Mi pequeña cenicienta —le aclaró y ella sonrió—. Volveré antes de la medianoche.*

El carraspeo de su mejor amigo al otro lado de la línea le devolvió al presente de golpe.

—Debo buscar tus pedidos —le dijo el alemán. —Matar a unos tantos para eso —bromeó y Adler sonrió.

—Confío en ti, Falker.

El alemán soltó un suspiro.

—Genau.

El capitán rio por lo bajo.

—Danke!

La nueva secretaria de Adler entró en la sala con una bandeja entre las manos y la depositó sobre la mesa con la mirada clavada en él.

«Es rematadamente guapo y rico» se dijo con una sonrisa ladina en los labios.

—Gracias por todo, amigo.

Cuando colgó, Eva le sirvió el café y sin querer, derramó el líquido oscuro sobre la mesa al ver al gatito entre los documentos. Adler se levantó de golpe y cogió al animal.

—Lo siento, es que soy alérgica a los gatos —se disculpó y empezó a estornudar.

El oficial miró al animal y luego a la mujer con el cejo fruncido.

—Entonces será mejor que no entre mucho aquí —le aconsejó—. Es el regalo de mi prometida y se lo entregaré hoy.

«Mi prometida» resonó en la cabeza de Eva como un eco frío y estridente.

—Espero que ella no sea alérgica, señor.

Adler besó la cabecita del gatito de unos dos meses con afecto y sonrió.

—Ella solo es alérgica a mujeres como usted —le dijo en italiano y ella lo miró con confusión—. Gracias por el café.

Rozó la cabecita del animal con cariño contra su mejilla.

—Per… mi… so… —le dijo Eva, congestionada—. Señor.

—Propio.

Nina se sirvió un poco de café en la sala de enfermeros del hospital mientras observaba el espléndido día a través de la ventana. Giovanna apareció con una pequeña tarta entre las manos mientras Anna y Beata le cantaban el feliz cumpleaños a viva voz. A ellas se unieron los demás sanitarios y un par de pacientes que la apreciaban mucho, hecho que mortificó a Mariella y a Francesca.

«Zorra».

—¡Felicidades, Nina!

Incluso la jefa apareció con un regalo.

—¡Gracias! —les dijo Nina, emocionada hasta el alma—. No era necesario... —se le escapó un par de lágrimas.

Mariella puso los ojos en blanco con fastidio.

—¡Te queremos! —le dijo Beata.

Y de repente, se puso muy triste, ya que Adler ni siquiera la llamó para felicitarla. Se había olvidado por completo de su cumpleaños.

—¿Harás alguna fiesta? —sondeó Mariella, que no la saludó—. Dicen que el capitán es el hijo de una duquesa —sonrió— o sea un futuro duque.

Nina quiso refregarle por la cara la tarta, pero no merecía semejante regalo.

—Mi futuro marido me dio un delicioso regalo ayer por la noche —le dijo con expresión taimada—. Amor, ¿lo conoces? —repartió la tarta a sus compañeras sin dejar de hablar—. No es lo que haces con los soldados a diario... —todas rieron por lo bajo, menos Mariella y Francesca—. Aunque es lo más cercano para ti.

Le alargó un trozo de tarta sin abandonar su sonrisa cínica. Mariella escupió en la tarta y Nina aprovechó para lanzarla a la cara en un acto impensado, dejando a todos completamente enmudecidos.

—¡Maldita! —le gritó Mariella—. ¡Me las pagarás! ¡Te lo juro!

La jefa de Nina la miró con extrañeza y luego la llamó.

—Nina, ¿qué fue eso?

La italiana estaba cansada del acoso constante de Mariella y terminó explotando. Nada justificaba su actitud, pero lo hecho, hecho estaba y no podía retroceder, simplemente.

—Era una tarta deliciosa y la has desperdiciado —le dijo de pronto su jefa—. Por alguien que no vale la pena.

Nina sonrió, a pesar de sus esfuerzos por contener las ganas de curvar los labios, sonrió ampliamente y su jefa también.

—Espero que no se repita, al menos no con una tarta —se mofó y ambas se echaron a reír.

Gino fue seleccionado, junto con otros prisioneros, para ir a otro campo de concentración en lugar de Auschwitz, ya que aún estaba en buenas condiciones para trabajar. Esta vez lo llevaron a Sobibor y no pensaba desperdiciar la oportunidad de huir. Y menos al saber que su hermana estaba en Varsovia. Todavía no podía creer que uno de sus pacientes terminó en el campo como prisionero tras ser descubierto en plena acción anti-nazista en la ciudad polaca.

—Te encontraré, Nina —se dijo mientras observaba con atención la ventana del vagón—. Y te salvaré de esta guerra. ¡Iremos a América!

Los nazis les habían privado de prácticamente todos sus derechos, menos el de soñar.

—Feliz cumpleaños, hermana.

Estaba concentrado en su objetivo, huir, indiferente a los debates de los demás, empeñado en romper los barrotes con una sierra que había traído a escondidas y que aún no sabía cómo el guardia que lo registró no lo encontró pegado a su muslo.

Suerte, tal vez.

La herramienta era demasiado pequeña y no muy robusta, sus dientes comenzaban a mellarse contra el acero y aquello no era buena señal.

«Maldición».

Le sangraban las palmas de las manos y se sentía agotado tras horas haciendo lo mismo.

—Tenemos una excelente idea para huir —lanzó uno y le robó la atención por completo.

«Gracias, Dios» pensó Gino, esperanzado.

A varios kilómetros de él, Nina se encontraba con el teniente Weichenberg en el bosque, cerca de un viejo monumento enmohecido y olvidado.

—Por fortuna llegaron más medicamentos al hospital, teniente.

Nina se veía cansada y triste, muy triste. ¿Qué le pasaba?, se preguntó el alemán, que trataba de mantener las distancias, a pesar de que le estaba costando la propia vida. ¿Por qué el destino la puso en su camino si su corazón ya tenía dueño? La miró de reojo con sigilo mientras ella le anotaba las dosis de los medicamentos que debía dar a los niños. ¿Y si la conquistaba? Tal vez el amor que profesaba por su novio no era tan fuerte.

—¿Entendió, teniente?

Él negó con la cabeza y ella no pudo evitar sonreír.

—¿Le pasa algo?

Los ojos del hombre se oscurecieron.

—¿Usted escuchó algo raro estos días en el hospital?

Nina no comprendió muy bien su pregunta y la expresión de su rostro lo dejaba muy en claro. Kurt encendió un cigarro y se lo ofreció, pero ella lo declinó con un cabeceo. No fumaba.

—Todos los días escucho cosas raras allí, teniente.

La voz fría y sombría de Mariella irrumpió su mente y agitó su corazón violencia. Aquella mujer abría la boca solo para envenenar su alma.

«Todos los nazis son malos y los oficiales como tu novio son los peores, ¡cometen crímenes a diario! ¿Piensas que tu futuro marido no lleva ejecuciones como el del otro día? ¿Crees que no dispara en contra de inocentes cada vez que recibe órdenes para hacerlo?».

A pesar de amar con locura a Adler, temía que aquella mujer malvada tuviera razón. ¿Cómo reaccionaría ante una ejecución llevada a cabo por él? ¿Qué sentiría? Y de pronto, pensó en su mellizo y se le encogió el alma.

—¿Señorita?

La voz de Kurt la sacó de su penoso trance.

—Perdón, teniente.

Se puso pensativa y analizó la pregunta anterior del alemán mientras él calaba con ansiedad su cigarro.

—El otro día una paciente del gueto me habló de un ángel… —vaciló unos segundos antes de terminar la frase— un ángel nazi. ¿Eso le suena, teniente? ¿O es solo un mito?

El teniente maldijo por lo bajo y lanzó la colilla del cigarro a un lado. Lo pisó con la punta de su reluciente bota y luego suspiró con agonía.

—No es un mito.

Los ojos de Nina se agrandaron como dos naranjas maduras.

—¿Existe?

Él la miró con atención.

—Sí.

El corazón de la mujer latía tan fuerte que por muy poco no salió volando de su pecho. Llevó una mano hasta él y trató de calmarlo.

—¿Es usted?

El teniente podía mentirle y usurpar el lugar del verdadero hombre que se encontraba tras aquel apodo un pelín blasfémalo. Ya que un ángel vestido de nazi era, de cierta manera, una gran contradicción. Nina lo miraba atenta y con los labios ligeramente abiertos.

—No, es mi superior.

«Perfecto» dijo Mariella al verlos desde lejos.

Cogió la pequeña Leica que había prestado de uno de sus amantes y tomó fotos. En las fotos no se distinguía al hombre, pero el capitán sabría al instante que no era él y el cuento de hadas terminaría de manera inevitable. Tomó unas cinco fotos de Nina sentada de espalda con el oficial que llevaba su gorro de plato. Estaban sentados lado a lado en el viejo banco de piedras y parecían muy concentrados como una pareja enamorada.

—Pobre —susurró Mariella con expresión taimada—. El capitán pensará lo peor de ti y te dejará antes de que lleguen al altar.

Nina se levantó y Mariella tomó una foto justo cuando el oficial le cogía la mano.

—Gracias por confiar en mí, teniente.

Kurt suspiró hondo.

—Mi superior es un buen hombre —le dijo el alemán en un tono revestido de admiración—. Cuando me propuso esto, pensé que estaba loco y le dije que era demasiado arriesgado —Nina suspiró emocionada—. Y él me dijo: en el riesgo está la ganancia. No comprendí muy bien a qué se refería al cierto, pero cuando me dijo que por las noches me sentiría mejor conmigo mismo al salvar a unos inocentes, comprendería mejor lo que en aquel momento no —sonrió—. Y era cierto, salvar a otros me llenó de una paz que el uniforme me había robado.

Kurt le dijo que su superior era un hombre valiente y el ser humano más noble que jamás conoció. Nina sintió orgullo del hombre, aunque no lo conocía.

—¿Es un hombre mayor? —quiso saber ella.

Kurt no la miró.

—Sí, es mayor y casi nadie lo vio por aquí.

Era un héroe oculto bajo el disfraz de un villano.

—Debo irme, teniente.

Kurt se levantó y le cogió la mano para depositar un beso en ella. Siempre hacía lo mismo, conformándose con aquella caricia para seguir soñando con ella.

—Hasta el viernes, señorita.

Nina apartó la mano con delicadeza y le regaló una preciosa sonrisa.

—Hasta el viernes, teniente.

Durante todo el camino, ella pensó en el ángel nazi y sonrió de manera autómata. Le hubiera gustado conocerlo, saber quién era el hombre valiente que arriesgaba su propia vida por aquellos menos afortunados. Cuando vio el coche de Adler en la entrada de la mansión, su sonrisa se ensanchó aún más y el grito que le salió del pecho, llegó hasta él, que estaba esperándola en el balcón del jardín. Nina abrió la puerta y lanzó el bolso al suelo antes de salir corriendo hacia su amado, que la esperaba bajo un cartel que rezaba:

«Feliz cumpleaños, meine Kleine».

Los ojos de Nina se nublaron ante la emoción y cuando él le cantó el feliz cumpleaños con un precioso gatito con un lazo bastante llamativo en la mano, las lágrimas rodaron por sus mejillas sin parar.

—¡Mi amor!

Adler se acercó con el animal y con una sonrisa radiante en los labios.

—¿En verdad pensaste que me olvidaría de tu cumpleaños, meine Kleine?

Lo pensó, infelizmente. Pero, le prometió que sería la última vez que lo hacía. Adler le entregó su regalo y ella lo llenó de besitos.

—Mi pequeño Adler.

El alemán ladeó la cabeza y la miró con falso disgusto.

—¿Le llamarás Adler al gato?

Nina pensó.

—Águila —le dijo él con una sonrisa—. Mmm.

Se echaron a reír y luego se dieron un apasionado beso de amor bajo el cartel, que él ordenó a su secretaria nueva que lo hiciera.

—Tengo una sorpresa para ti, meine Kleine.

Adler la llevó hasta el balcón repleto de girasoles y amapolas de telas repartidas por todo el lugar.

—No es tu pueblo, pero es lo más cercano que puedo llevarte de él por el momento.

El sol en el horizonte iluminaba todo el recinto con sus dorados rayos y en aquel instante milagroso, ella sintió que estaba en su pueblo.

—Es el mejor regalo que me dieron en toda mi vida, mi amor.

Adler le secó las lágrimas con los pulgares y la miró con aquella dulzura que la derretía entera.

—Es lo mínimos que puedo hacer por ti, mi mejor regalo —le besó los ojos con ternura—. Mi mundo… —le besó la nariz—. Mi todo… —le capturó los labios en un profundo beso de amor.

Nina y Adler perdieron la noción del tiempo por completo aquel hermoso día mientras en otro sitio, en ese preciso instante, Mariella entregaba los negativos a un amigo pata que le revelara las fotos que hundiría para siempre el amor de los dos.

—Te amo, Nina.

Ella parpadeó a cámara lenta mientras miraba el rostro iluminado de su amado con amor infinito.

—Y yo a ti, Adler.

Bailaron bajo el sol, sumidos en aquel amor que les había salvado a los dos del más oscuro y frío abismo impuesto por la guerra.

Una trampa venenosa

El sol se desparramó por la habitación con altivez aquella mañana. Nina abrió los ojos con pereza y se encontró con el cuerpo desnudo de Adler, cerca de la puerta acristalada del balcón, enmarcado por un halo dorado que parecía una segunda piel. Lo miró con embeleso y en silencio sin que él lo percibiera. Una de las piernas estaba flexionada y no le dejaba ver sus encantos. Sonrió con picardía entretanto grababa a fuego cada centímetro de su amado, que estaba ensimismado en quién sabe qué cosas.

—Buenos días, mi amor —le dijo y lo sacó de su trance—. ¿En qué piensas?

Adler la miró con una sonrisa radiante que compitió con el rey diurno con osadía. Se dio la vuelta y Nina al fin se deleitó con su beldad masculina.

—En que falta solo dos semanas para nuestra boda, meine Kleine —se tumbó sobre ella y le dio un beso en los labios—. Pronto serás mi esposa.

Nina se tapó la boca y le dijo que aún no se había limpiado los dientes. Él descendió la boca en su cuello y empezó a dibujarle una «S» que la hizo gemir de placer.

—Adler, me limpiaré los dientes... —jadeó con las manos aferradas a su pelo—. Por favor...

Él apartó la sábana de su cuerpo desnudo. Se acomodó entre sus piernas y la penetró hasta el fondo ignorando sus protestas por completo. Nina le rodeó la cintura con las piernas y disfrutó de aquel despertar.

—Nos vemos al mediodía, capitán —manifestó tras vestirse y coger su bolso—. ¡Llego tarde al trabajo!

Adler seguía desnudo en la cama con el cuerpo a un lado y con la cabeza apoyada en la mano. La miraba con picardía.

—Adler… —le reprendió con la mirada severa—, no me mires así.

Nina escrudiñó su entrepierna con discreción. Si seguía mirándola de aquel modo, no iría al trabajo.

—Hasta más tarde, meine Kleine.

Deslizó la sábana y dejó a la vista su gran potencial. Nina soltó un jadeó de indignación antes de salir de la habitación como alma que lleva el diablo.

—Me tendré que dar placer solo —se quejó y la hizo reír a carcajadas—. Lo estoy haciendo… —empezó a gemir.

En mitad de camino, Nina se mordió el labio inferior y volvió sobre sus pasos para «admirar» lo que él hacía, pero a hurtadillas para que no la viera. Adler arqueó la espalda a medida que el frenesí se acercaba. Llevó la mano libre a la cabecera y se agarró al barrote de hierro mientras las piernas se le doblaban. Nina se mordió con fuerza el labio inferior entretanto sentía cómo su parte íntima se humedecía.

—Adler… —gimió y entró en la habitación antes de que él tocara el cielo—. Eres terrible, capitán.

No se quitó las ropas, simplemente apartó la tela de sus bragas a un lado y absorbió el miembro del hombre hasta lo más hondo. Ni ella, ni él, duraron más que un minuto.

—¡Nos vemos, capitán! —chilló desde la sala, minutos después.

Adler continuaba tumbado en la cama con la respiración entrecortada y las manos relajadas a ambos lados de la cabeza.

—Es una locura... —se dijo, sonriendo de oreja a oreja—. Una dulce locura.

Al cabo de unos minutos, tocaron el timbre y, a regañadientes, tuvo que bajar para ver quién era. Con la bata de seda negra puesta abrió la puerta y se encontró con un joven que le entregó un sobre.

—Gracias.

Le dio unas monedas y cerró la puerta a continuación.

«Capitán Adler von Schwarz» rezaba en la parte frontal del sobre de color amarillento. Pero no tenía remitente y tampoco un sello de correo. Entrecerró los ojos antes de enfilarse hacia la cocina con él. Se preparó una taza de café y tras servirse con dos cucharaditas de azúcar, al fin abrió el sobre, encontrándose con dos fotos muy sospechosas de Nina y un oficial nazi. Apretó con fuerza los dientes al leer el mensaje detrás de una de ellas:

«No deje que le engañen, capitán».

—¿Qué es esto, Nina?

Se sentó pesadamente en la silla y bebió un sorbo de su taza mientras pensaba en su futura esposa y sus repentinos cambios los últimos días.

—¿Por eso estabas tan rara estos días?

Estudió las fotos de arriba abajo con una lupa y suspiró con cierta agonía. Las metió en el sobre y se puso a cocinar como le había prometido a la enfermera.

—Oh, meine Kleine... —masculló y sin querer, se cortó el dedo con el cuchillo—. ¿Qué me estás escondiendo?

La sangre manchó su mano como la duda su corazón.

Giovanna y Nina decidieron ir hasta el gueto para ayudar a un par de judíos a escondidas de los alemanes, que podían molestarse y fusilarlas por desacato. Era arriesgado, pero con aquellas ropas harapientas y descoloridas parecían unos más del lugar.

—Debemos ser muy cautelosas, Gio.

Apareció un niño de unos ocho años que se llamaba Bastián.

—¿Sois las enfermeras?

Kurt le había comentado a Nina sobre unos enfermos del gueto y ella, obstinada como ninguna, decidió ir hasta ellos para ayudarlos.

—Sí.

Era el niño que las llevarían hasta los enfermos que necesitaban los antibióticos con urgencia.

—Debéis confiar en mí.

Tenía los ojos vacíos, la piel llena de granos, el pelo repleto de piojos y la expresión taciturna. Todas las miserias humanas se podían leer en aquel rostro infantil manchado por la guerra para siempre.

—Sí —le dijeron ambas.

El niño asintió.

—Síganme.

Nina se encontraba muy mareada y algo angustiada después del sofocante viaje subterráneo que realizaron para llegar hasta allí sin que nadie les viera.

—Debéis llevar esto —les dijo el niño y les entregó una banda con la estrella azul y salieron al exterior—. O llamarían la atención de los demonios.

La ciudad se había transformado de pronto en un paraje en ruinas, sin vida ni color, en el que hasta la luz era mórbida y sombría.

—Dios mío, Gio.

La realidad funesta de aquel sitio las golpeó con brutalidad.

—¿Qué es esto?

—El purgatorio se vería mejor —le dijo Nina con los ojos lacrimosos—. ¿Esto hicieron los nazis?

«¿Adler era consciente de todo esto?».

Caminaron sobre escombros, chatarras, basuras y sobre los restos de decenas de miles de vidas: muebles reventados, colchones destripados y malolientes, libros destrozados y un sinfín de cosas que alguna vez pertenecieron a personas que ya no estaban allí, que ya no estaban en el mundo. Nina observó el lugar con un enorme nudo en el alma.

—Me duele el corazón, Nina.

En el gueto sólo habitaban unas pocas almas que solo esperaban un destino fatal. Sus miradas asustadizas y lúgubres asomaban desde cada agujero.

—Esto es… es… —Nina no pudo terminar la frase.

—El infierno.

Sintió en la piel el miedo y el dolor de aquellas personas invisibles que la estaban mirando a escondidas mientras ella trataba de no echarse a llorar.

—¿Sabías algo, Nina? —había reproche en el tono de su amiga—. ¿Tu futuro marido te habló de esto? —y también desconfianza.

193

Nina no sabía nada y hasta le daba vergüenza admitirlo fuera de su cabeza. Se refugió en su silencio y en el nudo que apenas la dejaba respirar.

—Esto es muy inhumano, Nina —Giovanna no conseguía mirarla—. Creo que los rumores de los campos de trabajo eran ciertos.

Todo aquello le produjo una bola en el estómago; tenía ganas de vomitar y gritar con todas sus fuerzas. Giró sobre sus pies mientras traía a la memoria lo que Adler le dijo sobre su trabajo:

«No es nada apasionante». Se detuvo cuando una descarga eléctrica la envolvió y la sacudió de arriba abajo. Era como si acabara de tocar cables pelados con las manos húmedas.

«Adler. Adler. Adler» resonó su propia voz en su cabeza como un eco lejano y frío.

—Por aquí —les dijo el niño y la rescató de su estado de un tirón—. No os impresionéis tanto —les pidió con la mano en la cabeza—. Aunque yo ya estoy acostumbrado con esto —se encogió de hombros.

Antes de doblar una esquina, vieron el cadáver desnudo de un hombre tirado frente al portal de un edificio. Tenía los ojos y la boca bien abiertos.

—Dios mío… —gimoteó Nina cuando Bastián lo tapó con un cartón—. Este hombre sufrió mucho.

Un escalofrío la recorrió de pies a cabeza.

—Esto…, es demasiado —masculló Giovanna, pálida como un papel.

Algunas familias, cuando moría uno de sus miembros, lo desnudaban y lo dejaban en la calle. No tenían otra opción, ya que no podían pagar la tarifa que los alemanes les cobraban por enterrar a sus muertos.

«Los alemanes. Los alemanes. Los alemanes» resonó una y otra vez en la cabeza de Nina.

Al cabo de unos días, alguien retiraba el cadáver y lo lanzaba a una fosa común. Giovanna miró a Nina de un modo abrumador, como si le tuviera miedo y rabia a la vez. Era la prometida de un oficial nazi, un alemán, un monstruo sin alma y piedad.

—Hay muchas fosas comunes sin tapar... —les comentó el niño y alargó la mano hacia algún lado que Nina no pudo seguir—. Uno se acostumbra con el tiempo.

¿A qué? ¿A la muerte? ¿Al olor putrefacto que ella dejaba a su paso? ¿A la impiedad de los nazis? ¿A la falta de compasión de Dios?

—Por aquí —anunció Bastián.

Pasaron cerca de la pared de la casa en la que los soldados habían fusilado a una familia entera con cinco críos pequeños y por otra donde degollaron a una mujer embarazada con su hija pequeña. Todos habían robado un poco de comida y pagaron con sus vidas tal delito.

—Yo escapé de este orfanato —indicó el niño, orgulloso—. De aquí partieron más de doscientos niños —se puso triste—, todos terminaron en una cámara de gas en Auschwitz.

Era una ciudad fantasma, con una historia macabra y dolorosa tras ella. Nina tragó con fuerza mientras recordaba su vida llena de esperanza y sonrisas. Incluso de música, porque Adler solía tocarle el piano por las noches tras una fastuosa cena bajo la luz de la luna entretanto, a pocos metros de ellos, en aquel gueto, las personas morían de hambre o por robar un trozo de pan enmohecido.

—¿Y el ángel nazi? ¿Existe? —soltó de pronto—. ¿Es real?

«¿Cómo esta barbarie?».

El niño la miró con sorpresa.

—Trabajo para él —afirmó con una sonrisa que no le llegaba del todo a los ojos—. Es un nazi distinto, aunque por fuera es igual a ellos, por dentro es humano.

Giovanna resopló.

—¿Pasa algo, Gio?

La voz de Nina era dura, casi hiriente.

—No, nada.

La enfermera no la miró, pero Nina sabía muy bien lo que estaba pensando de los nazis, de su novio y de ella. Porque, al fin y al cabo, era uno de ellos.

—¿Lo has visto? —insistió Nina, con la esperanza estampada en su mirada turbia y llorosa.

El niño asintió mientras entraban en un edificio que estaba a punto de desmoronarse. No tenía ventanas, ni puertas y las escaleras estaban manchadas de sangre. Cuando Nina vio a una joven embarazada y dos niños pequeños en muy malas condiciones, el corazón le golpeó las costillas con violencia.

—¿Cómo están?

Los niños devoraron con apetencia un trozo de pan que Nina había traído.

—Los nazis los deportarán la semana que viene —anunció Bastián con pesar.

Nina lo miró con estupor.

—¿Y el ángel nazi no puede salvarles?

Giovanna revisaba a los niños mientras Nina se ocupaba de la joven madre. Ellos hablaban y Bastián, que era hijo de una italiana, les traducía.

—A uno solo.

La joven estaba a punto de dar a luz, tal vez los nazis la eliminarían antes de la deportación y la lanzarían en alguna fosa común.

—Suele venir los viernes al mediodía con otro nazi y salvan un alma a escondidas de los suyos.

Nina lo miró con atención. Si lograba hablar con él, tal vez, solo tal vez, lograría conmoverlo y conseguir que salvará a esos cuatro.

—¿Los viernes?

Él asintió.

—Sin falta, pero solo puede elegir a uno, señorita.

«Tal vez logre un milagro» pensó la mujer con una esperanza que no iluminó sus ojos.

Nina salió del gueto con Giovanna en silencio y se dirigieron al hospital, donde Mariella, una vez más, soltó algo que Nina no entendió muy bien. No le prestó mucha atención, porque si lo hacía, le reventaría la cara a puñetazos.

—¿Para cuándo la boda?

La miró con el cejo fruncido.

—Hasta mañana —le dijo Nina con amabilidad y se retiró del hospital con una rara sensación en el pecho.

Levantó la vista y miró el cielo azul de aquel tibio marzo que poco a poco se preparaba para recibir a la primavera.

—Bajo el cielo de Varsovia —susurró con lágrimas en los ojos— te conocí —una lágrima recorrió su mejilla—, y viví la más triste experiencia de mi vida.

Caminó un par de manzanas cuando de pronto, a unos metros de ella, vio cómo un soldado golpeaba con violencia a una niña de unos cinco años. Furiosa, cruzó la calle para intervenir, pero entonces, la niña dejó de gritar, dejó de pelear y se sumió en un profundo silencio mortecino.

—No… —dijo con el corazón destrozado—. Dios mío… —se dio la vuelta y caminó hasta la plaza a pasos firmes.

Se detuvo a pocos metros de la mansión de su amado. Llevó las manos a la boca justo cuando sus ojos se encontraron de golpe con los de Adler, con los del alemán que amaba con toda el alma. Miró a la niña sin vida y luego lo miró a él como si fuera el culpable de aquel acto inhumano.

«No soporto este dolor» pensó con la garganta inflamada.

Las ramas de los árboles empezaron a emitir un silbido que se entremezcló con el trinar de los pájaros en una triste sinfonía de dolor y agobio.

—Nina... —musitó con una expresión que reflejaba su estado.

Ella se dio la vuelta y salió corriendo hacia el bosque. Adler la siguió en silencio, tratando de darle el especio que necesitaba para asimilar lo que acababa de presenciar. Él no sabía, no había visto nada, al menos no aquel día.

—Nina... —le dijo cuando ella llegó al monumento—. ¿Es aquí donde te encuentras con él?

La enfermera se dio la vuelta y lo miró con el ceño fruncido.

—¿Qué?

Adler le tendió un sobre y ella lo cogió tras recomponerse un poco de la impresión. Miró curiosa la mano del alemán que estaba vendado. ¿Qué le pasó? Cuando vio las fotos, la sangre abandonó su rostro.

—¿Por eso estabas tan rara?

La voz de Adler era tibia como siempre, no era fría, ni mucho menos. No había reproche y tampoco rabia en su tono. ¿Quién le envió aquellas fotos? ¿Y con qué propósito?

—Adler, no pensarás que yo...

Él se acercó y la miró con melosidad.

—Sé con quién estoy, meine Kleine —le dijo en tono bajo—. Pero me gustaría conocer la verdad oculta tras esas fotos.

Nina no tenía fuerzas para discutir, ni para defenderse o alegar nada. Se sentó en el banco de piedras y enterró el rostro entre las manos.

—Meine Kleine, ¿qué te pasa?

No podía decirle, porque pondría en riesgo la vida de aquellos niños y también la del teniente. ¿Y si Adler era un fanático de su ideología? No todos eran como el teniente o el ángel nazi.

—¿Piensas que te estoy engañando?

Adler sonrió de lado.

—No.

Lo miró sorprendida, como si acabara de salirle otra cabeza.

—¿No?

La miró con intensidad.

—No, conozco tu alma, meine Kleine.

Le acarició la mejilla con ternura.

—Tendrás un motivo para verte con ese oficial y tengo una ligera sospecha al respecto —estaba tan calmo y tan mimoso—, ¿por qué no me lo dijiste?

—Necesitaba un par de medicamentos para… —no terminó la frase, porque el llanto se lo impidió.

Adler le rodeó el hombro con el brazo y la apretujó contra sí con cariño.

—Meine Kleine… —susurró con dulzura—. Me parte el alma verte así.

Nina lloró con amargura al evocar lo que vio en el gueto. No podía decirle nada, porque él no la dejaría volver y ella necesitaba conocer al ángel nazi para agradecerle por todo lo que hacía por aquellos niños y pedirle, rogarle, que ayudara a esa familia.

—Un… soldado… acaba… de… asesinar… a… una… niña —lloriqueó, anegada en lágrimas—, y no pude evitarlo…

Adler levantó su rostro y la miró con expresión seria.

—¿Dónde?

Ella negó con la cabeza.

—Ya no puedes hacer nada.

Se levantó de golpe y se cruzó de brazos dándole la espalda a él.

—Tal vez ni siquiera te importaría —musitó para sus adentros.

Adler se acercó y le besó la nuca.

—Solo le di unos medicamentos a ese oficial —le dijo en tono seco— para un niño judío —acotó sin abandonar su deje—. Si quieres puedes fusilarme…

Se apartó de él.

—Mírame, Nina.

Ella no lo hizo.

—Por favor, mírame.

Su voz era tan dulce y reconfortante que terminó mirándolo. Adler cogió su mano y se la puso sobre su pecho. Nina solo entonces se dio cuenta de que no llevaba el uniforme. Que delante de ella estaba el hombre y no el soldado.

—Cuando vi las fotos tuve un encuentro de sentimientos muy raros y dolorosos —le confesó en un tono muy sereno—. Luego analicé mejor las cosas y llegué a una conclusión.

Nina lloraba sin tapujos, ni vergüenza.

—¿A qué conclusión?

Él tenía todo el derecho de desconfiar de ella y del teniente, porque ella en su lugar, lo hubiera pensado. Tal vez hasta le habría dado una bofetada antes de salir de la casa soltando humo por las orejas.

—En primer lugar, me casaré con una dama… —Nina no podía controlar el llanto—. Y, en segundo lugar, una mujer como tú no engaña a quien ama.

—Adler, yo…

—Shhh, la persona que hizo esto no merece nuestra atención… —rozó su nariz con la de ella con mucho afecto—. Porque necesitará mucho más que eso para lograr alejarme de ti, meine Kleine.

Y en aquella afirmación tan sincera, noble, llena de amor y devoción, Nina al fin comprendió que estaba con el mejor hombre del mundo y que su uniforme no cambió el matiz de su alma.

—Adler, lo siento, no volverá a pasar.

«Solo una vez más» se dijo con un nudo en la garganta.

La cogió en brazos y la llevó hasta la mansión a cámara lenta mientras algunas hojas caían con gracia sobre ellos como gotas de lluvia. Mariella y Francesca los vieron a lo lejos con estupor. ¿Seguían juntos tras las fotos? ¿La perdonó? ¿O las fotos no llegaron a sus manos? Las enfermeras se miraron mientras Adler entraba en la mansión con su amada.

—Descansa. Meine Kleine.

Nina le bajó la cara antes de que abriera la puerta y le dio un apasionado beso que dejó sin aire en los pulmones a las enfermeras.

—Sálvame siempre, Adler.

Él la miró con amor infinito.

—Incluso más allá de la propia muerte, meine Kleine.

Nina cerró los ojos y atesoró aquel momento para la posteridad.

Golpes del destino

El vestido midi de color blanco con detalles en negro y sin tirantes realzaba la figura de Nina, que se miró embelesada en el espejo de cuerpo entero tras soltarse el pelo que cayó como una cascada sobre sus hombros desnudos. La primavera llegó y se adueñó del lugar en pocos días. Adler salió del cuarto de baño envuelto en una toalla blanca mientras se secaba el pelo con otra. Se detuvo para mirar a su novia con ojos soñadores. Aunque siempre la miraba así, vestida o no.

—Estás muy hermosa, meine Kleine.

Se acercó y le dio un cálido beso.

—Serás la mujer más hermosa del lugar.

Nina le rodeó el cuello con los brazos y le devolvió el beso con la misma ternura.

—Vístete o llegaremos tarde, capitán.

La toalla se cayó al suelo sin querer y Nina rio por lo bajo al ver su expresión picarona.

—Acabamos de hacer el amor y no pienso quitarme el vestido, capitán —le aclaró, pero sin la necesidad de quitárselo, terminó a horcajadas sobre él en el sofá—. Oh, Adler, ¿qué me has hecho? —jadeó con las mejillas muy encendidas.

No había lógica en aquel acto, simplemente era amor.

—Te amo, Nina... —susurró tras el frenesí—. No... tardaré... —gimió y dio una última sacudida.

La enfermera tardó unos minutos en recomponerse, se quedó sobre el cuerpo desnudo del alemán, que la envolvía con los brazos y mantenía la cara en su cuello.

—Está bien, Adler.

El oficial se vistió con su mejor traje y salió de la casa cogido de la mano con su futura esposa, rumbo a la fiesta en la plaza de la ciudad polaca en honor a aquella estación tan perfumada. Los pobladores estaban indignados con los alemanes, ya que miles de personas morían de hambre a diario mientras ellos realizaban bailes ostentosos a costas de los demás. Nina se sintió rara cuando llegó y se encontró con varias compañeras de trabajo, todas estaban acompañadas por soldados, la mayoría eran alemanes.

—¿Quieres beber algo, mi amor?

La pregunta de Adler la devolvió al presente, justo cuando había visto la Leica de Mariella, que tomaba fotos y reía a mandíbula batiente con Francesca.

«Fueron ellas» musitó con el corazón en la garganta. Adler siguió su enfoque y frunció el entrecejo antes de dirigirse hasta ellas, que dejaron de reírse al verlo. Furioso, cogió la cámara de las manos de la enfermera y la dejó caer en el suelo para luego darle un fuerte y contundente pisotón. Nina tragó con fuerza al ver lo que hacía su futuro marido.

—¿Ustedes me enviaron aquellas fotos? —le preguntó en tono severo—. ¡Hablen!

Todos posaron los ojos en él y en las dos mujeres que temblaban como una hoja ante el oficial.

—¡Hablen! —les gritó por segunda vez.

Mariella se puso delante de Francesca y dijo en tono tembloroso:

—No, señor…

Adler entrelazó las manos tras la espalda y paseó los ojos en ambas por unos segundos. Se dio la vuelta y miró a Nina, que estaba pálida ante el susto. Volvió a clavar los ojos en las mujeres, que pedían clemencia a su prometida a través de los ojos.

—¿Lo juran por el *Führer*?

«Fueron ellas» dedujo con perspicacia.

—Sí, señor.

Adler se volvió y buscó a alguien con los ojos. Al encontrarlo, se dirigió a él a pasos firmes. Nina lo siguió con la mirada, pero lo perdió de vista cuando se metió entre sus colegas.

—Nina... —musitó Mariella—, por favor...

La italiana recordó cada una de sus insinuaciones, sus comentarios sanguinarios y las fotos que envió a Adler con un propósito firme: terminar con su relación. Así que, esta vez, le dio la espalda, literalmente.

«Lo siento, Mariella».

Cuando Adler volvió, no se dirigió a las mujeres, sino a Nina.

—Perdona, meine Kleine.

Le dio un apasionado beso que dejó a ambas enfermeras boquiabiertas.

—Te eché de menos, meine Kleine.

Nina lo miró expectante y él complemente embelesado.

—¿Pasa algo? —le preguntó en tono jovial.

La mujer quería preguntarle lo que estaba pasando o lo que pasaría con las enfermeras, pero él simplemente no tocó el tema y aquello la dejó un poco desorientada.

—Me gustan esas canciones —anunció el alemán sin abandonar su sonrisa—. ¿Por qué me miras así?

Nina miró hacia las enfermeras y luego lo miró en busca de alguna respuesta más elocuente, pero Adler le dijo que la noche era preciosa y no quería estropearla con nimiedades.

—Ah…

Le dio un beso en la cabeza.

—No te preocupes por nada, meine Kleine.

Nina negó con la cabeza y le pidió un poco de cerveza alemana. Adler la miró con expresión ladina.

—¿Sabes lo que pasa cuándo bebes cerveza, mi amor?

Ella enarcó una ceja.

—Sí, ¿no te gusta la idea?

La noche de su cumpleaños bebieron varias botellas y terminaron haciendo el amor hasta el amanecer. Parecía que ninguno estaba dispuesto a parar y el placer se hizo interminable. Una experiencia que ninguno olvidaría por mucho tiempo.

—Te traeré una cerveza negra —le dijo y le besó en los labios con mucho amor—. Soy el hombre más envidiado de la fiesta…

Ella le mordió el labio inferior.

—A mí me están fusilando con la mirada las mujeres —repuso y él le guiñó un ojo en señal de complicidad.

Mariella se acercó cuando Adler se alejó de ella.

—Nina, ¿qué te dijo?

La italiana la miró con compasión, a pesar de todo lo que le hizo, la miró con pena.

—Nada, no me dijo nada.

Su compañera la miró con expresión implorante.

—¿Nada?

Nina negó con la cabeza, ya que desconocía los planes de Adler con respecto a ambas. Mariella encendió un cigarro con nerviosismo y lo caló con fuerza.

—Es mi fin.

Nina jamás la vio de aquel modo, parecía asustada y bastante preocupada. Adler cogió las botellas y se dirigió a su novia, que hablaba con la enfermera.

«Le avisé, señorita» musitó el alemán con la mandíbula apretada. Mariella y Francesca serían trasladadas al hospital del frente oriental para cuidar a los soldados hasta que el cansancio las dejara sin fuerzas y no tuvieran tiempo para nada más.

—Mientes, Nina —refunfuñó la mujer con los dientes apretados—. Por favor, dile que no fui yo, que no sé nada —miró a Francesca de reojo—. Fue ella.

Nina miró a Francesca de reojo, que fumaba tan impaciente como Mariella su cigarro.

—Adler no hará nada en contra de vosotras dos.

Una risita cínica se le escapó a Mariella de los labios carmesí y enarcó una ceja en un gesto de incredulidad. Soltó un resoplido y luego miró a Nina con expresión de asombro.

—Es un nazi y está cabreado, Nina.

¿Qué le quería decir con aquello? Mariella le tocó el brazo y la miró con profundo pesar.

—Solo quería librarte de él a tiempo —le susurró a modo de confidencia—. Tú no tienes idea de lo que son capaces esos arios, Nina —negó con la cabeza—. Lo crueles y sanguinarios que son cuando se proponen —lanzó la colilla del cigarro y se apartó de ella tras despedirse.

El superior de Adler se acercó a Eva, que no le quitaba el ojo de encima un solo segundo al capitán.

—Tú ya sabes lo que debes hacer, Eva —le recordó el hombre—. No tienes mucho tiempo.

Observó a la enfermera con desdén. Era muy guapa, no podía negarlo, pero no era una mujer aria al cien por ciento como lo era Eva, la mujer que eligieron en el partido para ser la mujer del capitán von Schwarz.

—Hola… —le saludó Giovanna con timidez a Nina—. ¿Cómo estás?

Nina la miró compungida.

—Echándote de menos, Gio.

La enfermera de pelo rojizo y piel pecosa sonrió antes de estrechar a Nina con añoranza.

—Yo también, Nina.

Aquel abrazo amistoso hizo que Adler se detuviera en mitad de camino. Sonrió satisfecho al ver cómo Nina y la amiga se reconciliaban tras una pelea sin sentido, según su futura esposa.

—Lamento haberte abandonado estos días —le dijo con pesar la mujer—. Pasado mañana es viernes —le recordó a modo de confidencia—. ¿Quieres volver a…? —se encogió de hombros y no terminó la frase por precaución.

El último viernes no pudieron ir, ya que Giovanna se había alejado de Nina, que no se animó a ir sola hasta el lugar fantasma. Infelizmente, el mismo día que habían estado allí, la joven embarazada fue deportada a un campo de concentración llamado Auschwitz, donde fue gaseada tan pronto como llegó. Al menos eso le dijeron a Nina, ya que en su estado no servía de mucho para los nazis.

—Solo si vas conmigo, Gio.

Los niños seguían allí, según Bastián, que iba casi todos los días a verla en el hospital. Comía y le contaba todo lo que sabía, menos sobre el ángel nazi, tema que simplemente evadía. Le había prometido al hombre que no hablaría de él con nadie, porque era muy peligroso y podía ser el fin de su ayuda, cosa que sería muy penoso para ellos.

«Si no fuera por él y su amigo, muchos comeríamos tierra» le afirmó y Nina se juró que no volvería a tocar el tema.

Sin embargo, si se presentaba en el gueto y lo encontraba, era distinto.

—Nos vemos el viernes, Nina —le dijo y sonrió—. Disfruta de la noche.

Se abrazaron a modo de despedida.

—Tú también.

Cuando giró el rostro, vio a Adler con una mujer muy atractiva y elegante. Él bebía cerveza y ella le decía algo mientras le tocaba el brazo de un modo muy «íntimo». Con un nudo revestido de rabia en la garganta, se acercó y la saludó con amabilidad.

—Buenas noches.

Eva se sorprendió al verla y mal podía esconderlo.

—Buenas noches.

Adler la rodeó con el brazo y le dio un beso en la mejilla.

—Eva, esta es mi prometida —le presentó henchido de orgullo—. Nina, ella es mi nueva secretaria.

Ambas asintieron con un leve cabeceo.

—Mucho gusto —se dijeron con una rara expresión en sus caras.

«La odio» pensaron al mismo tiempo.

Adler le entregó las botellas de cerveza a su secretaria, que las cogió sin saber muy bien qué hacer con ellas.

—Permiso, señorita —le dijo él y llevó a Nina hasta la pista de baile—. Moría de ganas de bailar contigo, meine Kleine.

Adler no llevaba su gorro y la luz de la farola realzaba el dorado de su pelo. Como también el azul profundo de sus ojos.

209

—Yo también, mi amor.

Bailaron alegremente unas pintorescas canciones al lado de varias parejas. Rieron y bromearon como dos adolescentes. ¡Y se besaron como si no hubiera un mañana! Hasta que la sirena les avisó que era el momento de volver a casa.

—Me ha encantado —le dijo Nina, bebiendo la cerveza mientras se enfilaban a la mansión—. Me gusta esta cerveza.

Adler sonrió de lado y se detuvo en mitad de camino. Nina miró a los costados y luego a su prometido.

—¿Qué haces, capitán?

Cogió las botellas y las puso en el suelo antes de reclinarse ante ella con la mano alargada.

—¡Estás loco!

Nina le dedicó una dulce reverencia medieval antes de entrelazar su mano con la de él, que la giró con mucha gracia bajo las estrellas más brillantes de aquella noche.

—Bajo el cielo de Varsovia, dos almas gemelas se encontraron —le dijo él con una amplia sonrisa en los labios—. Y se juraron amor eterno por varias vidas más.

No había una canción de fondo más que el cántico de los búhos, los grillos y las ranas entremezclados con los latidos de sus corazones.

—Porque era sus destinos volver a encontrarse tras muchas vidas —completó ella con una sonrisa que apenas cabía en su cara—. ¡Estamos locos!

Adler la giró de un lado al otro.

—*Verrückt vor Liebe*! —gritó con una amplia sonrisa—. ¡Locos de amor!

Se detuvieron y sellaron aquella noche con un apasionado beso.

—Completamente, mi amor.

Adler la cogió en brazos de repente y le robó un grito de susto que recorrió todo el lugar. La giró en el aire muerto de la risa mientras ella pataleaba y reía al tiempo.

—¡Hora de dormir!

Adler se detuvo y la miró con expresión severa.

—¿Dormir?

Se sintió casi ofendido y Nina se partió de la risa al ver su mueca.

—¡Te mereces unas cosquillas, futura señora von Schwarz!

Y fue lo que hizo tan pronto como entraron en la habitación. Las risas de Nina cesaron solamente cuando él capturó sus labios en un beso que no parecía tener fin.

Alguien golpeó con impaciencia la puerta de la mansión en plena madrugada. Adler encendió la luz de la mesilla y escrudiñó el reloj. ¿Quién osaba molestarlos por aquellas horas? Nina se volvió y lo miró mientras él se vestía para bajar.

—Vuelvo enseguida, meine Kleine.

Tenía el pelo alborotado y una fina sombra de barba dorada. Bajó tan pronto como pudo y abrió la puerta cuando un oficial le exigió que lo hiciera. Era su superior.

—Capitán, asesinaron al teniente Hoffmann mientras dormía —anunció el hombre justo cuando Nina salió de la habitación—. ¡Es inaceptable!

El teniente era de las SS.

—El asesino es el marido de la mujer con quien se encontraba —acotó tras exhalar el humo de su cigarro por las fosas nasales—. Debemos encontrarlo y darle una lección que servirá para los demás.

Nina llevó la mano al pecho con el gesto desencajado.

—Sí, señor.

—Tenemos veinticuatro horas, capitán. Ni un minuto más.

Adler odiaba aquel tipo de misión, ya que, si no encontraban al asesino, otros pagarían la culpa por él.

—Ya empezamos las búsquedas, capitán.

Aquello significaba que él debía unirse a ellos lo antes posible y fue lo que hizo, minutos después tras vestirse.

—No tardaré, meine Kleine.

Nina no dijo nada, porque la angustia la enmudeció. Estaba sentada en el sofá, cerca de la puerta del balcón y con las rodillas pegadas al pecho. Lo miraba atenta, pero no conseguía comprender lo que le decía. El zumbido de los gritos que procedía de la calle era lo único que escuchaba con claridad.

—Meine Kleine —le dijo y se arrodilló delante del sofá—. No me gusta verte así.

¿Así cómo? ¿Distante? ¿Amedrentada? En las calles, los gritos, las palabras alemanas y los tiros se mezclaban en una sola nota melodiosa de terror y dolor.

—Volveré pronto.

Le dio un beso en la cabeza y se dirigió hacia los suyos, dispuesto a encontrar al asesino del teniente antes de que otros pagaran la culpa por él. Nina encendió una vela y rezó a Santa Rita por un milagro.

—Por favor… —las palabras se atoraron en su garganta—. ¿Qué debo pedir? ¿Qué encuentren al hombre y lo fusilen? ¿O que los demás no paguen su culpa?

Al fin y al cabo, la muerte era la única solución en aquel caso. Adler dirigió a sus hombres, que entraron en cada casa en busca del asesino que nunca encontraron en el plazo impuesto por su superior.

—Elegiré a dedo a los que pagarán la culpa del asesino —le dijo su superior en su despacho—. Eso incluye a su mujer y sus dos hijos pequeños.

Adler quiso protestar, pero no tenía ningún argumento factible que le sirviera de apoyo. Su superior fue tajante y bastante intransigente al respecto.

—La ejecución será llevada a cabo al mediodía delante de la plaza y frente a todos —exigió el oficial—. Así aprenderán a respetar a un oficial alemán.

Un oficial alemán valía diez veces más que cualquier otro ser humano.

—Sí, señor.

—Heil, Hitler!

Adler alargó el brazo y dio un taconazo.

—Heil, Hitler!

Salió del despacho con el alma a los pies.

—Nina… —dijo con agonía antes de enfilarse a su casa.

Abrió la puerta y entró en el recibidor cabizbajo. Dejó la gorra sobre la consola y se desabrochó el primer botón de la guerrera y un par más de la camisa.

—Adler… —le dijo Nina con aflicción.

La saludó con un beso.

—Meine Kleine.

Nina permaneció en el sofá. Muda e inmóvil.

—Oh, Adler…

Cruzó la habitación en unas pocas zancadas para acercarse a ella. Se arrodilló a su lado y buscó sus ojos con cierta desesperación. Pero ella no lo miraba, no podía.

—No lo encontramos —le confesó, buscando sus ojos.

Ella negó con la cabeza y le descubrió por fin los ojos anegados de lágrimas. Adler aguardaba con la respiración contenida por algo más que ella pudiera darle como consuelo. Pero no, en sus ojos lacrimosos solo encontró el terror y la condena.

—Dime que no matarán a seres inocentes —sollozó.

El joven capitán sintió como si una ráfaga de aire gélido le hubiera rozado el alma. Se estremeció.

—Que no matarás a niños…

«Matarás» resonó en la cabeza del alemán como un lejano y frío eco.

—Nina, por favor, no me condenes.

La miró sin observarla realmente, pues le cegaban las emociones encontradas que se agolpaban en su pecho como un torbellino furioso e indomable.

—No… puedo… —trató de frenar el temblor de los labios— esto sobrepasa los límites de lo que cualquier ser humano puede tolerar…

—Nina…, mírame…

Él le suplicó, pero ella no podía mirarlo.

—Es perverso, cruel...

Adler se puso de pie y llevó las manos a la cabeza.

—Es mi deber, Nina. Si no cumplo, morirán otros más y… —apretó los dientes con fuerza y no pudo continuar.

—Pues cada bala que dispares, estarás disparando contra mi corazón.

214

Nina se levantó y sin decirle nada, subió a la habitación.

«Como tus palabras atravesaron el mío como balas, meine Kleine».

La ejecución

Acurrucada en la cama y llorando con mucha pena, Nina trataba de calmar el dolor que sentía en el alma.

No lo hará.

No lo hará.

No lo hará.

Se repetía una y otra vez con una esperanza vana en el corazón mientras la almohada se empapaba con su dolor.

No lo hagas.

No lo hagas.

No lo hagas.

Imploró al universo, pero Adler no tenía otra alternativa que cumplir con su deber ante sus superiores.

Te lo ruego.

Por favor.

No lo hagas.

Con la respiración entrecortada y los pensamientos revueltos, el alemán se paseó delante de sus hombres bajo la lluvia sin paraguas mientras los elegidos, quince personas del gueto, se arrodillaban en el suelo y bajaban las cabezas a la espera de sus destinos.

Escúchame.

No lo hagas.

Por favor.

Entre ellos había tres niños y uno de apenas unos meses de vida. Antes de la ejecución, trató de salvar a los niños con argumentos bastante elocuentes, pero su superior fue inconmovible y le exigió que no tardara mucho, ya que tenía una reunión importante con unos camaradas tras el mediodía. La vida de aquellas personas no valía nada como para negociarlas.

Debo hacerlo.

No tengo otra opción.

Es mi deber.

Repetía el capitán para sus adentros mientras la lluvia lo calaba hasta los huesos. Entrelazó las manos tras la espalda y no levantó la mirada. La mantuvo así todo el tiempo, como aquellos que esperaban la muerte como castigo por algo que no hicieron.

No dolerá.

No dolerá.

No dolerá.

Dijo el alemán mentalmente y fijó la mirada en los críos, que no entendían nada, que no sabían por qué estaban allí bajo la lluvia y arrodillados entre aquellos adultos.

—Dios mío… —murmuró Giovanna con el alma hecha trizas—. ¿Por qué los abandonaste?

No pienses.

Solo respira.

No mires.

Solo cumple tu tarea.

Se decía Adler mientras sus hombres se posicionaban para llevar a cabo la ejecución.

—¡Preparar armas! —bramó con la mirada clavada en las botas.

Los soldados apuntaron las armas hacia los condenados. Los niños se rompieron a llorar y el pecho del alemán se estremeció.

—¡Apuntar!

Giovanna apretujó el rosario contra las palmas y cerró los ojos. Nina hundió la cabeza en la almohada cuando un trueno estalló en el cielo.

—¡Fuego!

Las balas acertaron sus dianas justo cuando Adler cerró los ojos para no presenciar aquel crimen injusto.

Ha terminado.

Ya no sufren.

Ya no lloran.

Y para su mayor pesar, uno de los niños no murió y él tuvo que terminar el trabajo con un dolor lacerante en el alma.

Terminó.

Terminó.

Terminó.

Se dijo con los ojos lacrimosos tras acabar con la agonía del niño que dio inicio a la suya. La culpa lo perseguiría durante varias vidas, durante toda la eternidad.

Terminó.

Terminó.

Terminó.

No levantó la cabeza, ni por un solo instante. Tenía vergüenza de lo que había hecho y del uniforme que llevaba puesto. Tenía vergüenza de quién era y en quién se había convertido tras el inicio de la guerra.

Eres un asesino.

Un perverso sanguinario.

Un nazi sin alma.

La lluvia caía de manera incesante como las lágrimas de los ojos hinchados de Nina, que escuchó con claridad los disparos que atravesaron su caja torácica y dejaron un rastro frío de dolor en su alma.

Lo hizo.

Lo hizo.

Lo hizo.

Adler se quedó allí con los ejecutados, mirándolos como si aún estuvieran vivos. Tal vez lo estaban. Revisó a cada uno para comprobar si aún respiraban.

Ya no.

Ninguno respira.

Han muerto.

Observó con un dolor indescriptible en el corazón el cuerpecito del bebé en los brazos de la madre, la amante del teniente Hoffmann y la mujer del verdadero asesino. Lo cubrió con su mantita y lloró como si se tratara de su hijo, dejando pasmado a su superior.

—Capitán.

Se secó las lágrimas antes de levantarse y darle la espalda.

—Me retiro, señor. Estoy muy cansado.

El hombre no le dijo nada, pero tampoco olvidaría aquel arrebato imperdonable. ¡Un nazi no lloraba por un judío! ¡Nunca!

«Eres muy frágil y no mereces llevar el uniforme, capitán» pensó con rabia.

—Permiso, señor.

Adler se dirigió a su casa como si estuviera cargando una cruz muy pesada. Cuando entró, le recibió el silencio más absoluto.

«Nina» musitó contra la puerta.

Lo siento.

Lo siento.

Lo siento.

Repitió una y otra vez mientras su cuerpo se deslizaba por la puerta lentamente, justo cuando la enfermera bajaba las escaleras con la cara anegada de lágrimas. No podía dejar de llorar, no podía controlar el llanto desde el día anterior.

—¿Lo hiciste?

Adler apartó la mirada y dejó caer la cabeza entre los hombros en un gesto de derrota.

Lo hice.

Lo hice.

Lo hice.

—¿Lo hiciste? —repitió con los dientes apretados.

El oficial respiró con tranquilidad y de una manera controlada. No levantó la cabeza para que Nina no pudiera ver las emociones que obviamente estaban presentes en sus ojos llorosos.

—Oh, Dios —susurró Nina.

Su voz estaba quebrada. Manchada. Herida.

—¿Qué haces aquí, Nina?

Apoyó los codos en las rodillas y cubrió el rostro con las manos para ocultar sus emociones ante ella. Sus hombros empezaron a sacudirse, pero Nina no podía escuchar ningún sonido. La tormenta camuflaba su pena.

Está llorando.

El capitán está llorando.

Era el llanto desgarrador de un hombre que sentía culpa por lo que había hecho.

Culpa y dolor.

—Adler.

El capitán von Schwarz, un hombre implacable y valiente, se estaba desmoronando por completo frente a ella, su amada.

—¿Adler? —susurró—. Mi amor...

Se arrodilló a su lado y envolvió el brazo alrededor de sus hombros. Bajó la cabeza y la apoyó contra la de él.

—Lo... siento..., Nina...

Las manos del alemán envolvieron la nuca de la mujer, y presionó la boca contra la de ella. Dura y dolorosamente.

—Lo… siento…

Se precipitó sobre ella y la tumbó con delicadeza en la moqueta, acomodándose entre sus piernas mientras la besaba con desesperación. Nina sintió el sabor amargo de sus lágrimas, mezcladas con las suyas.

—Oh, Adler… —lloriqueó.

Deslizó las manos por sus piernas con tanta agonía, que Nina terminó suspirando hondamente, sin dejar de besarlo un solo segundo con la misma devoción que él a ella.

—Nina, te necesito…

Le quitó la ropa interior al mismo tiempo que ella enganchaba los pulgares en la cintura de sus pantalones y los bajaba.

Me duele.

No puedo respirar.

No puedo mirarte.

Le cogió ambas manos y las situó por encima de la cabeza de la mujer, presionándolas contra el suelo.

—Nina… —repetía llorando.

Enterró la cara en su cuello y la penetró con una lentitud martirizante. Cuando estaba totalmente dentro de ella, exhaló un jadeo lleno de dolor y desesperación.

—Adler, aquí estoy.

Salió de su cuerpo y volvió a hundirse en él con mucha fuerza, con mucha furia y determinación. Nina soltó un gemido y se encogió bajo su cuerpo al sentir una punzada en su interior como la primea vez que hicieron el amor.

Duele.

Arde.

Mata.

Se dijo llorando a lágrima viva mientras él la hacía suya y compartía su carga, más pesada, de lo que ella se imaginó.

—Te he fallado —susurró, llorando—. Te avergüenzo, Nina.

Intentó salir de su cuerpo, pero ella enroscó las piernas a su alrededor y se lo impidió.

—¿Lo hubieras evitado?

Una lágrima rodó de su ojo y aterrizó en la mejilla de la italiana, mezclándose con una de las suyas.

—Me duele que dudes de mí, meine Kleine.

Aquello fue como una bala en el corazón.

—Pensé que me conocías, que conocías al hombre que te ama con todo su ser... —la respiración se le entrecortó.

Nina envolvió una mano alrededor de su nuca y cubrió su boca con la suya. Adler no se movió, así que ella arqueó la espalda, presionando las caderas con fuerza contra las suyas.

—Te fallé, Nina.

Gimió en su boca y empezó a moverse.

—Te fallé... —repitió con agobio.

Puso una palma contra la mejilla de Nina y presionó los labios en su oído.

—Te enamoraste de un soldado —le dijo y ella gimió—. De un soldado nazi.

Ambos estaban llorando.

—Adler... —le dijo devastada—. Me enamoré del hombre que está debajo de ese uniforme.

Rodeó su cuello con los brazos.

—De ti...

Adler colocó los brazos bajo sus hombros y los envolvió con las manos. La sujetó mientras la embestía sin parar. Profundas y duras estocadas que los obligó a gemir

223

con fuerza hasta que gritaron al llegar al más doloroso clímax de sus vidas.

—De ti…

Cuando su cuerpo se quedó inmóvil, salió de ella y se apartó sin mirarla.

—Mírame, Adler.

Se sentó y se limpió los ojos con las manos mientras se arreglaba las ropas.

—Por favor… —le imploró con la voz afónica.

Se levantó sin mirarla y levantó la cremallera de sus pantalones.

—No puedo, Nina.

Mírame.

Mírame.

Mírame.

Rogó la mujer, pero él no la miró.

—Tengo miedo de que nunca más me mires como antes —posó la mano en el pomo de la puerta—. Tengo vergüenza de quién soy, Nina.

Abrió la puerta y salió.

—Adler… —musitó Nina, sollozando—. No me dejes…

El alemán se secó las lágrimas con el dorso sin percibir la mirada oscura y sombría del polaco Henryk Koslowski. Una sonrisa maléfica afloró en sus labios.

—Capitán von Schwarz —susurró sin abandonar su deje—. Todo en la vida se paga…

Nina salió despavorida de la casa y gritó el nombre del hombre que amaba, pero él no se detuvo. Tenía miedo de mirarla, tenía miedo de no volver a encontrar aquel brillo peculiar de sus ojos cuando lo miraba.

—¿Y esta belleza? —se preguntó Henryk.

contempló con lascivia a la mujer que llevaba únicamente un camisón negro y una bata del mismo tono parada en el portón de la lujosa mansión del alemán, bajo la lluvia y con los ojos repletos de lágrimas.

—¡Adler!

Ella no se dio cuenta de que la estaba mirando, ya que sus ojos estaban concentrados en Adler.

—¡Adler!

Su grito se perdió en medio de un furioso trueno que acababa de cruzar el cielo.

—Todos tenemos una debilidad, capitán —masculló el polaco en tono ladino—, absolutamente todos.

Adler caminó y a cada paso que dio, una lágrima rodó por sus encendidas mejillas.

«Lo siento, meine Kleine».

El ángel nazi

A la mañana siguiente, Nina se vistió y se dirigió al hospital con el corazón latiéndole sin fuerza en el pecho. No se maquilló y tampoco se perfumó. No tenía ganas para esas nimiedades. Miró el cielo gris con los ojos inflamados y pensó en él, en Adler, que no regresó. ¿Dónde estaba? ¿Por qué la castigaba de aquel modo? ¿Y si tenía razón? ¿Y si jamás volvía a mirarlo como antes? Ella era consciente de su trabajo, pero su alma no. Matar gente era algo muy duro. Se detuvo al comprender lo que Adler pasó el día de ayer.

—Dios mío... —musitó con las manos unidas cerca de la boca—. Le pesaba tanto como a mí... —se dijo anonadada—. ¡Mucho más que a mí!

Se sintió el ser humano más miserable y egoísta de la faz de la tierra.

—¡Eres una desconsiderada! —se reprochó con rabia a pocos metros de su trabajo—. ¿Cómo pudiste ser tan cruel?

Mariella y Francesca salieron del hospital custodiadas por dos soldados alemanes que las llevaron hasta un coche. Las dos le dirigieron una mirada teñida de pesar a Nina, antes de subir.

—Hola, Nina —le saludó Giovanna en tono apagado—. ¿Cómo estás?

Se dieron un abrazo.

—Sobrellevando, Gio.

No podía mentirle, ya que sus ojos la delataban y su amiga era consciente de cómo se encontraba tras lo ocurrido el día anterior. Se dieron la vuelta y observaron a sus compañeras mientras el coche se enfilaba rumbo al infierno. Ninguna dijo nada al respecto.

—Nina, un oficial nazi preguntó por ti esta mañana.

¿Un oficial nazi? Nina la miró con el cejo fruncido y la mirada teñida de dudas. Giovanna le explicó que se trataba de un teniente de la *Wehrmacht* llamado Kurt Weichenberg.

—¿Le pasó algo?

Giovanna asintió sin desviar la mirada del coche que transportaba a varias enfermeras al frente oriental.

—Se hirió con algo punzante mientras salía de un sitio —le dijo pensativa—. Y le abrió una herida en el abdomen.

Nina le tocó el hombro antes de meterse en el hospital y dirigirse a la habitación del teniente, que dormía serenamente en la cama con el torso desnudo y con un espadrapo cerca del ombligo. Lo miró con las mejillas ruborizadas, ya que nunca se imaginó verlo de aquel modo. Era un hombre muy atractivo y bastante joven como lo era su amigo.

«Adler» musitó entristecida antes de lavarle la herida con una jeringuilla.

—¿Señorita del Bianco? —le dijo de pronto con la voz algo soñolienta—. Buenos días.

Intentó sentarse, pero parecía mareado y Nina le pidió que no se moviera.

—Tranquilo, aún está algo anestesiado, teniente.

Le limpió la herida con mucho cuidado, secando al tiempo los bordes suavemente.

—Gracias.

El oficial la observaba con mucha atención, sin percibir la mirada de Giovanna a un costado, la mujer con quien se había acostado días atrás y ni siquiera lo recordaba. Ella jamás hablaría de lo que pasó con nadie, por vergüenza, ante todo.

—¿Fue en el gueto? —susurró con cautela y él asintió—. ¿Huía con…?

Kurt llevó la mano a la cabeza y trató de respirar con normalidad. Cerró los ojos y luego los abrió de golpe al sentir una ligera punzada en la herida de casi cuarenta puntos que se ganó mientras huía con un niño de sus propios compañeros por el túnel que solían usar con el ángel nazi, como los propios judíos lo bautizaron.

—Sí, con él.

«Con el ángel nazi» pensó Nina con una rara sensación en el pecho.

—Al menos conseguí salvar al niño.

Desde su perspectiva, parecía que Nina tenía los párpados cerrados y las pestañas descansaban en la curva de sus pómulos pronunciados. Kurt se fijó que estaba triste, muy triste.

—¿Por qué está triste?

Sin desatender su tarea, Nina suspiró hondo.

—Herí a alguien que amo y esa herida no se cura con puntos, teniente.

Los ojos del oficial se encontraron con los de la simpática enfermera que lo atendió horas atrás. ¿Dónde la vio antes? Giovanna cogió algo de la bandeja y lanzó una mirada de refilón al alemán antes de volverse para atender al paciente de la cama contigua.

—Pues debería pedirle disculpas, señorita.

Nina esbozó una sonrisa muy amarga.

—¿Cree que será suficiente, teniente?

Si ese hombre la amaba de verdad, la perdonará sin rechistar. Tal vez la herida no se curaría al instante, pero se cicatrizaría con más facilidad. Algunas palabras podían ser letales y otras sanadoras.

—Tengo miedo, teniente —admitió con la mirada ensombrecida y la jeringuilla olvidada en la mano derecha—. Tengo miedo de mirarlo y no encontrarme en sus ojos, en su alma.

Kurt deslizó la mano por encima del colchón hasta rozar sus dedos.

—Si la ama, se encontrará allí, señorita —la animó—. Búscalo y díselo.

Nina bajó los ojos, cohibida.

—No tenga miedo, señorita.

La mujer se encontró con la herida a medio lavar y se apresuró en terminarla. La cubrió con un apósito y suspiró aliviada.

—Eso haré, teniente... —empezó a decir mientras fijaba el esparadrapo—, gracias por el consejo.

—Es lo mejor, no olvide que la vida es solo un instante.

—Gracias, teniente.

Atendió a sus pacientes y tras el mediodía, decidió ir hasta el despacho de Adler al otro lado del gueto, pero en mitad de camino, se encontró con Bastián.

—Señorita, creo que algo muy malo pasará en el gueto.

Le tocó la cara al percibir que la tenía muy enrojecida. Bastián tenía mucha fiebre, pero, a pesar de ello, estaba dispuesto a acompañarla hasta el gueto donde el ángel nazi se encontraba en aquel preciso instante.

—¿Está ahí?

El niño asintió.

—¿Cómo es él?

Bastián le dijo que era un alemán de pura cepa, alto, atlético, muy blanco, de ojos azules y mayor. Nina necesitaba hablar con el oficial para pedirle ayuda.

—Me cambiaré de ropa e iremos al gueto, Bastián.

En otro lugar, su hermano Gino, desnutrido, deshidratado y agotado intenta reventar los alambres de los barrotes con otros prisioneros.

—¡Vamos! —los animaban unos ancianos—. ¡Vamos!

Faltaba tan poco.

—¡Sí! —chillaron al lograr sus objetivos—. ¡Lo hemos conseguido!

Sentían los músculos agarrotados, el estómago retorcido de hambre y la lengua hinchada a causa de la sed. El agua se había agotado en mitad de la noche y algunos incluso se habían peleado por hacerse con el cubo para lamer el fondo.

—¿En qué nos hemos convertido? —se preguntó al mirar a dos bebés muertos en un rincón con sus respectivas madres—. ¿Dónde está Dios?

Contempló el ventanuco con una sonrisa al ver las barras de acero rotas y dobladas hacia un lado.

—¿Quién será el primero? —preguntó un anciano con la mirada perdida—. Al menos puedo morir en paz al saber que uno de nosotros consiguió huir de estas bestias para contar nuestro martirio.

Gino vio a todos los judíos muertos por los nazis en aquel hombre y decidió ser el primero.

—Yo —anunció y el anciano le estrechó con lágrimas en los ojos—. Que Dios te acompañe, hijo.

—Amén —le dijo Gino y se apartó con un enorme nudo en el pecho.

A la hora de la verdad, no hubo tantos hombres dispuestos a unirse a aquella huida desesperada.

—Mejor morir en el intento —les dijo el italiano con el alma en alguna parte de su estómago—. Que morir sin intentarlo.

Prefería morir a continuar viviendo peor que un animal al servicio de los nazis.

—Malditos alemanes —susurró con una rabia que jamás experimentó en toda su vida—. Algún día pagaréis por todo el daño que hicisteis.

El día estaba despejado y a la luz del sol se distinguía la masa oscura de un bosque verde. Lleno de vida y promesas.

—La libertad tiene un precio alto, muy alto.

Le ayudaron a sacar los pies y, poco a poco, el resto del cuerpo por el hueco mientras las lágrimas rodaban por sus mejillas, emocionado ante la ayuda que aquellos pobres infelices le daban a cambio de nada. Por bondad, nada más que por bondad.

—Gracias…

Los alambres cortados le arañaron la piel y abrieron pequeñas heridas que no se podían comparar con las que llevaba en el alma. Se colgó de la ventana, sujetando todo su peso con los brazos y buscó a tientas con el pie el patín del vagón. Se resbaló y casi perdió el equilibrio, pero consiguió pisarlo a tiempo.

—Ayúdame, mamá —rogó con los ojos cerrados—. Ayúdame a huir del infierno, papá.

Giró el cuerpo con mucho cuidado para apoyar la espalda contra el vagón.

—Pronto estaremos juntos, Nina.

Le temblaban las manos y las rodillas mientras las ráfagas furiosas del viento le deformaban la cara y el ruido de los rieles lo ensordecían por momentos.

—Dios, es el momento —se dijo y contó hasta tres antes de saltar.

Saltó con todas sus fuerzas y un grito de dolor se le escapó cuando un golpe seco le sacudió las entrañas, dejándolo sin respiración. Después rodó sin freno, chocando contra rocas y ramas a una velocidad exorbitante. Temió romperse el cuello, pero al menos moriría lejos de aquel tren y de los alemanes.

«Soy libre» musitó sin aliento.

—Bastián —le dijo Nina al niño—. ¿Te sientes bien?

Bastián sudaba a chorros.

—No, señorita.

Nina le pidió que la esperara allí.

—Está bien.

Bastián se recostó en un viejo sillón que olía a pis de ratas y excrementos humanos. No le importaba, estaba demasiado cansado y enfermo. Nina le dio un beso en la cabeza y le prometió que pronto estaría con ella en su casa. Él la miró con expresión ensoñadora.

—¿Habla en serio?

Ella asintió, no sabía cómo convencería a Adler, pero de que lo haría, lo haría.

—Te lo prometo.

Se arregló los pantalones viejos y la camisa deslucida antes de salir de aquel agujero rumbo al sitio donde, según Bastián, estaría el ángel nazi. Por aquellas horas solía estar solo o con el amigo, el teniente Weichenberg, que estaba herido. Así que, estaría solo por aquella zona gris, como la llamaba Bastián.

—Dios, ayúdame —rogó tras santiguarse.

Caminó por el lugar con el corazón latiéndole a mil por hora y arreglándose la banda con la estrella de Sion cada dos por tres. Un estallido la obligó a gritar y esconderse tras un sofá, donde yacía una mujer sin vida. La miró con dolor infinito y trató de cerrarle los ojos, pero el grito de un hombre enfurecido a lo lejos la obligó a girarse hacia él. Al no ver a nadie, aprovechó el momento para esconderse tras el mueble. ¿Qué estaba pasando? ¿Por qué presentía que algo malo estaba a punto de suceder? No había nadie en las calles, estaba mucho más desértica que la última vez. ¿Por qué? ¿Habían deportado a todos a los campos de concentración?

«El ángel nazi me buscará, dirá mi nombre» le dijo Bastián antes de que saliera del lugar. Nina estuvo allí unos largos minutos y tras un silencio sepulcral, decidió salir de su escondrijo, pero escuchó la voz de alguien y se petrificó.

—¿Bastián? —sus ojos se llenaron de lágrimas—. Soy yo —masculló Adler a modo de confidencia—. ¿Dónde te metiste?

Nina levantó lentamente la cabeza y lo miró a través de las lágrimas. ¿Él era el ángel nazi? El corazón se le volcó ante lo que acababa de descubrir.

—¿Adler?

Los ojos del capitán se encontraron con los de Nina de repente y todo empezó a darle vueltas ante el gran susto. ¿Qué hacía allí? ¿Acaso estaba loca? ¿Sabía lo peligroso que era aquel sitio?

—¿Nina? —susurró sin aliento—. ¿Eres tú? —no podía creer y necesitaba confirmarlo—. ¿Qué haces aquí, meine Kleine?

Las lágrimas rodaron a raudales por sus mejillas mientras los ojos del alemán se nublaban lentamente ante la fuerte emoción que sentía al volver a encontrarse en aquellos ojos, en los ojos de su amada.

—¿Tú eres el ángel nazi? —susurró más para sí misma.

Y entonces, ella volvió a mirarlo como antes, volvió a mirarlo con amor infinito.

El secreto del águila

Nina no pensó dos veces antes de lanzarse a los brazos de Adler y darle un apasionado beso de amor que resucitó el corazón del alemán. La llevó hasta un sitio más reservado a tientas para no llamar la atención de nadie. La puso contra una pared y la besó como si no hubiera un mañana. Nina se aferró a él con todas sus fuerzas mientras sus lágrimas empapaban sus caras arreboladas.

—Lo siento… —le dijo con la voz rota—. Lo siento, mi amor.

Adler, efectivamente, era el ángel nazi, un apodo que detestaba, ya que la combinación de palabras no era la más loable.

—También yo, meine Kleine —le dijo con la voz enronquecida.

Salieron del lugar con Bastián y se dirigieron a la mansión, donde medicaron al niño y tras ello, se entregaron a la pasión mientras fuera empezaba a llover. Adler la hizo suya una y otra vez hasta que las fuerzas le fallaron.

—No quiero que haya más secretos entre nosotros —le dijo Nina, con la respiración entrecortada bajo su cuerpo—. No me gusta el chocolate.

Adler la miró sorprendido.

—Tampoco las rosas y el color marrón.

Los labios del alemán capturaron los suyos en un profundo beso de amor. Nina le dijo todo sobre ella, menos sobre el secreto de su hermano, el desertor. Mientras no lo encontrara y confirmara sus sospechas, no podía hablar de él con Adler. ¿Cómo reaccionaría ante un desertor? Así que, optó por lo mejor: esperar.

—Pues yo no me llamo Adler —lanzó él y la dejó sin aire en los pulmones—. Es mi apellido, en realidad.

Las cejas de Nina se elevaron.

—Mi nombre es Friedrich Adler von Schwarz, pero desde pequeño, mi abuelo, me llamaba Adler y todos se acostumbraron a llamarme así.

El cuerpo de la mujer se tensó bajo el suyo.

—Pues yo me llamo Nina María del Bianco.

—Me alegra saberlo.

—¿Sí?

—Mucho.

—Mmm, ¿de qué estamos hablando?

—Ni idea…

Se miraron con mucha intensidad mientras el deseo volvía a instalarse en sus cuerpos como el sol en el cielo aquel día. Levantó las manos de la mujer por encima de su cabeza y entrelazó sus dedos antes de moverse dentro de ella. Lento y continuo hasta que volvieron a estallar en oleadas interminables de placer, tanto que, gritaron en un acto puramente animal.

—*Oh, Gott…* —gimió Adler sin dejar de moverse y empapado en sudor—. Fue… maravilloso… —dio una última sacudida contra ella—. *Gott…* —enterró la cara arrebolada en el cuello de su amada.

La italiana lo besó la mejilla justo cuando su estómago emitió un ruido bastante peculiar que obligó al alemán a levantar la cabeza y sonreír. Nina se ruborizó hasta las orejas y aumentó la frecuencia de las risas del hombre.

—Tengo mucha hambre —soltó, risueña—. Te comería a trocitos.

Adler le lamió los labios mientras seguía moviéndose con sensualidad sobre ella. Nina encogió los dedos y flexionó las piernas en un acto reflejo cuando la fricción de sus cuerpos la volvió a encender para un tercer round que no duró ni cinco minutos.

—Te preparé mi plato favorito —anunció él y le dio un beso en los labios antes de salir de su cuerpo—. ¿Nos duchamos?

Nina seguía en trance.

—¿Meine Kleine?

Era como si estuviera meditando sobre algo.

—Eres el ángel nazi —soltó tras unos segundos—. El hombre que salvó a aquellos niños.

Adler puso las manos en la cintura y la miró con atención por unos segundos.

—Kurt me ayudó —le recordó—. Mi mejor amigo de toda la vida.

Aquello la hizo levantar la cabeza del colchón.

—¿Él es halcón?

Adler asintió.

—Es el apodo que le di cuando estábamos en la escuela —le aclaró henchido de orgullo—. Es el mejor hombre que jamás conocí en toda mi vida —los ojos le brillaban con intensidad—. El hermano que nunca tuve —se puso triste—, bueno… —negó con la cabeza—. Nada.

Nina suspiró.

—Es muy buen hombre, Adler.

«Y está enamorado de ti» pensó él con una rara sensación en el corazón.

—Hoy comerás «*Kartoffelklöße*» —le dijo él con orgullo—, una receta de mi abuela paterna.

La italiana se apoyó por los codos y Adler sintió una punzada de placer en la base de su miembro al verla en aquella posición tan incitante. Cuando dobló una pierna, el

239

deseo se proliferó por todo su cuerpo y amenazaba en convertirse en una despampanante erección.

—¿Eso no es ñoquis tamaño extra grande? —se burló la italiana con picardía.

La miró con indignación antes de cruzarse de brazos.

—¡No insultes la receta de mi abuela!

Una carcajada cantarina se le escapó a Nina y él no tuvo otro remedio que subir a la cama para hacerle cosquillas.

—¡Nooo!

No cesó fuego.

—¡No son ñoquis!

Nina pataleó.

—¡Robaron nuestra receta!

Más cosquillas.

—¡Pide perdón!

Nina chilló.

—¡Jamás!

Adler la besó con mucha pasión y se acomodó entre sus piernas para un cuarto asalto que la hizo caer en el olvido por completo.

—Sois los mejores —resolló sin aliento—. En todo…

Adler rio a mandíbula batiente.

—¡Pero son ñoquis gigantes! —gritó antes de levantarse de la cama y salir corriendo.

—¡Que no!

La cogió en brazos y la giró en el aire muertos de la risa, envueltos en un halo de pura felicidad.

Bastián estaba mejor y su semblante lo delataba. Nina le tomó la temperatura y le dio un beso en la cabeza al comprobar que la fiebre había bajado un poco. Adler protestaba en el cuarto de baño mientras fregaba el piso. Bastián no quería bañarse y cuando lo hizo, dejó el suelo encharcado de agua.

—Ahora me toca cocinar —anunció el alemán tras quitarse la camisa—. Hoy comeréis el mejor plato del mundo.

El niño y Nina se miraron con extrañeza. Adler resopló antes de salir de la habitación y dirigirse a la cocina despotricando palabras ininteligibles para ambos que, muertos de la risa, lo siguieron.

—Sabes disparar, conducir un tanque, desarmar minas y también cocinar —le dijo Nina con una sonrisa radiante—. ¿Hay algo que no sepas hacer, capitán?

Adler cogió la receta de su abuela y trató de descifrar lo que había escrito aquella buena mujer que adoraba, pero aquella letra ni el mejor perito caligráfico de la milicia lograría descifrarlo.

—Sí, hay algo que no sabría hacer.

Ella lo miró expectante y algo embobada.

—Dejar de amarte.

Bastián levantó las cejas cuando un beso unió sus labios.

—Tampoco yo, Friedrich.

Adler sonrió.

—Ni bajo tortura.

El beso se prolongó y Bastián se levantó para observarlos mejor. Adler sujetó su cabeza con la mano y trató de empujarlo, pero él no se rindió. ¡Era un verdadero soldado!

—Hora de cocinar —anunció el alemán sobre los labios de Nina—. Si no estuviera aquí, te haría el amor como aquella noche —bisbiseó.

Un gemido de placer se le escapó a Nina al recordar el día que la puso contra la mesa y la embistió sin parar hasta que se corrieron. Había urgencia y salvajismo en aquel acto, un lado muy interesante de él.

—Ingredientes… —anunció Adler y trató de leer la receta de su abuela—. nueve patatas peladas —cogió las mismas del mimbre—. Una cucharadita de sal, tres huevos batidos, dos tercios de taza de harina —Nina lo miró con amor infinito—. Una taza de migas de pan fresco —era tan guapo cuando se ponía a cocinar—. Media cucharadita de nuez moscada, una taza de mantequilla —se mordió el labio inferior—. Dos cucharadas de cebolla bien picadas y un cuarto de taza de migas de pan tostado.

La italiana debía asumir que aquello nada tenía que ver con los tradicionales ñoquis italiano, que mucho más simple de hacer.

—¿Puedo ayudarte, mi amor?

Adler le dio un beso en los labios.

—Me encantaría.

Cocinaron las patatas en abundante agua durante unos veinte minutos. Después las depositaron en un recipiente para que se enfriaran un poco.

—Aplástalas hasta formar un puré grueso —le indicó Adler, concentrado en la receta.

Incorporaron la sal, los huevos, la harina, las migas de pan frescas y la nuez moscada; mezclaron bien y formaron bolas del tamaño de una patata.

—Agrega más harina o miga de pan —le recomendó al ver que la masa estaba algo pegajosa—. Muy bien, meine Kleine.

Bastián observaba atento la labor de ambos mientras comía una manzana. Adler le miró de reojo, preguntándose qué harían con él, ya que en el informe que presentó, estaba muerto y enterrado en una de las fosas comunes del gueto. Por el momento, no quería pensar en nada más que no fuera aquel momento al lado de Nina y el niño. El día anterior lo pasó fatal en el gueto con otro soldado. Bebieron como cosacos y terminaron durmiendo en el coche.

—Debemos calentar agua con un poco de sal —anunció tras volver en sí—. Mientras el agua hierve, derretiré la mantequilla en una sartén.

Nina cogió la sartén del mueble y la puso sobre la cocina. Adler agregó la cebolla y las migas de pan tostado cuando la mantequilla se derritió.

—Debo mezclarlas bien.

Revolvió sin parar hasta que la cebolla quedó tierna y la salsa un poco espesa.

—La salsa ya está lista.

Una vez que el agua hirvió, puso las bolas de patatas en ella con mucho cuidado.

—Deben subir en la superficie —repuso el alemán concentrado—. Creo que hice muy buen trabajo…

Nina y Bastián se relamieron los labios al olisquear el aroma que flotaba en el aire.

—Debo dejarlas unos tres minutos más y luego retirarlas con sumo cuidado para que...

Una de las bolas de patata terminó en el suelo, cerca de su pie descalzo. Nina apretó los labios para no echarse a reír de su expresión de tristeza y rabia al tiempo.

—Siempre me pasa lo mismo —se mofó y Nina se echó a reír—. ¿Te causa gracia?

Le lanzó un poco de harina a la cara.

—¡Adler!

Furiosa, le lanzó otro puñado, hasta que Bastián les dijo que en el gueto la gente mataría por ese puñado de harina desperdiciado. Adler y Nina se miraron con expresión triste.

—Lo siento, Bastián.

El niño se encogió de hombros.

—No importa.

Adler depositó las bolas en un recipiente amplio para que no se pegaran entre ellas y vertió la salsa por encima.

—La acompañaremos con jamón ahumado —anunció algo compungido—, y como postré un poco de melocotón almibarado que traje de Alemania.

Nina besó la cabecita del niño antes de enfilarse hacia el comedor para preparar la mesa. Mientras cruzaba el pasillo, alguien tocó la puerta. Adler le dijo que atendería. Cuando la abrió, se encontró con Kurt.

—Hola, Adler.

Su amigo no se veía muy bien.

—¿Teniente? —le dijo Nina con el cejo fruncido—. ¿Le dieron el alta?

Él negó con la cabeza.

—Estoy mejor, señorita.

Kurt tenía su gorro entre las manos y la giraba con nerviosismo, gesto que llamó mucho la atención de Adler. Se miraron con atención y se dijeron mil palabras con la mirada.

—Hablaré con él unos minutos, Nina.

Ella asintió al notar la seriedad en el tono de su futuro marido y la preocupación en la mirada del teniente.

—¿Cena con nosotros, teniente?

Kurt sonrió.

—Me encantaría.

Adler lo observó con sigilo mientras Nina le tendía su camisa para cubrirse el torso desnudo. Se abrochó los botones sin apartar la vista de su mejor amigo.

—¿Es grave? —soltó cuando entraron en el despacho del capitán—. ¿Qué pasó?

Kurt encendió un cigarro, necesitaba una calada antes de hablar. El hombro de Adler se tensó al imaginarse lo que su amigo le diría.

—El teniente Hoffmann no pudo haber sido asesinado por el marido de su amante.

La duda apareció en los ojos del capitán.

—¿No?

Kurt negó con la cabeza.

—Su marido estaba en un campo de concentración hacía meses —le aclaró con el cejo desencajado— y llevaba muerto más de cinco días antes del asesinato.

Adler no comprendía nada. ¿Por qué su superior acusó a un muerto? ¿Con qué propósito? Kurt lo miró con expresión elocuente.

—El teniente Hoffmann sabía algo que no debía saber, Adler.

Adler suspiró hondo.

—¿Crees que fue mi superior?

Kurt le dijo que el general, el actual superior de Adler tras su degradación, era un hombre bastante enigmático y corrupto, según rumores en la Gestapo y en la *Wehrmacht.*

—Tu padre fue mejor —repuso Adler y Kurt sonrió—. Lástima que me degradaron y enviaron lejos de él.

Aparentemente, el teniente Hoffmann descubrió algo y el general decidió eliminarlo junto con las pruebas que este pudiera tener en su contra, pero como todo alemán, probablemente, tenía copias de tales pruebas, copias que pudieron haber estado con la amante, a quien también eliminó.

—El teniente Hoffmann era un buen hombre y demasiado honesto —le aclaró Kurt—. Si algo vio o escuchó, probablemente, pensaba denunciar ante sus superiores.

Hoffmann era teniente de las Waffen-SS y era un hombre legal. No como la mayoría de sus compañeros.

—Si comprobamos que el comandante lo mandó eliminar, podrían condenarlo a muerte.

Kurt se acercó deliberadamente a su amigo y lo miró con expresión severa.

—Debemos tener mucho cuidado, Adler.

El capitán asintió.

—Sabemos muy bien lo que hacemos y por qué, Kurt.

El teniente tragó con fuerza.

—Si descubren que tú eres el famoso nazi que ayuda a los judíos a huir de la muerte… —no pudo continuar—. Ya no estás solo en esto, amigo mío —no la mencionó, pero le dejó muy en claro a quién se refería—. Lamento que tu mayor objetivo no pudo concretarse, pero esto se nos está escapando de las manos.

Adler entrecerró los ojos y suspiró con aire derrotado.

—Supongo que ya no la encontraré, Kurt.

El teniente caló hondo su cigarro.

—Que debo resignarme y desistir de buscarla.

Cuando ambos decidieron ayudar a los menos afortunados, tras una misión personal de Adler que nunca se pudo concretarse, sabían muy bien los peligros que con llevaban tal decisión, pero en aquel entonces, Nina no existía en sus vidas.

—Kurt… —le dijo de pronto y en un tono muy serio—. Si me llega a pasar algo, sabes lo que tienes que hacer ¿no?

Los ojos del teniente se oscurecieron.

—Eso no pasará, Adler.

El capitán posó las manos en sus hombros y lo miró con mucha seriedad.

—Todo es posible —le recordó—, y tú sabes muy bien lo que debes hacer con Nina.

En aquel entonces, el teniente no la conocía. Adler hablaba de una enfermera, de una mujer preciosa que le salvó la vida en muchos sentidos. Kurt solo sonreía, no creía en ese tipo de flechazo, hasta que la conoció y lo comprobó en carne propia.

—Lo sé, Adler.

La tristeza que Adler vio en los ojos de su mejor amigo no era producto de lo que pudiera pasarle a él, sino de lo que Nina pudiera vivir si llegara a suceder lo inevitable.

—Tienes dinero suficiente y el barco está a nombre de Nina —repuso Adler sin apartar las manos de sus hombros—. No perdáis tiempo en caso de que…

Kurt se apartó con brusquedad.

—¡Ya lo sé! —aplastó el cigarro en el cenicero.

Había furia y rabia en su tono. Llevó las manos a la cabeza y trató de respirar con normalidad, pero el aire no le llegaba a los pulmones.

—Lo sé —repitió con más calma.

La guerra era inestable y todo podía pasar, con cautela o no.

—Adler, ¿por qué el general te eligió a ti para llevar a cabo aquella ejecución?

Una pregunta que rondaba la cabeza del capitán desde aquel fatídico día.

—Su mano derecha, el teniente primero Paul Hachenberg, era el encargado de las ejecuciones. ¿Por qué te eligió a ti en su lugar?

Era como si lo estuviera poniendo a prueba.

—No lo sé, Falke.

Kurt se puso pensativo.

—¿Nina te dijo algo antes? ¿Te preguntó cosas?

La pregunta del alemán dejó sin palabras a Adler.

—¿Qué estás insinuando?

Kurt lo miró desafiante.

—No es eso —se defendió—, pero… —las palabras correctas brillaron por su ausencia—, es como si el general pusiera a prueba vuestro amor a través de aquel día… —no tenía sentido—. No lo sé, es como si él conociera el temor de Nina.

Adler ya lo había pensado, pero no se atrevía a decirlo.

—El general es muy discriminativo e incluso a los italianos no los consideran de la misma estirpe —negó con la cabeza— y eso que se rumorea que tiene una amante italiana…

Aquello hizo que Adler lo mirara con cierto estupor.

—¿Tiene una amante italiana?

Kurt se tensó.

—Una enfermera —apostilló en tono apagado.

Ambos pensaron en las enfermeras que acosaban a Nina constantemente.

—¿Podía ser una de aquellas dos?

—Na klar! —exclamó Kurt—. ¡Es probable! —negó con la cabeza—. Lo averiguaré.

Adler asintió.

—Estoy casi seguro de que se trata de una de esas dos, Kurt —le aseguró—. Ahora entiendo mejor el ensañamiento de ambas en contra de Nina.

Tras la cena, Kurt salió de la casa y se dirigió a la suya a pasos lentos, lapso en que vio el coche del superior de Adler cerca de la plaza. ¿A quién esperaba por aquellas horas? Y entonces vio como alguien se acercaba y se metía en el vehículo.

—Dios mío —susurró abatido al descubrir quién era la espía del general—. ¿La amiga de Nina? —el pulso se le aceleró—. ¿Giovanna es la amante del general?

Lazos de amor

Las fotos que Kurt encontró en la casa de la amante del teniente Hoffmann, metidas en una caja de madera discreta cerca bajo unos jarrones de flores en el balcón, lo dejaron sin aliento. Llevaba más de una hora allí, buscando pruebas que le sirvieran para comprender mejor por qué lo eliminaron, por qué un compañero decidió sacarlo del camino.

—¿Quién eres, teniente?

Eran fotos muy comprometedoras del superior de Adler en ejecuciones masivas de personas. ¿Por qué un alemán tomaría aquellas fotos y no las entregaría a los encargados de ellas? ¿Qué pretendía hacer con ellas?

—¿Eras fotógrafo de las SS?

El teniente Hoffmann era el encargado de registrar cada acción llevada a cabo por su pelotón desde el inicio de la guerra.

—¿Y esto?

La sangre abandonó su cara cuando encontró una foto bastante antigua, tenía unos veinte años como mínimo. En ella, él aparecía con el general en una fiesta familiar.

—¿Eras amigo del general?

Cuando giró la foto y leyó lo que el teniente había escrito en ella palideció.

—¿Era su mejor amigo?

La vida daba muchas vueltas, claro estaba. El general había cambiado tras el inicio de la guerra, pero el teniente continuaba siendo el mismo hombre del pasado: leal, honrado, honesto y transparente como el agua.

—¿Qué los llevó a romper con tal lazo?

«La ambición enfermiza del general».

Cuando indagó más en el apartamento, encontró un par de pasaportes de judíos firmados por él. ¿Les había dado permiso para salir de Polonia? ¿Con qué objetivo?

—¿Kurt? —dijo de pronto Adler desde la puerta—. No pude venir antes.

El general estaba cada vez más exigente y suspicaz con Adler. Kurt le enseñó todo lo que había encontrado y dejó pasando a su mejor amigo.

—¿Era un espía? —soltó Adler tras analizar las posibilidades—. De los ingleses —acotó al encontrar un sello entre las fotos—. Trabajaba para los aliados, Kurt.

Aquello empeoraba aún más las cosas.

—Estas fotos son solo copias —adujo Adler tras analizarlas con minuciosidad—. No olvides que estudié fotografía en París.

Las fotos eran copias y las originales ya estaban con quién debían estar.

—Giovanna es amante del general —le recordó Kurt—. Cásate de una puta vez y obliga a Nina a cumplir su palabra —el exabrupto del alemán dejó perplejo a su amigo—. Sálvala de ella misma —llevó las manos a la cabeza en un gesto de agobio—. Esto se está complicando, Adler y los inocentes tienen a pagar por los pecadores.

Le entregó las macabras fotos donde el general reía a mandíbula batiente antes de ejecutar a decenas de judíos por el simple hecho de haber nacido siendo uno. Adler contempló cada imagen con un dolor insoportable en el estómago.

—Uno de ellos podía ser... —Adler no pudo completar la frase—, Dios.

Kurt encendió un cigarro y lo caló con fuerza.

—Eran niños y mujeres en su mayoría —musitó el capitán con la pena estampada en la cara—. Estas fotos son pruebas que servirán para demostrar su culpabilidad por crímenes de guerra.

Kurt lo miró de reojo.

—No pierdas el tiempo, Adler —le aconsejó con la voz enronquecida—. Y cásate con Nina.

Y eso fue exactamente lo que hizo el fin de semana. Se casaron en Berlín en una espléndida mañana de primavera, en una bucólica capilla donde él había sido bautizado. La duquesa se encargó de los mínimos detalles y transformó aquel día en un verdadero cuento de hadas.

—Estás preciosa, Nina —le dijo la mujer mientras le arreglaba el velo de casi dos metros de largo—. Este velo perteneció a mi madre y le trajo mucha suerte —su voz sonaba triste—. No me puedo quejar de mi matrimonio, pero algo me… —negó con la cabeza—, ¡será un día inolvidable!

¿Qué se escondía tras aquella pena? Nina siempre fue muy detallista y tanto ella como Adler escondían algo. No sabía qué era, pero los unía fuertemente.

—Gracias, señora.

La duquesa le dio un beso en la frente.

—Llámame Mutti como Adler.

Un escalofrío recorrió la espina dorsal de la enfermera ante la gran emoción. En general, las mujeres solían quejarse de las suegras, pero ella ni en sueños lo haría. Le había tocado la lotería, sin lugar a dudas.

—Mutti.

Nina sonrió de oreja a oreja antes de mirarse al espejo emocionada hasta las lágrimas.

—Eres la novia más hermosa que jamás había visto y también la más feliz.

Pensó en su futuro marido y en cómo todo pasó tras aquel encuentro en la escalera del hospital. Una lágrima rodó por su mejilla sin que pudiera evitarlo.

—Muy feliz, Mutti.

Fue una boda sencilla y muy romántica. Había pocos invitados, solo los más allegados y entre ellos, Kurt y su padre, el ex superior de Adler.

—Estás muy hermosa —le dijo un Kurt entristecido—. Espero que seáis muy felices, Nina.

Ella sonrió, aunque tenía los ojos enrojecidos por la emoción. Kurt la tuteó tras la tercera vez que ella le pidió, de cierta manera, el no hacerlo mantenía a raya sus sentimientos secretos, aunque no tanto ante Adler que atento los miraba desde el altar, donde los esperaba ansioso y con una bola de emociones en el estómago.

—Gracias, Kurt.

El apuesto y dulce teniente le dio un beso en la frente.

—Dios bendiga vuestro enlace y que la dicha sea la única recompensa para ambos en esta nueva etapa de vuestras vidas.

El corazón del capitán se le salía del pecho mientras la contemplaba acercarse al altar, del brazo de Kurt y con una sonrisa que no terminaba de formarse en sus labios.

—Estás preciosa, meine Kleine —masculló Adler con los labios temblorosos—. Lo más hermoso que tengo.

Estaba tan enamorado y mal podía disimularlo.

—Te amo, Adler.

Tanto o más que Nina.

—Ich liebe Dich, mein Liebe.

El cura dio inicio a la ceremonia que emocionó a la duquesa hasta las lágrimas. El padre, aunque duro por fuera, estaba tan emocionado como su mujer ante la unión de su hijo y su amada. En secreto, pidió a Dios un nieto lo más rápido posible. Y sonrió al ver una paloma cerca del altar. Era una señal, estaba seguro.

«Gracias, señor».

Nina pronunció los votos con voz firme y revestida de emoción:

«Yo, Nina, te quiero a ti, Friedrich, como esposo, y me entrego a ti para amarte y respetarte todos los días de mi vida».

La hubiera abrazado y dado un beso, pero sólo le estrechó la mano y sonrió con las lágrimas a punto de deslizarse de los ojos. Aquel lado más emotivo era, sin lugar a dudas, el de su madre.

«Yo, Friedrich, te quiero a ti, Nina, como esposa, y me entrego a ti para amarte y respetarte todos los días de mi vida».

Kurt apretó los dientes con fuerza cuando el cura los bendijo.

«Hasta que la muerte los separe» resonó en su cabeza y retumbó en su corazón.

—Te amo, meine Frau —le dijo Adler y la besó acto seguido.

Acunó el rostro de la mujer entre sus manos y posó la frente sobre la de ella con los ojos entrecerrados.

—Mi amor…

Nina se rompió a llorar al ser consciente de que ningún familiar suyo estaba presente, su único pariente vivo, era su hermano y no tenía idea de dónde se encontraba en aquel momento.

—¡Felicidades! —chillaron todos entre aplausos.

Nina y Adler se dieron un largo beso de amor mientras los rayos del sol se desparramaban sobre ambos en la escalera de la iglesia.

—Te amo, señora Adler von Schwarz.

Nina dejó caer un par de lágrimas más.

—Y yo a ti, mi amor.

Celebraron una comida en la mansión de la familia, amenizada con orquesta, y un bufet exquisito muy al estilo de la duquesa. Nina sujetaba su velo y el ramo mientras un fotógrafo les tomaba fotos cerca del pastel.

—A Bastián le hubiera gustado tanto estar aquí.

Nina se había encariñado con el niño, tanto o más que Adler.

—Pero está seguro en la casa —le recordó Adler—. Con Adler dos —adujo al evocar al gatito de Nina.

Sonrieron con ternura, lapso en que la duquesa los llamó para que bailaran el vals nupcial.

—¿Eres feliz, esposa mía?

Giraron con gracia de un lado al otro al ritmo de aquel vals hecho para los esposos.

—Como nunca imaginé serlo, esposo mío.

Antes de llegar a los postres, los recién casados se escabulleron a una suite con vistas a la Puerta de Brandemburgo.

—Meine Kleine...

Su voz sonaba ronca y en sus ojos había una extraña mezcla de deseo y ternura.

—Te amo, Nina.

—Y yo a ti... —aseguró su mujer antes de besarle.

Nina no tardó en empezar a desabotonarle la guerrera, en soltar la cinta al cuello de su Cruz de Hierro, en buscar desesperadamente su pecho desnudo para apoyar en él la mejilla.

—No quiero que este día termine nunca.

Adler le besó la cabeza con mucho afecto y miles de mariposas empezaron a revolotear sus alas en su estómago, como la primera vez que la besó y le dijo te amo.

—Será eterno mientras lo recordemos, meine Kleine.

La tumbó en la cama y la desnudó lentamente como si fuera su primera vez y, de cierta manera, lo era. Aquel día sería el primero como esposos.

—Prometo amarte todos los días de mi vida como si fuera la primera vez, meine Kleine.

Se acomodó entre sus piernas y la penetró con apego.

—Prometo amarte para siempre, Adler… —las lágrimas de ambos se encontraron y se unieron en una sola—. Para siempre…

—Para siempre.

Gino abría los ojos y se encontraba con un hombre de muy mal aspecto. ¿Dónde estaba? ¿Qué día era? No recordaba mucho tras perder la consciencia.

—¿Dónde estoy? —susurró y miró el lugar con curiosidad—. ¿Estoy en un campo de concentración?

Lo único que recordaba antes de cerrar los ojos, eran unas voces que no conocía. Se sentó con cierta dificultad en el catre y pensó lo peor, hasta que el extraño le dijo en tono sereno:

—¿Por qué llevas ese uniforme de rayas?

Observó el sitio con atención por unos segundos. ¿Dónde estaba? ¿Y quién era aquel tipo? No había muchas opciones para él, o decía la verdad o se inventaba una bien creíble.

—Soy italiano —le confesó con resquemor—, un soldado desertor.

El hombre sonrió complacido y luego le comentó cómo le salvó la vida con la ayuda de su hermano, quien se apiadó de él y lo convenció para ayudarlo. Henryk odiaba a los judíos tanto como a los nazis, porque, según él, la antipatía que Hitler sentía por ellos desató aquella maldita guerra. Tal vez no tenía mucho sentido, pero para él sí. Gino lo miró atento y con cierto agobio. No sabía con quién estaba lidiando, pero fingiría ser el mejor aliado hasta recuperarse del todo y poder huir hacia su tierra.

—¿Sabes disparar?

Aquella pregunta obligó a Gino a fruncir el ceño. Entendía polaco, pero no estaba seguro si lo había comprendido muy bien. El hombre hablaba italiano, no muy bien, pero bastante comprensible. Le hizo la misma pregunta y luego le enseñó una *Luger* que había robado días atrás de un nazi que asesinó a sangre fría por petición de otro nazi.

—Fui el mejor de mi pelotón —le contestó Gino, orgulloso—. Fui sargento en mi división.

Aquello era maravilloso.

—Bienvenido al grupo —le dijo el polaco—. Soy Henryk Koslowski —le tendió la mano— tu ángel de la guarda.

La suerte le sonreía al fin a Gino.

—Gracias, camarada.

Gino cogió la taza de té caliente que le ofrecían mientras el que le salvó la vida le enseñaba una foto, la de un joven capitán alemán de las fuerzas especiales de la *Abwehr* llamado Friedrich Adler von Schwarz, la próxima víctima del grupo.

—¿Te atreverías, sargento?

Gino miró con rabia la foto.

—Completamente.

En otro lugar, a miles de kilómetros de allí, el chillido de las sirenas antiaéreas sorprendió a Adler y Nina abrazados entre las sábanas tras la consumación de su amor.

—*Scheiße* —protestó el alemán.

Nina dormitaba mientras le acariciaba la espalda con una expresión de puro amor.

—¿Qué hora es?

La besó detrás de la oreja.

—Las ocho de la noche, meine Kleine.

Ella parpadeó con pereza. ¿Por qué los aliados atacaban por aquellas horas? Solían hacerlo por las mañanas, pero últimamente, ya no eran tan fieles a sus horarios.

—Tenemos que bajar al refugio... —le dijo sin mucha convicción—. Ahora...

Se acurrucó aún más en él.

—No... —replicó Adler, sonriente.

Le pasó los labios por los pezones, le acarició las nalgas; apretó su parte íntima contra sus caderas y notó lo excitado que volvía a estar.

—Debemos bajar, Adler.

Soltó un ronroneo que lo hizo sonreír.

—No... —jadeó cuando ya se escuchaban las baterías antiaéreas y el ruido de los motores—. Ahora no...

Cientos de aviones surcaban el cielo de Berlín y prometían ser implacables como la última vez. Después de los silbidos vinieron las explosiones y el suelo se estremeció, la habitación se sacudió, los muebles temblaron y los cuadros empezaron a caer en el suelo. Seguidos de unos jarrones que se hicieron añicos contra el suelo y una lluvia de polvo brotó del techo.

—Adler... —gimió cuando él le besó el cuello con mucha lascivia y empezó a acariciarle la entrepierna—. Dios...

El alemán rodó sobre ella para protegerla de lo que fuera y alcanzaron juntos un nuevo clímax que los impulsó a gritar casi al mismo tiempo que unas bombas sacudían toda la ciudad alemana.

—Te amo, capitán.

Adler no dejó de moverse.

—Y yo a ti, meine Kleine.

Se fundieron en un abrazo que parecía interminable.

«Eres mi mundo, Adler, todo lo que tengo y amo».

Levantamiento del Gueto de Varsovia

Los recién casados tenían previsto viajar a Italia para que Adler pudiera conocer el pueblo de su amada y sus rincones favoritos. Pero todo dependía de las órdenes que recibiera de su déspota superior, que lo tenía bastante ocupado tras el levantamiento del gueto. En principio, el capitán esperaba que el Tribunal Médico dictaminase si quedaría relevado del servicio en el frente a causa de sus heridas en la última misión que casi lo mató o si seguiría en su puesto en Varsovia, en el gueto que pronto dejaría de existir, según su mejor amigo.

—¿O sea que podríamos ir a vivir a Italia?

Adler aspiraba a un puesto importante en su segundo país, pero nada era seguro hasta el momento.

—¿Un puesto militar o diplomático? —le preguntó Nina, ilusionada mientras pelaba unas patatas—. ¡Eso sería genial!

Sería un regalo del destino para ambos.

—Todo es posible —retrucó el capitán con un brillo peculiar en los ojos—. Como no me he recuperado muy bien de la herida… —le enseñó la cicatriz de su abdomen—. El Tribunal Médico podía otorgarme un dictamen que sería muy favorable para los dos, mi amor —le dio un beso en la cabeza—. Pero esta pequeña guerra que se inició en el gueto lo cambia todo.

Bastián se encontraba oculto en la casa de Kurt, durante la pequeña luna de miel de los dos.

—Tengo miedo, Adler.

La estrechó entre sus brazos.

—Tranquila, aquí me tienes y nada te pasará.

A ellos le agradaba la idea de iniciar su vida juntos en aquel país, pero si él se veía obligado a regresar al frente, entonces Nina se quedaría en Varsovia.

—Hoy te prepararé *Bratkartoffeln* —anunció él, pero Nina no se apartó de su cuerpo—. Meine Kleine… —le besó en la cabeza como si fuera una niña pequeña—. Todo saldrá bien, te lo prometo.

«Giovanna confesará todo, por las buenas o por las malas» le prometió Kurt, horas atrás.

Giovanna había desaparecido del mapa y el general temía lo peor.

—Está sedada —le dijo Kurt a Adler en la plaza—. Confesará tan pronto como inicie la tortura.

No querían llegar a ese extremo, pero no había otra manera de proteger a Nina.

—No seas muy duro, Kurt.

El teniente sonrió.

—Estudié química y sé muy bien cómo usar ciertos medicamentos —se burló—. Ella hablará y ni siquiera se recordará de lo que pasó.

Adler asintió.

—Y el general pensará lo peor de ella —le dijo el capitán en tono serio.

Kurt caló con fuerza su cigarro.

—Todo en la vida tiene un precio —adujo el teniente—. Quince personas murieron por culpa de ella —enarcó una ceja—. Si no fuera por su «lengua larga» el general no se hubiera enterado de que aquella mujer era amante del espía.

—Es verdad.

Ni Adler, ni él se animaron a preguntarle a Nina, qué cosas habían compartido ambas las últimas semanas. ¿Le habría dicho quién era el ángel nazi? ¿Llegó a confesárselo? Adler temía más por ella que por él mismo. Su superior era un hombre bastante discriminativo, ni siquiera a los italianos consideraba de la misma estirpe que los arios. Para él eran solo perros falderos que servían para una que otra cosa, pero no para las más importantes.

—¿Te pasa algo?

La voz de Nina lo sacó de sus pensamientos.

—No, nada, cielo.

La vida de casados resultó ser maravillosa y ninguno de los dos quería despertarse de aquel idílico sueño, pero a Adler le encomendaron una misión. Un cometido especial que cambiaba por completo sus planes futuros.

—O sea, que no viajaremos a Italia.

El antiguo superior de Adler, padre de Kurt, se reunió con él a escondidas en un sitio estratégico en Berlín mientras Nina tomaba el té con su madre. El general Weichenberg había analizado las fotos del teniente Hoffmann, que, en realidad, se llamaba Harry Spencer, espía de la M16, Inteligencia Secreta del Reino Unido. El oficial, que hablaba perfectamente alemán, era el nieto de un capitán de la *Reichwehr* en la Primera Guerra Mundial y había sido enviado a Varsovia para obtener pruebas contra los nazis, pruebas fehacientes e irrefutables. Durante su adolescencia estudió en Alemania, donde se hizo amigo del actual superior del capitán y con quien mantuvo una estrecha amistad a pesar del tiempo y la distancia. Hasta que, el general cambió drásticamente tras el inicio de la guerra.

Adler era consciente del peligro, pero como premio, su ex superior le otorgaría su anhelado puesto en Italia. Valía la pena, aunque hubiera riesgos. Se trataba más bien de un trabajo de campo.

—¿Eso es peligroso?

Nina era muy curiosa y bastante insistente cuando se proponía. Adler la atrajo hacia sí bajo el edredón y entrelazó sus piernas con las de ella.

—Cuando acabe, me darán el destino que he pedido, cielo.

Debía vigilar a su superior casi las veinticuatro horas del día sin levantar sospechas. Pero, el general ya tenía otros planes para el joven y honesto capitán. Gente como Adler siempre estorbaba y debía ser eliminada a tiempo, antes de que empezara a ser un problema.

—¿Y cuánto durará?

Su marido se encogió de hombros y ella le mordió la barbilla en un gesto cariñoso.

—Depende...

Nina lo miró con desconfianza.

—¿Un mes?

Volvió a encogerse de hombros.

—¿Un año?

El gesto de Nina seguía siendo de suspicacia.

—Tal vez.

Él le besó los labios con ternura.

—Sonríe para mí —le pidió con un morrito muy teatral.

Una sonrisa muy forzada apareció en la cara de Nina.

—No quiero verte preocupada, cielo.

Sólo llevaban unas semanas casados y sentían que la vida se les iba cuando tenían que separarse cada mañana. Adler le bajó el camisón lentamente y ella sonrió con picardía.

—No consigo olvidar lo que hicimos en el coche, señora Adler von Schwarz.

Un ramalazo de deseo se instaló en la entrepierna de la mujer y envió ráfagas de placer por terminaciones nerviosas que desconocía hasta ese momento. Se precipitó sobre él cuando la desnudó y lo absorbió hasta el fondo antes de moverse como lo hizo en el coche horas atrás mientras fuera llovía de manera desapacible.

—¿Estamos locos, Adler?

El alemán se sentó y enterró la cara entre sus pechos.

—Sí, de amor.

La tumbó en la cama y la hizo suya hasta que un delicioso clímax los bañó entero.

—Te amo, capitán…

La miró con intensidad.

—Aunque vivieras décadas más que yo, nunca podrías alcanzarme —le mordió el labio inferior—. Siempre te llevaré ventaja, *meine Kleine*.

Fuera, bajo la lluvia, Gino vigilaba la casa con mucha atención mientras calculaba cómo llevaría a cabo su cometido: matar al capitán y a su mujer. Observó el lugar un tanto alejado de la ciudad. Las otras casas estaban deshabitadas, ya que la mayoría pertenecía a familias judías que, probablemente, ya no existían. Recordó su charla con el hombre que le salvó la vida mientras esperaba a sus víctimas...

—*Debes eliminarlos a muy temprana hora del día. Él es muy puntual y su esposa siempre lo acompaña hasta el portón sin falta* —*le dijo Henryk.*

Gino comía un trozo de pan como un animal hambriento. No obstante, la carne, que según entendió era de perro, rechazó. Por el momento.

—*¿Por qué los quieren eliminar?*

Al parecer, el capitán molestaba al nazi que lo deseaba muerto. Era demasiado «honesto» para su gusto y personas así siempre causaban molestias.

—*¿Por ser honesto?*

El polaco no le dio más detalles, aquella misión era secreta y él solo debía cumplir con su parte si quería seguir vivo.

—Los nazis son unos hijos de puta —convino el polaco con una sonrisa maliciosa que dejaba a la vista los huecos vacíos de su mandíbula—. No confían ni siquiera en ellos mismos.

Gino no alargó el tema, era peligroso y no quería poner en riesgo su propia vida. Necesitaba estar bien para buscar al oficial nazi que lo torturó y lo envió al campo. Un hombre cruel que asesinó a Fabio, su amigo, sin piedad delante de él.

«Pagarás caro» susurró con un dolor sordo en el pecho al volver al presente.

Cuando vio a la esposa del hombre que debía matar todo su mundo se volcó a sus pies. Bajó el arma con silenciador y escrutó perplejo a la pareja enamorada que se besaba con pasión insana en la puerta de la mansión. El corazón dejó de latirle y la respiración se le aceleró al reconocerla.

«Nina».

El reencuentro

Adler atrajo hacia sí a su mujer y ella se acurrucó mimosa en su cuerpo mientras paseaban a orillas del lago Zegrzyński, a 20 kilómetros de Varsovia. Era un enorme lago artificial, alimentado por las aguas de los ríos Narew y Bug, donde ambos solían ir los fines de semana para relajarse un poco.

Nina se sentía culpable muchas veces al tener aquel estilo de vida mientras millones de personas sufrían verdaderas calamidades en toda Europa.

—Estás muy callado, mi amor —miró a su marido con expresión melosa.

Adler no conseguía anular lo que Kurt le había dicho el día anterior sobre Giovanna, la espía italiana que trabajaba para los ingleses. Hija de judíos, cuyos padres habían sido asesinados por el general König, su superior. La enfermera le confesó que el nazi era un sádico y que disfrutaba del dolor que le causaba a otros, incluso a ella en la intimidad. Pero la sed de venganza era mayor que el dolor que experimentaba en sus brazos por las noches. Ahora, ella trabajaba para ellos y su principal misión era proteger a Nina mientras él estuviera fuera de la ciudad. Fue la condición que le impusieron a cambio de su vida.

—Si te ocurriera algo… —se interrumpió abrumado—. No puedo vivir sin ti.

Nina lo miró con expresión de confusión al no comprender su afirmación. Era como si él estuviera hablando con otra persona que no fuera ella, precisamente.

—Bastián vuelve hoy —le recordó con una sonrisa—. Le he tejido un abrigo de lana.

Adler sonrió, pero la sonrisa no le llegaba a los ojos. Le dio un beso en la cabeza sin mirarla. Estaba distante y pensativo, lejos de allí.

«Me escondes algo» pensó su mujer en secreto y con el alma inquieta.

—Espero que pronto pueda tejer unas batitas —soltó y los ojos del alemán brillaron con intensidad—. Giovanna me dijo que debo estar más relajada para poder concebir un hijo nuestro.

El oficial se puso delante de ella y la miró con verdadera adoración.

—Será el segundo día más emocionante de mi vida, meine Kleine.

Nina ladeó la cabeza.

—¿El segundo?

Él la rodeó con sus fuertes brazos y la miró con magnitud a través de los rayos dorados del sol, que iluminaban sus rostros y dejaba al descubierto sus almas.

—El primero fue el día que te conocí.

Se dieron un largo y apasionado beso, sin pensar en la conmoción que podían causar en las personas con aquella demostración genuina de amor.

—Eres mi mundo, Adler.

El alemán posó la frente sobre la de ella y suspiró hondo.

—Como tú el mío, meine Kleine.

Las jornadas de trabajo del capitán eran largas, casi siempre se prolongaban desde muy temprano por la mañana hasta bien entrada la noche, incluso después del toque de queda y hasta algunos fines de semanas.

—¡Mi amor! —gritaba Nina desde el portón, donde lo esperaba todos los días sin falta tras recibir su llamada—. ¡Te eché tanto de menos!

Él siempre regresaba a casa con ganas de besarla y abrazarla.

—¡Meine Kleine!

Luego le contaba cómo le había ido el día mientras cenaban con Bastián. Nina también le contaba cómo le había ido el suyo tras la cena entretanto una música clásica sonaba en el gramófono.

—Estás preciosa, meine Kleine.

Adler y Nina siempre terminaban bailando tras ordenar los platos en sus respectivos sitios. Bastián, en general, ya estaba en su cama por a esa hora y les otorgaba un poco de intimidad.

—Te amo tanto, Adler.

A Nina le dolía el alma cada vez que él salía de la casa rumbo a su trabajo. Con la rebelión que se había formado en el gueto, el corazón siempre estaba en un puño, en especial al escuchar las noticias en la radio.

—Nina… —le dijo Bastián algo preocupado—. Vi de nuevo al hombre del sombrero.

Nina salió al jardín como alma que lleva el diablo y buscó al hombre que llevaba días vigilando su casa. Miró a los costados con la mano en el pecho y tras un largo suspiro dijo con agobio:

—Gino.

Por alguna razón desconocida, presentía que se trataba de su hermano mellizo y, por tal motivo, decidió no comentarlo a Adler, al menos hasta confirmarlo.

—¿Te casaste con un nazi? —susurró Gino tras un muro mientras la observaba—. Henryk me dio solo siete días para cumplir mi cometido —llevó las manos al pecho—. Siete días…

«Salva a tu hermana del nazi» le aconsejó el polaco.

Pero cada vez que veía a su hermana con el alemán, sabía que ella preferiría morir con él a tener que perderlo.

—¡Mi amor! —gritó con euforia al ver a su marido. —¡Viniste más temprano!

Corrió a su encuentro y se lanzó a sus brazos como una niña pequeña.

—Te prepararé unos macarrones deliciosos —anunció emocionada—. Y de postre… —Adler la cogió en brazos y capturó sus labios en un profundo beso.

Gino apretó con fuerza los dientes y también los puños. No sabía qué hacer o qué sentir. Su hermana estaba perdidamente enamorada del alemán y moriría de pena si lo perdiera. La conocía mejor que nadie. Cuando su madre y su hermana murieron, por muy poco soportó la tristeza y sobrevivió. Pero otra pérdida, sería brutal y la llevaría directo a los brazos de la muerte.

—Tu amor es mi mejor postre, meine Kleine.

«Nina, ¿por qué el destino me hizo esto?» pensó antes de marcharse.

La enfermera se volvió en un acto reflejo antes de entrar en la casa y miró boquiabierta al hombre que caminaba a lo lejos. Su manera de caminar le era muy familiar.

«Gino» susurró con lágrimas en los ojos.

El domingo fueron a misa y tras ello, tomaron el tranvía hasta el parque Łazienki, donde se pasearon por el lago y terminaron sentados en un banco con el sol calentándoles las mejillas.

—Me gusta ese bollo —le dijo Adler con la mirada clavada en el lago—. Es delicioso.

No llevaba su uniforme aquel día, solo una camisa blanca de lino remangada hasta los codos y unos pantalones negros elegantes. Más de una mujer se volvió para admirarlo y enfurecer a su esposa, que era muy celosa.

—A mí también, mi amor —susurró entre dientes—, ¿y esa qué mira?

El capitán siguió su enfoque con una sonrisa ladina en los labios. Nina miró fijo a la elegante mujer vestida de rojo que no le quitaba el ojo de encima al alemán.

—Eres demasiado guapo, capitán.

Una risita se le escapó al hombre antes de besarla en los labios.

—¿Estás celosa, meine Kleine?

Ella le limpió los labios con un pañuelo.

—Claro —replicó con firmeza—, ¿tú no?

La sonrisa de su marido desapareció.

—Mucho —refunfuñó molesto y esta vez rio ella de buena gana—. Mmm.

Se puso de pie y la invitó a dar unas vueltas en un carrito empujado por una bicicleta.

—Haces que todos los días sean inolvidables —le dijo Nina con la cabeza recostada en él—. Cada segundo, mi amor.

Él le tocó la cara con ternura.

—¿Te pasa algo?

Nina quería decirle sobre sus sospechas, pero temía por la vida de su hermano, que según le dijeron, era un desertor y asesino de un soldado nazi.

—No, nada, mi amor.

«Mientes muy mal, meine Kleine».

—Solo pensaba en el gueto.

El alemán cerró los ojos con pesar.

—Es terrible, Adler.

Lo era, pero nadie podía hacer nada para impedírselo. Muchas personas estaban muriendo de la peor forma a diario en el gueto y las posibilidades de que algunos sobrevivieran, eran mínimas.

—Lo es, meine Kleine.

Bajaron en la plaza Adolf Hitler y caminaron cogidos de la mano mientras conversaban sobre nimiedades. Nina, en más de una ocasión, lo miró de reojo y sonrió. Estaba tan enamorada de su marido que mal podía esconderlo y no tenía vergüenza de que los demás se dieran cuenta, aunque muchos no disimulaban su animadversión hacia él que, aunque no llevaba el uniforme feldgrau, no podía esconder que era un auténtico ario.

—No me gusta que des paseos sola, meine Kleine.

Al principio Nina tenía mucho tiempo y, a pesar de las protestas de Adler, solía dar largos paseos por la ciudad.

—Al menos deberías ir en coche. Uwe puede llevarte a donde quieras.

Lo miró de reojo con expresión seria.

—Ya hablamos sobre eso, mi amor.

El capitán observó curioso algunos carteles.

—Ay, meine Kleine —musitó por lo bajo—, solo me preocupa que algo te pase mientras esté trabajando.

Nina leyó una frase muy familiar por las calles de Varsovia los últimos años: *«Nur für Deutsche»*.

—Sólo para alemanes —masculló ensombrecida.

Era consciente de por qué, pero le gustaría saber lo que Adler pensaba al respecto.

—Mi amor…

Observó con atención el cartel que estaba en una tienda.

—Dime, cielo.

Estaba por todas partes: en los primeros vagones de los tranvías, en muchos bancos de la calle, en las mejores tiendas, cafés, restaurantes y hoteles, en la puerta de algunas iglesias, escuelas y hospitales.

—No soy alemana, Adler.

Él la miró de reojo con expresión confundida. Nina le preguntó por qué colocaban aquel cartel por todas partes. Por qué los propios polacos eran como extraños en su país.

—No lo sé... —respondió algo evasivo.

Nina se detuvo y lo miró con incredulidad.

—¿No conoces la política de tu país?

Adler podía explicarle con lujo de detalles en qué consistía todo aquello, pero no quería que ella empezara a indagar más allá de lo permitido. No en aquel momento tan delicado y peligroso.

—Yo sólo soy un soldado: veo, callo y obedezco órdenes —le contestó sin mirarla a los ojos—. No es sencillo ser un soldado con pensamientos propios.

Nina no quería que el asunto se convirtiera en una disputa matrimonial que terminaría, probablemente, en una guerra sin sentido entre los dos.

—Mírame, meine Kleine.

Ella lo miró con una dulzura que lo derritió.

—No quiero que empieces a especular mi trabajo —le dijo con voz suave—. Soy un oficial alemán y podría meterme en más de un problema si digo lo que realmente pienso de todo esto —le tocó la cara con dulzura—. Y menos ahora que te tengo a ti.

Ella negó con la cabeza.

—Tienes razón, mi amor.

Él le besó la frente antes de arroparla con sus brazos.

—Tú conoces mi corazón, Nina.

Ella asintió con los ojos cerrados y con la mejilla apretada en su pecho.

—Sabes muy bien con quién te casaste.

Adler era el mejor hombre que jamás conoció en toda su vida, era el hombre de sus sueños: leal, fiel, amoroso, atento, detallista y muy generoso.

—Sí, lo sé, mi amor.

Al día siguiente, Nina acompañó a su marido hasta el coche como todos los días y le dio un profundo beso de amor. Al capitán le gustaba conducir, le relajaba y por eso declinó el chófer que le habían ofrecido cuando llegó a la ciudad polaca.

—Hoy terminaré tarde, meine Kleine.

Nina le rodeó el cuello con los brazos y se puso de puntillas para morderle la barbilla.

—Contaré las horas, capitán.

Se dieron un largo beso de amor antes de alejar sus cuerpos el uno del otro. Adler le balanceó la mano antes de entrar y marcharse.

—Te amo, capitán.

Cuando el coche se dio la vuelta en la esquina, sus ojos se encontraron de golpe con los de alguien que llevaba meses buscando. Las lágrimas se arremolinaron en las cuencas y los labios le temblaron ante la fuerte emoción.

—Gino…

En los brazos del enemigo

Gino, sin saber cómo reaccionar ante la fuerte emoción de volver a ver a su hermana, tras casi dos años, pronunció su nombre como si fuera un sueño. Nina cruzó la acera y se lanzó a sus brazos como una niña inocente lo haría. Gino la giró en el aire mientras ella enterraba el rostro en su cuello, sintiendo que le faltaban brazos para abarcarla.

—No sabía nada de ti, pero sabía que estabas vivo...

Los ojos del italiano se nublaron.

—Mi corazón lo sabía.

El desertor tenía un nudo en la garganta que le impedía hablar. Se limitaba a disfrutar de aquel abrazo, tal vez el último antes de cumplir su misión.

«Debo salvarte, Nina. Pero al hacerlo, te perderé, inevitablemente».

Le sujetó el rostro entre las manos y le secó las lágrimas. Al contemplarla tan de cerca, la emoción se le escapó en una risa mezclada con un sollozo y volvió a hundirse en su abrazo.

—Estás empapado —le advirtió Nina, al apartarse—. Ven conmigo a mi casa.

Gino titubeó.

—Tengo tantas cosas que contarte, Gi.

Tiró de él hasta la sala de estar y lo acomodó en un mullido sofá. Le quitó la chaqueta mojada, le ofreció café y unas galletas recién horneadas por ella. Enmudecido, se limitó a observar el lugar lujoso donde vivía su hermana hacía unos meses, según le dijeron. La enfermera italiana que se casó con un nazi importante que incluso pertenecía a la nobleza. Al inicio pensó que era una broma, pero ahora ya no.

—Gracias, Nina.

Su hermana vivía como una reina y desde hacía unos días, tenía dos mujeres que la ayudaban con las tareas de la casa.

—Te vi con un nazi —soltó de sopetón y la dejó completamente enmudecida—. Supongo que es tu…

El corazón de la mujer latió con fuerza en su pecho.

—Mi marido.

Detuvo la mirada en su rostro lleno de cicatrices y marcas de la guerra; sus ojos ya no brillaban como antes, el dolor se ocupó de apagarlos. Le acarició las mejillas con ternura.

—Es mi mundo, Gino.

Nunca la vio de aquel modo, ni siquiera por Tiziano en su tiempo.

—Cuéntame dónde estuviste todo este tiempo, hermano —le preguntó casi con agonía—. Vine aquí por ti —le confesó—. Pero nunca te encontré.

Cogió las manos de Gino entre las suyas y se le escapó unas lágrimas al encontrarse con cicatrices que fueron dolorosas heridas en el pasado.

—¿Qué te ha sucedido, hermano?

Un suspiro se le escapó de lo más hondo al hombre.

—No quiero hablar de eso, no quiero revivir las penurias… —Su voz sonó ronca, como si llevara años sin usarla—. Creí que jamás volvería a verte... —La tocaba como si temiera que fuera a desaparecer—. Te eché tanto de menos, hermana.

Tomó la mano derecha de Nina y observó la alianza en torno a su dedo anular.

—¿Qué hiciste, Gino?

Él hizo tantas cosas y ninguna por su propio bien. Cuando descubrió lo que hacían los suyos, a favor de los nazis, decidió que no formaría parte de aquella lucha tan desleal e inhumana.

—Luché al otro lado del frente.

Ella agachó la vista y no retrucó. No sabía cómo hacerlo, ya que era la esposa de un nazi, que, aunque trabajaba para los suyos, a espaldas de ellos, también ayudaba al enemigo como lo hacía su hermano. Pero era un secreto que pretendía llevárselo a la tumba.

—¿Desde cuándo estás casada?

Nina no lo miró.

—Hace poco más de un mes.

Gino levantó su rostro con el dedo índice.

—Nos conocimos en el hospital; yo era enfermera voluntaria…

Los ojos de la italiana brillaron con intensidad al evocar aquel día que parecía tan lejano en aquel momento. Incluso de otra vida. Se levantó cómo para dirigirse a la cocina, pero él se lo impidió.

—Tengo que marcharme.

La mirada de la mujer se tiñó de tristeza.

—¿Por qué?

—En realidad, no debería estar aquí, es peligroso tanto para ti como para mí.

Ella era consciente a qué se refería, pero su corazón no. Le cogió de la mano y le rogó con los ojos que se quedara un poco más. Gino bajó la mirada.

—No te vayas todavía… —rogó sin comprender.

Gino no sabía muy bien cómo explicárselo sin mencionar la verdad.

—Me escapé de un campo de concentración, la documentación que llevo en mi bolso es falsa y si me cogen, me colgarán.

«Los nazis» completó para sus adentros.

Ella estaba tan desconcertada que no acertaba a decir palabra. ¿Había estado en un campo de concentración? El dolor se hizo presente en su rostro al imaginarse las barbaridades que su hermano pasó allí. Ahora comprendía mejor el brillo anulado de sus ojos.

—Yo lucho contra los nazis, Nina.

La saliva atravesó la garganta de la italiana como pedazos de piedras punzantes.

—Nazis como tu marido.

El estómago le subió de pronto a la garganta.

—¿Tú sabes con quién te casaste?

Se recostó en el respaldo del sofá.

—Claro que lo sé —musitó tan bajito que él no la escuchó—. Adler no es como la mayoría.

Se sentía muy mareada y él desafiado. La miró con el ceño fruncido y los labios apretados.

—¿Qué lo diferencia de los demás?

Un sudor frío le cubrió la frente.

—¡Su alma! —gritó enfurecida—. ¡Adler tiene alma!

Cerró los párpados para intentar recomponerse. Gino la vio tan pálida que se asustó.

—¿Te encuentras bien?

Ella abrió los ojos y le miró suplicante.

—¿Sabes que ha venido a Varsovia a matar a todos los judíos, Nina?

Un gesto de desprecio contrajo el rostro de la joven.

—Adler es un militar honesto, no un asesino.

Gino la fulminó con la mirada.

—¡Los militares nazis son asesinos, Nina!

Ella se indignó y a punto estuvo de contarle la verdad sobre su marido, pero recordó la promesa que le hizo a Adler meses atrás y no se atrevió.

—¡Él no es así!

La voz de la italiana se alteró.

—¡¿Acaso no has visto lo que están haciendo con los judíos en el gueto?!

Nina quiso rebatirle, pero no lo consiguió.

—Los judíos van marcados con una estrella, no pueden caminar por la acera y no pueden ejercer determinadas profesiones. ¡Son exterminados en masas en los campos de concentración! —chilló iracundo—. ¡Lo he visto! ¡Nadie me lo contó!

Gino la sujetó por los hombros y la miró con expresión suplicante.

—Y no sólo con los judíos.

El cuerpo de la italiana se estremeció.

—También con los polacos, los franceses, los holandeses, los checos, los rusos y hasta con los propios alemanes...

Gino ahuecó el rostro de su hermana entre sus manos.

—Con cualquiera que no piense como ellos.

Ella trató de apartar el rostro, pero él se lo impidió.

—Gino...

—En nombre de la ideología nazi asesinan a niños, mujeres, y gente indefensa.

El corazón de Nina se partió en dos.

—Los humillan, los aterrorizan, los maltratan.

—Basta...

Con la mirada perdida, Nina lo escrutó.

—Yo he estado en un campo, Nina.

En aquel campo, lo golpearon hasta perder el sentido, lo dejaron morir de hambre y de sed. Él lo merecía, pero muchos judíos o gitanos, no.

—Y tu marido es uno de ellos.

—No le conoces.

Gino asintió sin mucha convicción.

—Me muero si algo le pasa, Gino.

Aquellas palabras le penetraron dolorosas como un tiro en el estómago.

—Yo también le quise a una persona con toda el alma —afirmó con lágrimas en los ojos—. Y lo mataron en mi frente sin piedad…

—Adler es una buena persona, por eso me enamoré de él. ¡No es un asesino!

Gino resopló.

—¡Es un nazi!

Nina lo carbonizó con la mirada.

—¡¿Y lo soy yo también por amarlo?!

Perdió los nervios definitivamente y empezó a temblar.

—¡Lo amo!

Gino la abrazó conmovido. Le susurró algunas palabras de consuelo como solía hacerlo en el pasado cuando ella tenía miedo y se escondía en su cama.

—Lo amo con toda el alma, Gi.

Sollozó con amargura.

—Él no es como los demás —afirmó con total convencimiento—. Adler es diferente y te lo demostraré.

Gino se apartó de ella.

—¿Qué quieres decir con eso?

Nina se secó las lágrimas con el dorso de la mano, pero otras lágrimas ocuparon el lugar de las mismas. Le dolía respirar.

—Mañana te lo demostraré, Gino.

La miró con desconfianza.

—¿Confías en mí, hermano?

No sabía qué decirle y solo asintió con la cabeza.

—Pues mañana comprenderás quién es mi marido.

Gino aguantaba con estoicismo los gritos de Henryk, que no entendía por qué seguía alargando su misión. ¿Con qué propósito? Podía salvar a su hermana, pero no al nazi. ¡Era el puto trato!

—¡¿Qué te demostrará ella?!

—Dame sólo un poco más de tiempo...

—¡No hay tiempo! ¡Cada minuto que pasa muere un inocente a manos de los bastardos!

Rojo de cólera, Henryk le agarró por el cuello de la camisa y lo sacudió contra la pared con violencia.

—Un día... —masculló a pocos milímetros de su cara con la rabia filtrándose en su voz—. Un día...

Nina no podía dormir, las palabras de su hermano resonaban una y otra vez en su cabeza como balas contra un metal. Adler dormía a su lado, estaba muy cansado y el resfriado que pilló días atrás, lo dejaba aún más agotado.

—Mi amor, mañana mi hermano conocerá al ángel disfrazado de nazi.

Le tocó la cara con ternura.

—Al mejor hombre del mundo.

Le dio un dulce beso.

—Meine Kleine... —susurró en tono suave—. Te necesito...

Ella se quitó el camisón con sensualidad.

—Yo también, mi amor.

El alemán, a pesar de su estado, se precipitó sobre ella y le hizo el amor. Tenía la cara enterrada en su cuello y no veía las lágrimas que caían de los ojos de la mujer que se aferró a él con todas sus fuerzas mientras el clímax la impulsaba a gemir bajo su cuerpo.

—Te… amo…

Arqueó la espalda con fuerza y dio una sacudida contra él.

—Y yo a ti.

A la mañana siguiente, Adler echó un vistazo al reloj despertador sobre la mesilla.

—Tengo que levantarme ya o llegaré tarde.

No movió un músculo. Nina le pasó un brazo por encima del pecho mientras los primeros rayos del sol se filtraban por la enorme ventana.

—No quiero que vayas a trabajar hoy.

La miró con expresión soñolienta.

—Quédate conmigo...

Intentó persuadirle a base de besos y caricias bajo las sábanas. Adler suspiró cuando su mano aterrizó en su parte íntima.

—No te imaginas cuánto me gustaría, meine Kleine...

Ella le besó el pecho mientras enredaba los dedos en su cabello despeinado.

—Podríamos desayunar tranquilamente en el jardín, dar un paseo por la ciudad, ir a una cafetería y luego dormir la siesta.

Aquello lo obligó a mirarla con el ceño fruncido.

—¿Dormir? ¿Para eso me quieres?

Se abalanzó sobre ella y empezó a hacerle cosquillas.

—¡No quiero dormir!

Nina se revolvió entre carcajadas en el colchón.

—¡Para, Adler! —pataleó—. ¡Me haré pis encima!

Se miraron con picardía.

—En lugar de hacerme cosquillas, deberías hacerme otra cosa, capitán.

El alemán miró el reloj y enarcó una ceja.

—Tengo quince minutos, meine Kleine.

Se levantaron y se limpiaron los dientes a toda prisa. Se besaron como si no hubiera un mañana bajo el umbral de la puerta del cuarto de baño.

—Te amo —gimió entre sus labios—. Para siempre... —la cogió en brazos y la llevó a la cama donde la amó.

Nina lo miró con lágrimas en los ojos mientras él la hacía suya con mimo y mucha dulzura. Adler la miró con profundo amor al notar la emoción en sus ojos.

—Creo que estoy embarazada.

Esta vez, los ojos de él se nublaron.

—¿Qué?

Una lágrima rodó por el costado del rostro de la mujer.

—Tengo un retraso de dos semanas, mi amor.

Adler lloró.

—¿Seremos papás?

Nina apretujó su cabeza contra sí con mucha fuerza.

—Sí, seremos papás.

Se fundieron en un profundo abrazo que parecía no tener fin. Un abrazo eterno bajo los ojos bondadosos de Dios.

—Te amo, Adler —sonrió—, papá.

El alemán capturó sus labios en un apasionado beso y decidió ir más tarde al trabajo.

—Te amo, mamá.

Una hora después, Adler salió de la casa con ella y Bastián, que lo acompañaría hasta la mansión abandonada para visitar a unos amigos que echaba de menos. Nina le dio un beso apasionado entretanto, en otro sitio, Gino abría los ojos con mucha dificultad. ¿Qué le estaba pasando? Trató de moverse, pero no podía.

—Me olvidé el reloj —anunció Adler.

Nina le dijo que le traería y se dirigió a la mansión a pasos lentos como él le pidió. Ahora que sabía de su estado, estaba mucho más protector que antes. Nina subió las escaleras a cámara lenta. Se volvió y vocalizó:

—Te amo, capitán.

Él le lanzó un beso que ella cogió con la mano y se lo llevó al pecho.

—Por siempre, meine Kleine —le dijo con una hermosa sonrisa.

Nina abrió la puerta y subió las escaleras con una sensación rara en el corazón. Pensó en su hermano y se agitó de manera involuntaria. Abrió la puerta de la habitación y cogió el reloj de la mesilla.

—¿Hacer cama? —le dijo María, la mujer encargada de limpiar la casa.

Su italiano era tan malo como el polaco de Nina.

—Sí, gracias, María.

Salió de la habitación sin abandonar su deje. ¿Por qué sentía aquella angustia? Tragó con fuerza y trató de serenar sus latidos enloquecidos. Cuando posó la mano en el pomo de la puerta principal, una explosión en la parte externa de la casa la lanzó lejos y con mucha violencia hacia las escaleras. Los cristales rotos de las ventanas volaron en el aire y cayeron sobre ella, incrustándose en su carne. Un grito agudo se le escapó de lo más hondo de su ser ante el susto y el dolor que sentía en la parte baja de la cintura.

—¡Adleeer! —consiguió gritar mientras su entrepierna se machaba de sangre y su rostro de lágrimas—. ¡Bastiááán!

Todo se oscureció tras ello, absolutamente todo.

La sentencia del nazi

Días después...

Las lágrimas de Nina rodaban una tras otra por su magullado rostro mientras recorría con la mano el ataúd de su marido, asesinado por un grupo de partisano del gueto días atrás. Nada había restado del capitán, absolutamente nada. Tampoco de Bastián, que ni siquiera tendría un sepelio.

—¿Te encuentras bien, cielo? —le preguntó la duquesa por tercera vez.

Sus ojos eran el portal del más oscuro y sombrío abismo.

—No y nunca volveré a estarlo —masculló con la voz apagada—. Nunca más.

La duquesa tenía los ojos muy hinchados y la mirada completamente vacía. Le habían arrancado a su hijo de la manera más cruel y ahora solo le restaban los recuerdos.

—Aquí... me... —no pudo terminar la frase.

El dolor que cargaba en su pecho era insoportable.

—Gracias.

El féretro del capitán Friedrich Adler von Schwarz había permanecido expuesto en un salón del Bendlerblock. Lo envolvía la bandera del Tercer Reich y varias coronas de flores se apilonaron a sus pies.

—Mis condolencias —le dijo un Kurt totalmente devastado por el dolor—. Vengaremos su muerte, Nina.

285

¿Y de qué le serviría eso? ¿Le devolvería la dicha que le robaron? ¿Le devolvería a su marido? ¿Le devolvería a su hijo perdido?

—Te lo juro, Nina.

Un comandante le entregó una medalla a título póstumo en honor a su marido: la Cruz de Caballero con Hojas de Roble y Espadas que para ella no tenía ningún valor.

—¿Por qué te hicieron esto, mi amor?

No tenía vergüenza de llorar sobre el ataúd de su marido, de dejar a la vista sus sentimientos y sus emociones. Lloró durante todo el velorio en silencio mientras susurraba palabras de amor a su marido.

—Nunca te olvidaré, mi amor —las lágrimas empaparon la bandera—, nunca… —arrugó la bandera con la mano—, ven a buscarme lo más rápido posible —le suplicó con la voz afónica.

Todo su cuerpo tembló y casi perdió el conocimiento cuando los soldados se acercaron para coger el ataúd.

—¡Nooo! —gritó entre los brazos de Kurt—. No me lo quiten, ¡por favor!

Se removió un poco, porque casi no tenía fuerza para seguir luchando contra aquella triste realidad.

—¡Adler!

Un cortejo fúnebre se enfiló hasta el cementerio de los Inválidos, una marcha lenta escoltada por un regimiento de Brandenburgers que desfilaban con paso lento y firme.

—¿Qué está pasando, Kurt? —le preguntó de pronto al soldado—. ¿Quién ha muerto?

Kurt la miró a través de las lágrimas.

—¿Por qué Adler no vino?

Llovió durante el entierro, una lluvia fina que apenas se sentía y que se fue mezclando con las lágrimas de todos los que lloraban la muerte del joven capitán.

—Nina… —la voz de Kurt sonaba tan lejana.

La tierra se volvió más oscura a medida que la lluvia se intensificaba.

—Adler —musitó Nina al volver en sí—. Mi… amor…

Lanzó una flor de caléndula antes de perderlo entre paladas negras. Era la flor que simbolizaba el dolor y el sufrimiento, el pesar eterno que cargaría durante toda su vida sin él.

—Hasta luego, mi amor —le dijo en alemán mientras los últimos días a su lado irrumpían su mente…

—*¡Nina!* —*gritó Adler cuando ella salió corriendo del cuarto con el cinturón*—. *¡No puedo retrasarme, meine Kleine!*

Bajó las escaleras a toda prisa, muerta de la risa y gritando todo el camino.

—*¡Te cogeré!*

La cogió en dos zancadas y la giró en el aire.

—*¡Eres mía!*

Nina pataleó y chilló.

—*¡Solo tuya!*

Nunca había sido tan feliz en toda su vida. Nunca pensó, que fuera posible amar tanto a una sola persona y de aquella manera tan intensa. Única. Eterna.

—*Te amo, meine Kleine.*

Aquellos ojos azules y lleno de ternura, nunca se borrarían de su mente mientras viviera.

—*Y yo a ti, capitán.*

Cada vez que se besaban, el mundo entero se paralizaba.

—*Por siempre.*

Kurt le entregó la bandera y la gorra de Adler con las manos frías y temblorosas, arrancándola de su trance de golpe.

—Gracias, Kurt.

No fue demasiado consciente de lo que sucedía a su alrededor; era como si estuviera en una pesadilla, pero de la que nunca despertaría.

—Kurt… —musitó antes de perder el conocimiento.

El teniente la cogió en brazos y la llevó hasta el coche de la duquesa a pasos lentos mientras la lluvia se intensificaba. A cada paso que daba, una lágrima rodaba por su mejilla.

«Adiós, amigo».

Miró a Nina con profundo dolor.

—La cuidaré como te lo prometí.

Nina se sumergió en la más fría y dolorosa tristeza. Nada tenía sentido para ella tras la muerte de Adler y su bebé. La duquesa la consolaba, pero ninguna de sus palabras lograba tal efecto en ella.

Adler estaba muerto y con él su alma.

Debía comer.

Pero no tenía hambre.

Solo quería dormir.

Llorar.

Y recordarlo.

Todos los días, sin excepción alguna, iba al cementerio, se sentaba en un banco frente a la tumba de su marido y perdía la mirada en la fría inscripción de la lápida entre flores aún sin marchitar. Con los ojos en su nombre, pensaba en él. En cada instante vivido a su lado; en su rostro, en el tono de su voz, en el tacto de sus caricias, en el olor de su piel.

—No quiero seguir —le dijo llorando—. Llévame contigo, Adler... —le suplicó—. Por favor, llévame contigo.

Las copas de los árboles empezaron a emitir un sonido muy similar al llanto humano. ¿Era él? ¿Era su alma?

«Meine Kleine» resonó en su cabeza como un lejano eco.

—¿Adler?

El deseo de reunirse con él se hacía cada vez más intenso y doloroso a medida que pasaba el tiempo.

—Nina... —le dijo Kurt cuando el sol ya se había marchado—. Oh, Nina.

Ella solía quedarse allí hasta que el día se convertía en noche, acurrucada en el banco y anegada en lágrimas tras el llanto.

—Kurt, déjame aquí.

La voz estaba afónica y apenas se podía escuchar. Kurt siempre la cogía en brazos y la llevaba a su casa donde la consolaba y trataba de alimentarla. Pero Nina se rehusaba, no quería seguir viviendo, no sin él. Kurt lloraba a su espalda, donde en general, se acomodaba cada día para poder cuidarla.

—Lo siento, Nina —repetía sin fuerza—. Si pudiera, le daría mi vida y te devolvería la alegría que te robaron.

A veces Nina acomodaba su cabeza en su pecho y decía su nombre antes de perderse en un profundo sueño.

«Adler».

Rogaba al cielo por volver a verlo, aunque solo en aquel mundo onírico, pero en él, Nina nunca conseguía alcanzarlo.

—¡Adler! —gritaba mientras él caminaba por un largo y oscuro sendero—. ¡Adler!

Él se perdía en medio de un bosque, donde ella nunca conseguía entrar, porque aquel sitio no era para los vivos, sino solamente para los muertos. Y ella seguía viva, infelizmente.

—Adler… —musitaba entre sollozos al despertarse.

Dos semanas después del sepelio de Adler, la duquesa decidió confesarle a Nina su secreto, el que su hijo conocía y nadie más.

—Hola, cielo —le saludó antes de sentarse en el banco de mármol que se encontraba delante del panteón del capitán—. Necesito confesarte algo.

Posó la mano sobre la de ella.

—Algo que solo Adler y yo conocíamos.

La enfermera la miró a través de sus apagados ojos.

—Era nuestro secreto.

Apretujó la mano de su suegra con afecto, pero no emitió una sola palabra. Tenía la garganta muy inflamada y apenas podía hablar.

—Cuando tenía diecisiete años, me quedé embarazada —le confesó la duquesa—, del chófer de mi familia —los ojos se le llenaron de lágrimas—, y cuando mis padres se enteraron, me la arrebataron de los brazos a pocos minutos de su nacimiento.

Nina la miró con asombro.

—Era una niña preciosa —suspiró con tristeza—, de pelo oscuro y ojos color miel —negó con la cabeza—, todo lo contrario de Adler… —una lágrima recorrió su mejilla pálida y sin vida—. Nunca la olvidé y cuando mis padres murieron, decidí buscarla —cerró los ojos con pesar—, mis padres la entregaron a una familia judía del sur de Italia donde solíamos ir a pasar las vacaciones —abrió los ojos de par en par—. Cuando Adler lo supo, en lugar de juzgarme, me prometió que la encontraría —ahogó un sollozo—, que la salvaría…

Ahora Nina comprendía mejor el afán de Adler por salvar a los judíos. Era como salvar a su hermana.

—Y la encontró… —miró a Nina con intensidad—, pero tarde —cogió su colgante y lo abrió—, se llamaba Gianna.

Nina miró con lágrimas en los ojos las fotos de los hijos de la duquesa.

—Era preciosa.

Adler y Gianna tenían un año en las fotos.

—Me dijo que fue enfermera y que fue una mujer feliz antes de la guerra.

Gianna Verdi terminó en una cámara de gas con toda su familia, dos semanas antes de que Adler al fin la encontrara.

—Se casó con un médico judío y tuvo un hijo a quien llamó Guido.

Ninguno sobrevivió al holocausto.

—Lo siento mucho —Nina se rompió a llorar—, gracias por confiar en mí.

La duquesa le cogió las manos.

—Como él lo hizo, cielo.

Se levantaron del banco y entrelazaron los brazos antes de salir del camposanto donde dejaron sus corazones. Nina se volvió en un acto reflejo y miró la tumba de su marido con lágrimas en los ojos mientras traía a la mente un recuerdo…

—*¿Quién es ese niño?*

Adler miraba con mucha concentración la foto de un niño de pelo oscuro y ojos grises.

—*Alguien que creía muerto, meine Kleine.*

Las cejas de la italiana se unieron en una sola.

—*¿No entiendo?*

Adler la hizo sentar en su regazo de golpe.

—*Pronto lo sabrás.*

El corazón de Nina golpeó con violencia sus costillas al volver al volver al presente.

«Guido no está muerto» pensó con ilusión.

Ahora ella tenía una misión, encontrar al sobrino de Adler y devolver la paz a su suegra, el gran sueño de su hijo.

En nombre del amor

Nina decidió volver a Varsovia para coger sus cosas y terminar la misión de Adler. Kurt se negó al principio, pero al ver que algo iluminaba sus ojos teñidos de dolor, decidió aceptar su ayuda. Solo faltaban dos hogares para los dos niños que estaban en la mansión y Giovanna ya tenía dos posibles familias para ellos. La enfermera no podía volver al hospital y tampoco a las calles de la ciudad para protegerse de su vil amante, que, al parecer, se sentía herido y buscaba venganza en contra de ella. Kurt le entregó las fotos del teniente Hoffmann y todos los informes que Adler hizo acerca de ellos. Giovanna pronto viajaría a Londres para entregárselos a su superior. Probablemente, jamás volvería a ver a Nina, ya que los espías tenían los días contados en cualquier sitio.

—Para ti, Nina.

Nina cogió un diario de cuero que Giovanna le había comprado días atrás en un mercadillo.

—Cuando mi hija y mi marido murieron —le confesó ella con lágrimas en los ojos—, empecé a escribir para no olvidar cada detalle de lo que habíamos vivido.

Y eso fue exactamente lo que Nina empezó a hacer todas las noches. Escribió su historia en aquel diario negro para no olvidarse de ningún detalle desde que conoció a Adler. Y, aunque le partiera el alma en dos, también escribió el día que él y Bastián murieron.

293

Bajé las escaleras a pasos lentos con una rara sensación en el pecho. Llevé las manos a mi corazón y traté de calmarlo, pero él estaba muy agitado. ¿Por qué? Negué con la cabeza y suspiré hondo antes de posar la mano en el pomo de la puerta. Cuando lo giré, una explosión fuera de la casa me ensordeció por completo y el impacto del estallido me lanzó lejos, cerca de la escalera con miles de pedazos de cristales volando por los aires al mismo tiempo. No escuchaba nada más que un zumbido molesto en los oídos mientras la sangre, tibia y densa, se deslizaba entre mis piernas. Grité el nombre de Adler y de Bastián con las pocas fuerzas que me quedaban.

—¡Adler! —chillé con un terrible dolor en la parte baja del abdomen—. ¡Bastián!

María bajó las escaleras y me dijo algo que no pude comprender. Me levanté como pude y salí de la casa rumbo a la muerte.

—¡Nooo!

El coche de Adler era una bola de fuego y humo negro.

—¡Adler!

El dolor que sentía en el vientre me impulsó a sentarme en la escalera, lapso en que unos soldados alemanes se acercaron y trataron de apagar el fuego, pero en vano.

—No… —repetía sin parar mientras el humo negro y espeso se elevaba hacia el cielo—. No, Adler no murió.

No lloré, era como si las lágrimas se hubieran cristalizadas y la voluntad de gritar congelado en alguna parte de mi ser.

—¿Qué pasó aquí? —me preguntó un oficial en un pésimo italiano—. ¿Vio algo, señora?

No vi nada, pero un peatón, que pasaba por allí, dijo que vio a un hombre alto, de pelo oscuro y piel clara merodeando por las calles. Y tras unos minutos, se dirigió hacia el gueto. Y entonces, en medio de la oscuridad y la desesperación, pensé en alguien idéntico al hombre que describió aquel testigo:

«Gino».

—¿Fuiste tú? —me pregunté desde aquel día—. ¿Cómo pudiste hacerme esto, hermano?

Todo mi mundo se desmoronó, en especial cuando Kurt me dijo que Adler había recibido cartas de amenazas anónimas escritas a máquina de escribir, pero Adler las había eliminado. Las mismas fueron escritas en italiano y pocos lo hablaban en Polonia.

«Gino, ¿por qué?».

—*Quiero ver a Adler* —le dije a Kurt el tercer día—. *Necesito verlo.*

Él se negó con una rotundidad que me dejó paralizada.

—*¡Quiero verlo!* —le grité y le golpeé los pechos con los puños—. *¡Tengo derecho!*

Me estrechó entre los brazos y apretujó mi cabeza contra su pecho.

—*No restó nada, Nina* —me dijo con la voz llorosa—. *Solo un par de huesos irreconocibles...*

Me caí a sus pies y lloré con toda el alma.

—*Lo... siento...*

La explosión fue tal, que casi nada restó de Adler y Bastián. Kurt me dijo que encontraron metal derretido y entre ellos, un pequeño trocito de oro, posiblemente, su alianza.

—*Adler no llevaba su cinturón* —le dije a Kurt con pesar—. *Lo encontré en el sofá.*

De Bastián había restado únicamente un par de dientes que él se encargó de ocultar para no levantar sospechas que pudieran perjudicarme de cierta manera.

—*¿Creen que fue uno del gueto?*

Kurt estaba muy nervioso y mal podía ocultarlo. ¿Qué me escondía? Se sentó a mi lado y me cogió de las manos.

—*En las cartas que Adler recibió* —empezó a decirme—, *insinuaba que uno de nosotros lo quería muerto.*

¿Por qué Gino advertiría a Adler? ¿Acaso había venido a mi casa para ello? ¿Por qué no me lo dijo?

—*Me vengaré* —escribí al final de la página—. *Aunque seas mi hermano, pagarás lo que has hecho, Gino.*

Nina leyó una y otra vez la carta escrita a máquina que le habían enviado días atrás. Era de su hermano, ya que firmaba como: Gi, su apodo cariñoso de niño. En la carta él hablaba de un complot nazi contra su marido y daba a entender que el superior de Adler estaba involucrado, aunque no tenía pruebas para demostrarlo, ya que, el hombre que lo había contratado había huido a España con su amante española.

«Ten fe en mí» le escribió al final de la carta.

—¿Fe en el asesino de mi marido? —se preguntó ella con la voz autómata—. Fe en ti, Gino.

Gino observó con el ceño fruncido la foto del hombre que asesinó a su amado años atrás. Llevó el puño a la boca al reconocerlo.

—¿Fue él?

Llevaba años buscando al asesino de su amado, pero no sabía quién era o cómo se llamaba, hasta entonces.

—El superior del marido de Nina.

Gino se dedicó a buscar la verdad en medio del caos en el gueto. Necesitaba, de cierta manera, resarcir el daño que le hicieron a su hermana, quien lo buscaba día y noche por Varsovia, vestida de blanco y con la *Luger* de su marido. Adler la entrenó muy bien el poco tiempo que estuvieron juntos. La convirtió en una mujer capaz de disparar a la cabeza al enemigo sin piedad y ninguna contemplación.

—La dama de blanco —decían los moradores del lugar al verla—. El fantasma de Varsovia.

Nina recorría el sitio como un fantasma en busca de venganza.

—Debes tener más cuidado, Nina —le decía Kurt todos los días—. No debes llamar mucho la atención.

Durante su incansable búsqueda, Nina descubrió que el superior de Adler no era de fiar. Giovanna tenía pruebas contra él, pruebas irrefutables ante sus superiores.

«Los nazis son asesinos por naturaleza» le había dicho Gino.

—¿Y si tenía razón?

Decidió cambiar de imagen y se cortó el pelo hasta la barbilla. Lo pintó en un rojo llamativo y empezó a frecuentar el bar donde solo iban oficiales nazis. Allí descubrió que el general, el superior de su marido, tenía una amante llamada Elke Zimmer. La mujer tenía apenas veinte años y era judía. Cuando Nina descubrió su origen, lo usó a su favor.

—Puedo ayudarte a huir de aquí.

Elke la miró con el cejo desencajado. ¿Por qué la ayudaría? ¿Con qué propósito?

—Me matarían a golpes y también a mis padres —soltó llorando—. No puedo arriesgarme.

Nina le pidió la foto de sus padres y sus nombres. Ella titubeó, pero cuando la enfermera le habló del ángel nazi, las cosas cambiaron.

—¿Lo conocías?

Todos conocían al ángel nazi, aunque nunca nadie lo había visto. Los ojos de Nina se llenaron de lágrimas y el corazón brincó de alegría en su pecho. Sentía tanto orgullo de ser la esposa del ángel nazi, que cambió la vida de tantas personas por el simple hecho de hacer el bien.

—Sí, fue mi gran amor.

Elke la miró entristecida.

—¿El nazi que murió hace unas semanas era él?

Aquella afirmación la dejó anonadada.

—¿Cómo lo sabes?

Elke no salía de aquel lugar y no se enteraba de nada, a no ser que alguien se lo dijera. Era alemana y entendía muy bien a los oficiales, aunque fingiera no hacerlo. Nina le volvió a preguntar, días después, dónde había escuchado sobre su marido y su muerte, pero ella no le dijo nada más, hasta que, le enseñó una foto donde ella aparecía con sus padres. Con la ayuda de Kurt, lograron rescatarlos del campo de trabajo y ahora estaban a salvo en la mansión abandonada. Elke quiso abrazarla, pero el llanto se lo impidió. Nina le secó las lágrimas con un pañuelo mientras trataba de sonsacarle alguna información que le sirviera para confirmar sus sospechas.

—El general lo mencionó cierta vez —confesó con asco—. Dijo que al fin había exterminado a uno de sus problemas.

—¿Eso dijo?

Necesitaba estar segura.

—¿Su marido era el capitán Adler von Schwarz?

Y toda duda se convirtió en certeza.

—Era el oficial que necesitaba eliminar, porque sabía demasiado y preguntaba demasiado. Y todo lo que estorbaba, era mejor eliminar.

Elke la miró con expresión suplicante.

—Yo puedo ayudarte a huir, Elke —le dijo con firmeza—. Hoy mismo.

Nina ya no tenía dudas, el superior de Adler era el autor intelectual de su asesinato.

«Al fin lo encontré» se dijo con la rabia incrustada en el alma.

—Vámonos —ordenó a Elke y salieron de la habitación por la ventanilla, donde Kurt las esperaba—. Fue él —le dijo Nina al teniente—. Fue el general.

En ese lapso, a pocos kilómetros de ellos, atacaron una patrulla de las *Waffen SS*, en la plaza en la que los alemanes reunían a los judíos para su deportación.

—Esto está cada día más caótico —les dijo Kurt—. Bajad las cabezas.

La euforia de Gino y sus compañeros de lucha los llevaron a atacar otras tres posiciones alemanas, situadas en distintos puntos del muro.

—El hombre que buscas está ahí —le dijo uno de los polacos—. Es el momento, Gino.

El superior de Adler estaba a pocos metros de ellos y su muerte significaría la de miles de inocentes como consecuencia, pero la razón quedó ofuscada bajo el odio que comandó las acciones del italiano a continuación. Cogió una granada y le quitó la espoleta.

—Todo se paga en la vida —dijo con la respiración entrecortada y lanzó la granada hacia el general—. Absolutamente todo.

Nina lloraba durante todo el camino, evocando los mejores momentos vividos al lado de Adler, el poco tiempo que estuvieron juntos.

—Por ti, Nina —exclamó el desertor.

La granada cayó cerca del pie del oficial nazi que abrió la boca para decir algo, pero la volvió a cerrar cuando la explosión se tragó todas sus palabras. Gino escrutó la escena con el corazón latiéndole a mil por hora y con una sonrisa de victoria que nadie borraría jamás de su rostro. El general no solo había asesinado al marido de su hermana, sino también, a su amado, el hombre que amó con toda el alma y que pagó con su vida ese amor prohibido.

«Adler» musitó Nina, y cerró los ojos.

Aquella noche, por primera vez, soñó con él y esta vez, pudo tocarlo, pudo besarlo y abrazarlo. Tal vez era la despedida definitiva.

Huellas del destino

Nina decidió volver al hospital para rellenar el vacío que cargaba dentro. Allí se enteró de que Mariella y Francesca habían muerto durante un bombardeo. Lamentó sus muertes, a pesar de todo, no les deseó el mal, pero en la vida todo se pagaba. Y como prueba estaba el superior de Adler, que murió de la misma manera que su marido.

«Adler».

Cada día lo echaba más y más en falta.

—Hola, Nina —le saludó Kurt.

El apuesto alemán, recién ascendido a capitán, siempre iba al hospital a verla con una margarita blanca entre las manos.

—Hola, Kurt.

Aquel hombre dulce y paciente, había arriesgado su vida en más de una ocasión por otros, por el simple hecho de ayudarlos sin esperar nada. Adler y él merecían medallas de honores por todo lo que habían hecho como hombres de bien.

—¿Tomamos algo?

Nina asintió.

—¿Cómo está tu brazo?

Kurt había recibido un disparo en medio de la rebelión.

—Mejor, gracias.

Pronto viajaría al frente y, tal vez, no volverían a verse por un buen tiempo. Tal vez nunca más.

—¿Cómo estás tú?

Nina trabajaba hasta el agotamiento, era la manera que encontró para sobrellevar su luto. Por las noches, se acostaba en la cama abrazada a la guerrera de Adler y a una medalla, la única que aceptó como recuerdo. Lloraba, siempre lloraba por su amor perdido, preguntándose si algún día dejaría de hacerlo. Probablemente, no. Porque mientras viviera, él estaría en su corazón, en su piel, en su alma.

—Giovanna llegó bien —le comentó con lágrimas en los ojos—. Las pruebas contra el superior de Adler y los demás soldados ya están en manos de los ingleses.

Kurt era consciente de que algún día pagaría por sus faltas, que el uniforme le pesaría y que toda acción en contra de los nazis no sería suficiente para librarlo de su condena. Y estaba preparado para afrontarlo.

—¿Cenamos hoy?

Nina siempre le invitaba a comer, aunque nunca le preparaba su especialidad y no pensaba prepararla jamás mientras viviera.

—Me encantaría.

Se rascó la barbilla con nerviosismo.

—El gueto fue invadido —masculló con lágrimas en los ojos—, muchos inocentes murieron quemados vivos.

Después de tres semanas de lucha, los alemanes habían asaltado el cuartel general del ZOB y habían matado a todos sus ocupantes, entre ellos, a su líder Mordechai Anielewicz. El general de las SS, Jürgen Stroop, ordenó quemar uno por uno todos los edificios del gueto y reducirlos a cenizas. La rebelión había terminado.

—Sí, Nina, infelizmente, sí.

En otro lugar, a varios kilómetros del hospital, Gino acababa de recibir un sobre bastante sospechoso. Caló su cigarro con fuerza antes de revisarlo. Miró de reojo el último informe que recibió de un infiltrado suyo en uno de los grupos de la resistencia, donde, probablemente, se encontraba Guido, el sobrino de Adler que, según le dijeron, había sido salvado por un primo de su padre. Nina le pidió ese favor, a cambio de su perdón, el día que volvieron a verse, semanas después de la muerte de Adler. Y él no descansaría hasta lograrlo.

—¿Qué es esto? —preguntó Gino algo colérico—. ¿Qué significa esto?

Eran unas fotos bastante inquietantes.

—Gino, esto podría cambiar para siempre todo.

Los ojos del italiano brillaron con intensidad.

—Sí, podría.

Se levantó y cogió su abrigo antes de dirigirse a la casa de Nina. Necesitaba encontrar al amigo de Adler y contarle lo que acababa de descubrir. El joven oficial siempre estaba en la casa de su hermana y aquel día no fue diferente.

—¿Capitán Weichenberg? —dijo de pronto Gino.

Kurt acababa de salir de la casa de Nina.

—¿Quién es usted?

Cogió su *Luger* sin rechistar y apuntó hacia el italiano que llevaba una capucha que le cubría el rostro casi en su totalidad.

—Soy Gino del Bianco —se presentó y le extendió un sobre—. Esto le puede interesar.

Kurt bajó la guardia al escuchar su apellido.

—Soy el hermano de Nina.

Cogió el sobre sin abandonar su deje serio hasta que vio las fotos y una mueca de estupor se estampó en su cara. ¿Qué significaba aquello? Miró a Gino con ojos interrogantes.

—¿Qué es esto?

Gino apretó con fuerza los dientes.

—La verdad, capitán.

303

Kurt analizó una y otra vez las fotos que Gino le había entregado. Un fotógrafo de la resistencia las tomó a escondidas sin que nadie se diera cuenta, en especial, la persona que aparecía en ellas. Bebió un sorbo de la botella de vodka que le ofrecía el italiano, que lo miraba con profunda pena. Aquel alemán tenía alma y estaba sufriendo mucho ante la verdad inesperada de una de las personas que más quería en el mundo. Incluso se le nublaron los ojos al ver la foto de la masacre en Yugoslavia, donde murieron miles de niños inocentes.

—¿Cómo pudo engañarme de este modo? —musitó Kurt con la voz ahogada—. ¿Cómo no me di cuenta de nada?

Gino lo miró con el cejo fruncido.

—¿Y Nina? —soltó con un tono que dejaba en claro ante su hermano lo que sentía por ella—. ¿Cómo reaccionará al conocer la verdad?

Agachó la cabeza con aire derrotado.

—Era amante de la enfermera que atosigaba a Nina —acotó en tono apagado—. La tal Mariella… —negó con la cabeza—. Ahora entiendo tantas cosas…

La luna llena iluminaba sus rostros sombríos con fulgor y dejaba a la intemperie los secretos más oscuros de sus almas.

—Me han pasado esa información desde el gueto, antes de lo sucedido días atrás —le dijo Gino con voz amortiguada—. Al principio también me negaba —suspiró hondo—. Había asesinado a un general pensando que era él el culpable del asesinato de mi amigo… —Kurt lo miró de reojo—. Y luego descubrí esto y todo mi mundo se desmoronó.

Era un oficial alemán con un historial de masacres a sus espaldas en Yugoslavia y otros países. Era un sádico sin corazón.

—Lo han trasladado a Varsovia para aniquilar la resistencia en el gueto e iniciar una campaña de limpieza de judíos ocultos en la zona aria —corroboró Gino—. Muchos me dijeron que, aunque los miraba con expresión fría, en sus ojos brillaba el júbilo que le provocaba las muertes de sus víctimas.

Kurt se levantó y llevó las manos a la cabeza.

—¡Nooo! —chilló encolerizado—. ¡¿Cómo no lo vi?!

A Gino se le formó unas arrugas en la frente al escucharlo.

—Un oficial de la *Abwehr*, ¿no es un agente camuflado?

Su misión era mentir como si estuviera diciendo la verdad.

—Sí… —concluyó lacónicamente el oficial.

El italiano se levantó y apenas le llegó hasta la garganta.

—Mi informante me dijo algo más, pero no estoy seguro si es cierto o no.

Kurt lo escuchó atentamente y la estupefacción fue adueñándose de él a medida que Gino le hablaba. La respiración se le aceleró y los ojos se le oscurecieron al tiempo.

—¿Está seguro?

La cabeza del italiano se movió, pero Kurt no sabía si asentía o negaba. Al fin y al cabo, todo aquello parecía una verdadera locura.

—Yo averiguaré a mi manera —anunció el alemán—. Ese hijo de puta nos engañó a todos y pagará caro por ello.

Al día siguiente, Kurt se presentó en el hospital, donde Nina terminó internada tras un ataque de melancolía. Había consumido sedantes en busca de paz.

—Oh, Nina…

La joven alegre y llena de vida que conoció meses atrás, ahora parecía un fantasma. Los ojos rodeados por una sombra rosa y los labios resecados realzaban aún más su estado anímico. Nina estaba muerta, aunque seguía respirando.

—Solo quiero reunirme con él, Kurt.

Aquello fue peor que recibir una bala en el corazón.

—Nina, tienes que luchar.

Ella negó con la cabeza.

—Ya no puedo, Kurt.

Tras la trágica muerte de Adler, Nina se sumergió en una vorágine de emociones lúgubres que poco a poco fueron consumiéndola por dentro.

—Te necesito, Nina.

Ella lo miró con profundo dolor.

—Y Giovanna también.

El ceño de la italiana se contrajo al oír el nombre de su amiga. Kurt le cogió de la mano y le dio un ligero beso en la palma.

—Giovanna está esperando un bebé —se ruborizó— mío.

El semblante de la mujer se iluminó.

—¿Gio está esperando un hijo tuyo?

Antes del viaje de la enfermera a Londres, tuvieron una noche apasionada como despedida, sin sospechar que aquel último encuentro los uniría para siempre.

—Sí y pretendo casarme con ella —su tono era amistoso, no el de un hombre enamorado—. Ella me esperara en Londres tras la guerra.

La italiana sonrió con lágrimas en los ojos.

—Cásate primero y enamórate después —susurró el alemán, apenado—, eso me lo dijo mi madre cierta vez.

Nina le dio un beso en la mano.

—Y las madres nunca se equivocan.

El alemán le besó la cara.

—Ella te necesitará, Nina —la miró con profundo dolor—, y también Guido.

—¿Qué?

—Hemos encontrado a Guido.

Kurt le estaba dando una razón para vivir, una razón para seguir luchando.

—Dios mío… —Nina lloró con amargura.

El oficial le cogió de las manos.

—La duquesa ya lo sabe y nos ayudará a huir.

—¿Huir?

—Sí, no tenemos otra alternativa, Nina.

—Huir de Varsovia —masculló con tristeza—, del lugar donde fui tan feliz.

El capitán tragó con fuerza y con una rabia que desconocía hasta ese momento. ¿Cómo le diría la verdad? ¿Cómo reaccionaría al descubrir quién era realmente aquel hombre que parecía un ángel ante los ojos de todos? Un enorme nudo se le formó en la garganta.

—Debo irme —anunció al levantarse—, ya sabes, ellos te necesitan fuerte.

Salió de la habitación tras depositar un ligero beso en los labios de la mujer, que abrió con sorpresa los ojos.

—Todos necesitamos una razón para seguir, Nina —susurró al cruzar la puerta principal del hospital—. Incluso los más fuertes como yo.

Se puso el gorro y se dirigió hacia el coche a pasos firmes.

—Hoy empieza la operación secreta —le dijo a Gino con firmeza al entrar en el vehículo—. Hoy descubriremos por qué hizo todo lo que hizo bajo el disfraz que usó todo este tiempo para engañarnos a todos.

Una verdad cruel

La italiana cogió su diario y escribió en él un par de recuerdos mientras Adler, su gatito, dormía a su lado. Le rozó la cabecita con ternura, pensando en el bebé que perdió tiempo atrás. Una lágrima rodó por su mejilla a cámara lenta mientras un viejo recuerdo irrumpía su mente...

—*Creo que lloverá, meine Kleine.*
Los dos miraron hacia el cielo.
—*¡Me encanta la lluvia!*
Las gotas empezaron a caer con más inclemencia, pero ninguno se movió o buscó refugio. Se quedaron allí, cogidos de la mano y observando el milagro de la naturaleza.
—*Cierra los ojos, meine Kleine...*
Nina obedeció sin rechistar mientras las manos cálidas y suaves de Adler rozaban sus mejillas.
—*Aquí estoy... —le susurró cerca del rostro—. No tengas miedo...*
Las manos se deslizaron por la nuca de la italiana y todo su cuerpo se estremeció.
—*No lo tengo...*
Los labios del oficial capturaron los de ella, dejándola sin aire en los pulmones. Sus labios estaban húmedos y un poco fríos por la lluvia. Pero en pocos segundos, el calor les recorrió de arriba abajo y los abrasó. Aquel beso era el segundo que se daban tras su regreso al país, pero el primero que se daban como novios.

—Nina… —gimió sobre sus labios hinchados—. Quiero besarte para siempre.

La lluvia se convirtió en un aguacero, pero ninguno de los dos parecía afectado por ella.

—Yo también… —le susurró sin abrir los ojos—. Para siempre…

Nina le rodeó el cuello con los brazos y profundizó el beso que sellaba aquel pacto hecho por sus almas.

«Para siempre» musitó al volver al presente, anegada en lágrimas y con un nudo enorme en el pecho.

—Nunca podré olvidarte, Adler.

Cogió a Adler en brazos y le dio un beso en la cabeza.

—Nunca.

Decidió dar un paseo por la plaza. En medio del paseo, alguien se le acercó y le dijo:

—Nina, soy yo, Gino.

Cuando la italiana se volvió, lo miró con júbilo y también con asombro. ¿No estaba en Italia? La última vez que se vieron, semanas atrás, le había dicho que viajaría a su país con un grupo de partisanos que lo ayudarían a esconderse de los alemanes. Fue el mismo día que Kurt fue a verla para hablarle de Giovanna y su estado.

—¿Qué te pasó? ¿Por qué estás aquí?

Gino tenía la cara completamente magullada y una de las manos estaba vendada. Nina se sobresaltó al verlo en aquel estado.

—Vámonos a tu casa —le rogó él—. Es urgente, Nina.

Se dirigieron a la mansión con sigilo para no levantar sospechas de los tantos soldados alemanes que deambulaban por allí. Nina trató de respirar con tranquilidad, pero el aire apenas le llegaba a los pulmones. Gino estaba muy nervioso y fumaba sin parar.

—¿Dónde has estado?

El italiano le explicó que había estado en una misión muy peligrosa que involucraba a Adler. Nina casi perdió el conocimiento al escuchar la historia real de su marido.

—Kurt está muy mal —anunció en medio del caos emocional de su hermana—. Lo cogieron durante la operación y ahora lo están buscando para terminar el trabajo.

Las lágrimas de Nina caían una tras otra de sus ojos. Trataba de asimilar todo lo que acababa de escuchar, pero le faltaban muchas piezas a ese puzle. Gino le dijo que con el tiempo descubriría todo a través de una carta que el propio Adler escribió.

—¡No es verdad! —gritó al fin—. ¡Es mentira!

Su hermano la estrechó entre sus brazos y ella se desmoronó.

—Lo siento, pero gente como ellos son así, Nina.

Gino le relató las torturas inhumanas que Kurt había pasado los últimos meses en manos de su propia gente tras ser capturado por alta traición.

—No hay mucho tiempo que perder —le aseguró su hermano con el corazón latiéndole a mil por hora—. Todo está listo para que huyamos a Suecia y luego a Estados Unidos —Nina negó con la cabeza—. Lo matarán, ¿es eso lo que quieres después de todo lo que pasó buscando la verdad?

—¡¿Qué verdad?!

La sujetó por los hombros y la obligó a que lo mirara.

—¡La única que existe! —la zarandeó—, Kurt salvó a Guido de la muerte y terminó pagando caro por eso.

Todo el cuerpo de la enfermera vibró.

—Mataron a millones de niños, uno más no sería nada para gente como ellos.

Las emociones oscuras se arremolinaron en el pecho de la italiana antes de asentir. Gino le dijo que cogiera lo estrictamente necesario, ya que el resto lo podía comprar en Suecia.

—¿Kurt pensó en todo?

El capitán había planeado todo antes de iniciar la operación. Sabía que era demasiado arriesgado y que lo mejor era estar prevenido.

—Kurt está muy mal —le reiteró Gino mientras ella cogía sus cosas—. Lleva días anestesiado y vendado de pies a cabeza.

La enfermera se dio la vuelta para mirarlo. Abrió la boca como para decir algo, pero la volvió a cerrar cuando él se adelantó.

—Tiene varios huesos rotos y unos dedos amputados —se adelantó él—. El rostro es una masa hinchada y de un color violeta oscuro, está irreconocible.

Las palizas que recibió el alemán durante semanas, lo dejaron completamente inconsciente, le aclaró su hermano con lágrimas en los ojos. Solo él sabía lo que era ser torturado por los nazis.

—No sé si sobrevivirá o morirá durante el viaje.

Además, la duquesa iría junto a ellos para cuidar a su nieto y también a Kurt que era su ahijado. Ella viajaría tras recibir la carta de ellos.

—Él solo quería hacer justicia, Nina.

Lo estrechó con fuerza y se rompió a llorar con toda el alma, como el día que murió Adler. Gino quería meterla dentro de él para protegerla de aquel dolor insoportable que carcomía su alma, pero no podía. Algunas penas debían ser vividas, enfrentadas por uno mismo.

—Lo siento, Nina.

Los ojos de la mujer se tiñeron de dolor ante la verdad inesperada, ante la gran mentira forjada por aquel que fingía ser quien no era en realidad.

Los ojos de la mujer se tiñeron de dolor.

—Yo también, Gino.

Una ambulancia de la Cruz Roja los esperaba cerca de la plaza. Nina entró y miró a Kurt con el alma a sus pies. Una mujer de pelo oscuro la miró con pesadumbre, porque para ella, Kurt era su marido.

—¿Cómo está?

No era necesario preguntar lo evidente, pero siempre era bueno escuchar un poco de aliento.

—Muy mal, señora.

—Nina.

Cuando giró, Nina se encontró con un precioso niño de pelo oscuro y piel muy blanca. Era Guido, el sobrino de Adler. Sus ojos se llenaron de lágrimas ante la emoción. Aquel ser inocente no tenía la culpa de nada y casi pagó con su vida injustamente una deuda ajena a él.

—Hola, cielo —lo saludó en italiano.

El niño se abrazó a ella con todas sus fuerzas y la emoción la embargó.

—¿Eres mi tía?

Le besó la cabecita con mucho afecto.

—Si, lo soy, mi amor.

Gino les pidió que subieran, era el momento de viajar. Subieron a toda prisa y él arrancó el coche sin perder el tiempo. Por aquellas horas era más fácil pasar la frontera sin llamar la atención.

—Él se llama Matthias Richter —le dijo el italiano—. Cabo Richter —precisó.

Ni siquiera podía llevarse su nombre real.

—Es tu marido, Beatrice Richter.

Y tampoco ella. ¿Por qué Dios les había abandonado? ¿Por qué se había olvidado de tantas personas en aquella cruel guerra? ¿Dónde estaba?

«Gott mit uns» como siempre le decía Adler.

—¿Dónde estuvo cuando todo esto pasó?

La amargura se había adueñado de su corazón y también de su alma. Durante todo el viaje, estuvo callada con Guido entre sus brazos y con la mirada clavada en el hombre vendado de pies a cabeza en la camilla. Fijó los ojos en las manos y comprobó lo que su hermano le dijo. Dos dedos le faltaban en una mano y uno en la otra. Cerró los ojos al imaginarse el martirio de Kurt en las manos de los suyos.

—Tiene mucha fiebre —le dijo la mujer, que era enfermera también—. Eso no es buena señal.

Nina se encargó de Kurt. Lo miró con expresión dolorosa. ¿Qué le habían hecho? Apretó los dientes con fuerza antes de aplicarle morfina en el brazo.

—Este hombre sufrió mucho —comentó la mujer—. Es un milagro que esté vivo.

Lo era, pensó Nina tras palparlo con mucho cuidado.

—Pronto estarás a salvo, Kurt.

Nada, él no dio ninguna señal de vida, pero su pecho subía y bajaba acompasadamente al mismo ritmo que el de ella. Unas lágrimas rodaron por la mejilla de la enfermera mientras trataba de rezar.

—Gracias, Kurt —le musitó cerca de su rostro—. Por todo.

Llegaron a la frontera a las tres de la mañana. Reinaba el silencio más absoluto y asustador. Solo el canto de los grillos y los búhos rellenaban el mutismo abrumador.

—Estamos cerca —anunció Gino—. El camino está lleno de baches…

El vehículo se tambaleaba de un lado al otro con cierta violencia mientras Nina observaba el largo y oscuro sendero con un enorme nudo en el corazón.

—*Bajo el cielo de Varsovia, dos almas se encontraron* —le dijo Adler a pocos días de su muerte—. *El destino las reunió tras mucho tiempo.*

Pero no fue el destino lo que los separó.

—Varsovia siempre será el mejor y el peor sitio de mi vida —masculló entretanto una lágrima rodaba por su mejilla—. Aquí te conocí y aquí te perdí, Adler —tragó con fuerza—. Dos veces.

Como una película, vio cada momento vivido a su lado con una triste banda sonora de fondo. Se vio feliz, triste, preocupada y hundida en la más profunda de las tristezas humanas. Era el adiós definitivo de una etapa que jamás olvidaría. La mejor y la peor de toda su vida.

«Él no era quién parecía ser» resonó en su cabeza la voz de su hermano.

Nunca pensó que alguien pudiera ser tan cínico e hipócrita como lo fue con ella. ¿Cómo pudo mentirle de aquel modo tan cruel? ¿Cómo no se dio cuenta de nada? Y entonces, evocó sus gestos, sus miradas y sus sonrisas despiadadas pensando que nadie lo veía.

—La justicia siempre llega —espetó con lágrimas en los ojos—. Tarde o temprano.

—Estamos cerca de la frontera, Nina.

A ella le parecía que tenía el mismo aspecto que el resto del bosque que habían atravesado durante las largas horas del viaje nocturno.

—En realidad, no es una frontera, sino una línea de defensa —le aclaró Gino.

Era una separación de unos treinta a sesenta metros entre las tropas de cada bando.

—Ah…

«Mariella fue su amante y su cómplice, de cierta manera» retumbó las palabras de su hermano en su cabeza.

—Ahora entiendo muchas cosas.

El amanecer se acercaba lentamente, como la verdad en la oscura vida de Nina.

—Todo fue una farsa —se dijo con la mano apoyada en el brazo roto de Kurt—. Por eso la enviaron al frente, porque ella empezaba a estorbar.

Gino propuso que, si todo el mundo estaba dormido, quizá podían cruzar la frontera sin más, y presentar sus documentos a los suecos y prescindir de los nazis.

—Como si fuera todo tan simple —se dijo al finalizar su idea.

De pronto, alguien les dio la voz de alto.

—Infelizmente no es tan simple —remató Nina y cogió su *Luger*—. Lo están buscando… —susurró y Gino asintió.

Tres soldados nazis se acercaron a la ventanilla y Gino les enseñó los documentos. Uno de los soldados, después de revisar a fondo los mismos, le miró con atención a Nina, como si la reconociera.

—¿Eres enfermera?

Ella no lo miró, no quería que se diera cuenta de que Guido estaba bajo la manta a su lado.

—Sí —contestó con cierta sequedad.

Se dirigió a la parte trasera del vehículo para echarle una ojeada y cuando clavó los ojos en la otra mujer, dijo en tono seco:

—Sal del camión, judía.

En aquel momento, Nina sacó la pistola y disparó contra el soldado en la cabeza como Adler le enseñó. Gino cogió el fusil y abrió fuego contra los otros dos, que volaron por los aires impulsados por la fuerza de los impactos.

—¿Estáis bien?

Todo pasó en cuestión de segundos.

—Sí —les dijo la mujer abrazada a sus piernas—. Estamos bien.

Nina llenó de besos la cabeza de Guido.

—Coge sus armas e identificaciones, Gino —ordenó en un tono muy frío—. De algo deben servirnos.

De pronto, comenzaron a disparar desde el bosque. Esta vez los disparos no eran los típicos de un fusil, sino de una ametralladora que destrozó el capó y el parabrisas del camión. Nina temía que alguna bala acertara a Kurt.

—¡Vámonos, Gino!

El cristal de la ventanilla de una de las puertas voló en pedazos antes de que Gino arrancara.

—¡Aceleraaa!

Las balas acribillaron el capó del vehículo de la Cruz Roja.

—¡Proteged a Kurt!

Nina lanzó una granada y la bomba estalló en el bosque.

—¡Guido! —gritó cuando la judía cayó a un lado tras recibir un disparo—. ¡Guido!

Oyó un silbido agudo, vio un destello muy cercano, seguido de una explosión tremenda a pocos metros del coche.

—¡Acertaron a Ruth! —gritó Gino sin dejar de conducir.

—Tranquilo —le dijo Nina tras revisar a Guido—. Kurt... —miró al hombre con ojos lastimeros y luego se acercó a la judía—. Está inconsciente.

Fue palpando debajo del abrigo de la mujer y encontró el agujero de la bala en el hombro. No encontró el orificio

317

de salida, pero lo apretó con la mano para cortar la hemorragia.

—Es muy profusa la herida —musitó desanimada—. Lo siento… —la mujer dejó de respirar tras unos minutos—. Ha muerto... —ahogó un sollozo.

Gino condujo por la carretera de tierra que cruzaba el bosque con mucha prudencia, con las dos manos aferradas al volante con todas sus fuerzas.

«Debo salvarlos» se dijo con la respiración entrecortada.

—Lo siento, Gino.

Era una buena mujer y ya no tenía a nadie en el mundo cuando se unió al grupo de Henryk.

—Yo también, Nina.

Frenaron en un bosque bastante lejano a la frontera y enterraron a la judía.

—Descansa en paz —le dijo una Nina más fría y distante—. Algunos debemos seguir respirando, pero no por opción.

Gino la miró con desazón.

«Se está muriendo por dentro».

Tocó la cabeza vendada de Kurt y le dijo que ya estaban a salvo en Suecia.

—Llegamos, Nina.

Gino enseñó sus credenciales a unos soldados del país que trataron de comunicarse con ellos, pero ninguno comprendía sus idiomas respectivos, así que, cada quien siguió su camino. Por fortuna, no se opusieron a ello, al contrario, parecían incluso felices, conscientes de que huían del terror nazi.

—El resto del viaje haremos en barco —anunció el italiano—. Podréis descansar durante el trayecto.

El barco también pertenecía a la duquesa, el último regalo que le hizo a Adler.

—Somos libres —susurró Nina llorando—, pero ¿por qué no me siento así?

Gino la abrazó.

—El tiempo te dará esa respuesta, ese consuelo, hermana.

Cuando llegaron a tierra firme, Gino cogió el mapa que Kurt le había dado antes de caer en las manos de sus agresores y buscó el lugar donde estarían a salvo.

—Fjällbacka es el pueblo que buscamos.

Aquel nombre le sonaba mucho a Nina.

—Adler habló de él en nuestra luna de miel.

Gino asintió con un deje ensombrecido.

—Me dijo que algún día me llevaría hasta allí.

Gino no le replicó. En el puerto, un hombre de barba blanca les entregó un coche negro alargado que pertenecía a la duquesa. Nina se sorprendió y mal podía disimularlo.

—La duquesa y Kurt pensaron en cada detalle, hermana.

No dijo nada, porque las emociones la enmudecieron.

—Él me dijo que prefería que tú lo cuidaras a que lo hicieran gente extraña —le dijo antes de que unos hombres metieran a Kurt en el coche similar al de la Cruz Roja—. Pero podría llevarlo a un hospital.

Nina negó con la cabeza.

—Puedo hacerlo.

Tras unas horas, llegaron a un precioso sitio, que según entendió, le pertenecía a la duquesa. Un sitio aislado que nadie conocía, excepto ella.

—Es un sitio de ensueño.

Había un lago cerca de la cabaña y un muelle de madera bastante largo.

—Era la cabaña que Adler solía mencionar —le dijo Nina con lágrimas en los ojos—. Me decía que, tras la guerra, vendríamos a vivir aquí.

Era el sitio favorito de ambos oficiales en todo el mundo. Allí pasaron varias vacaciones de verano y también de inviernos. Fueron inseparables desde niños y compartieron muchas cosas.

—Eran como hermanos —susurró Nina con el corazón encogido—. Se querían tanto…

Las lágrimas rodaron una tras otra por sus mejillas un tanto sucias.

—¿Cómo pudo hacerle esto él?

El italiano se encogió de hombros, no podía responderle, porque simplemente no comprendía las razones de aquel hombre que parecía otro ante sus ojos.

—Guido, bienvenido a tu casa, mi amor.

El niño se abrazó a Nina y lloró con toda el alma, como nunca lo pudo hacer cuando murieron sus padres. Nina y él terminaron sentados en el césped, anegados en lágrimas.

—Lo siento, mi amor —le dijo ella—, lo siento tanto.

Ella también lloró la otra cuota que aún faltaba.

—¡Adler! —gritó con todas sus fuerzas y su eco doloroso recorrió todo el lugar—. ¡¿Por qué?!

Cerró los ojos, vencida por el dolor y la decepción.

—¿Por qué?

Y algunas preguntas jamás eran respondidas, porque los únicos que podrían hacerlo, ya no estaban.

Bajo nuestro cielo

Días después…

Kurt se estaba recuperando de manera milagrosa y Nina mal podía creer en ello. Todos los días le limpiaba sus heridas y volvía a vendarlas con mucho cuidado. Su rostro seguía irreconocible bajo aquellos moratones. Le habían rapado el pelo y poco a poco también iba creciendo en medio de las heridas.

—Lo torturaron día y noche —resaltó Gino, al mirarlo por encima del hombro de Nina—. Pero tuvieron especial cuidado para no matarlo.

Nina observó el rostro magullado del oficial antes de volver a vendarlo.

—Ayer dijo mi nombre —susurró emocionada—. Está semiinconsciente y pronto volverá al fin a la vida, Gino.

Su hermano sonrió y se apartó de ella para coger algo de su maleta.

—Esto es para ti, Nina.

Ella se dio la vuelta y observó curiosa el sobre.

—Kurt me dijo que te lo entregara cuando fuera el momento propicio.

Cogió el sobre con manos temblorosas.

—Gracias.

Su hermano le dio un beso en la cabeza.

—Voy a limpiar el jardín —los ojos de su hermana se nublaron—, Guido me ayudará.

La mujer alargó la mano para rozarle la cara con afecto.

—Está bien.

Salió de la casa a cámara lenta y se dirigió al muelle tras leer la carta. Las lágrimas rodaron una tras otra por sus mejillas mientras los recuerdos se agolpaban en su pecho.

—Aún no puedo creer en esto.

Observó el horizonte desde el muelle que Gino había restaurado a los pocos días de haber llegado allí. Tenía los brazos cruzados y la mirada perdida entretanto rememoraba la carta que Kurt le había escrito meses antes de caer en el abismo más profundo y cruel jamás imaginado por ningún ser humano, el infierno de la verdad. Cerró los ojos y sintió en la piel su dolor, su decepción y su tormento…

Mi querida Nina:

Cuando recibas esta carta, no sé si seguiré vivo o no, las probabilidades de que pueda huir con vida son escasas, debo ser sincero al respecto ya que meterse al infierno nunca es un viaje seguro. Por eso decidí contártelo todo, absolutamente todo, aunque eso sea como arrancarte el corazón en carne viva por segunda vez.

Cuando descubrí quién era él, en realidad, todo mi mundo se desmoronó por completo, había estado a su lado luchando e intercambiando ideas mientras él se dedicaba a soterrar cada una de las misiones, enviando a aquello niños directamente al infierno a mis espaldas.

¿Cómo no me di cuenta de nada? ¿Cómo pude ser tan ciego? En realidad, si no fuera por tu hermano, hubiera muerto sin saber quién era él realmente. A veces creo que hubiese sido mejor, porque esta pena que llevo en el pecho, es mucho más dolorosa que una bala en el corazón.

Sé que te sientes impotente y tan decepcionada como yo, pero debemos enfrentar la realidad y reconocer que algunas personas nos engañaron con maestría bajo un disfraz perfecto como lo hizo mi padre toda su vida. Adler lo sabía, de alguna u otra manera, él lo sabía y por eso decidió que nuestras misiones serían solo nuestras. Infelizmente, eso lo llevó a la muerte. Mi padre descubrió todo lo que él había averiguado a sus espaldas. Aquellos informes fueron llevados por Giovanna a Londres y ahora estaban en las manos correctas. Mi buen amigo, mi hermano, pagó caro su honestidad y su altruismo. Cada vez que me acuerdo cómo se acercaba a ti en el sepelio de Adler, y en la forma en cómo me consoló durante días mientras lloraba su muerte en sus hombros, me saltan las lágrimas y se mezclan con la rabia. Eso sin mencionar su relación con aquella enfermera que vivía acosándote, las entrañas se me retuercen. Ahora comprendo mejor por qué reaccionó tan mal cuando Adler le pidió que la enviara al frente. Detalles que pasaron desapercibidos ante mis ojos. Me cegaba el orgullo y el amor que sentía por él.

Pero ninguna mentira dura mil años. Al menos no en este caso. Lo que más lamento en esta historia es no haberme dado cuenta a tiempo y haber evitado la muerte de Adler. Si pudiera volver en el tiempo, pero es imposible.

Infelizmente.

Nina, solo quiero pedirte una cosa, aunque sé que te costará la vida misma, te ruego que seas feliz, hazlo por Adler, que te amó tanto mientras vivió. En su memoria, lucha hasta el último aliento de tu ser.

Mi secreto ahora te pertenece.

Siempre tuyo…

Kurt.

—¡Ninaaa! —gritó Gino de repente y la sacó de su trance de golpe—. ¡Ninaaa!

Gino saltaba desde el porche frontal de la cabaña como un crío. Llevó las manos a la cabeza y sonrió de oreja a oreja. Incluso, le pareció que estaba llorando.

—¡Se está despertando!

La mujer llevó la mano al pecho antes de echarse a andar hacia la casa.

—¡Se está despertando!

Entraron en la casa y observaron atentos al alemán, que, al parecer, se estaba despertando del coma. Nina se acercó tras recuperarse de la impresión y le sujetó la cabeza con las manos.

—Mírame… —le rogó anegada en lágrimas—. Enfoca tu mirada en mí…

El hombre trataba de abrir los ojos y también la boca, pero no podía hacerlo. Gruñó y dijo un par de palabras que ella no reconoció.

—Mírame… —le suplicó con la voz quebrada—. Por favor, mírame…

Y entonces, tras una lucha contra la propia muerte, él abrió los ojos y la miró fijo. Todo se veía muy borroso y confuso. ¿Dónde estaba? ¿Qué día era?

—Dios… —bisbiseó ella llorando con mucho desconsuelo—. Bienvenido, capitán —Nina no podía controlar sus emociones.

Los ojos del alemán se nublaron lentamente cuando fue consciente de que estaba vivo tras su largo y penoso martirio.

—Meine Kleine…

Todo se paralizó alrededor de Nina al escucharlo. La voz era inconfundible como aquella manera única de llamarla. Se volvió y miró a su hermano con expresión interrogante.

—Nina…

Gino estaba llorando con mucha amargura y tras recuperar el control de sus emociones, le dijo que Kurt lo salvó de las garras de su padre. Al parecer, había sido secuestrado por los hombres del general Weichenberg, justo el día que Henryk, el polaco que lo había contratado para matar a su marido, se metió en el coche con una pistola, dispuesto a llevar a cabo sus planes personalmente. No estaban seguros, pero era lo más factible. El padre de Kurt necesitaba descubrir lo que Adler sabía y lo que había hecho con los informes que lo incriminaban. Su supuesta muerte solo fue un adelanto de la que él tenía en mente tras torturarlo salvajemente durante semanas. Adler perdió el conocimiento ante tantas palizas, pero sobrevivió, a pesar de todo, sobrevivió. Gino no le dijo quién era realmente por temor a que no sobreviviera.

—No te dije nada para no ilusionarte y luego romperte de nuevo el corazón.

Adler soltó un jadeo.

—¿Y kurt?

Gino negó con la cabeza.

—Él estaba en el edificio donde su padre mantenía a Adler y a otros prisioneros como él, cuando una bomba se tragó todo —movió la cabeza—, al menos eso me dijeron cuando fui al lugar y me encontré con escombros —miró hacia Adler—, a veces creo que el padre de Kurt detonó aquel lugar con su hijo dentro.

Nina lloraba desconsoladamente con las manos en la cara y con todo el cuerpo vibrándole ante el sollozo.

—Está vivo, Nina, por ti ha sobrevivido.

Adler se removió incómodo en la cama.

—Adler… —musitó ella, sollozando—. Mi amor…

El alemán cerró los ojos e hizo una mueca de dolor.

—Aquí estoy, meine Kleine… —su voz sonaba tan ronca y tan real—. He vuelto por ti.

Nina se arrodilló a su lado y lloró con mucha amargura mientras besaba la mano de su marido con adoración.

—Yo… pensé… que… —el llanto apenas la dejaba articular—, te había… perdido…, para siempre.

Se levantó y lo miró con amor infinito.

—No, soporté todo por ti, meine Kleine. Por ti sobreviví…

Nina capturó sus labios en un profundo beso de amor, resucitando con él su corazón.

Una segunda oportundiad

Meses después...

Con un bastón de madera hecho por Gino, y mucha voluntad, Adler volvió a caminar. Tal vez nunca volvería a hacerlo como antes, ya que los golpes que recibió dejaron secuelas irreversibles en él, pero al menos, estaba vivo y con la mujer que amaba.

—¡La comida ya está! —gritó la duquesa—, creo que los ñoquis me salieron un poco duros.

Nina acariciaba la cabeza de su marido con mucho afecto en el columpio de madera en la galería que Gino les hizo como regalo de bodas retrasado.

—¡Ven, mi amor! —exclamó la duquesa—, ¡amor de abuela!

Nina observaba embobada el rostro de su marido, que poco a poco, volvía a ser el mismo que alguna vez la enamoró. Tal vez con algunas cicatrices, pero tan esbelto como lo recordaba.

—Ya no soy el mismo, meine Kleine.

El pelo le había crecido bastante y tapaba las cicatrices que aquellos salvajes le hicieron durante las sesiones de tortura.

—Perdí unos dientes —sonrió con picardía—, menos mal que fueron los del fondo.

Las lágrimas de la mujer empaparon su cara.

—Aunque no los tuvieras, te seguiría amando con la misma vehemencia, mi amor.

Le acarició la nariz.

—¿Aunque me hubieran arrancado un brazo o una pierna?

Reclinó la cabeza y le dio un beso en la punta de la nariz.

—Sí, con toda el alma.

Se dieron un largo y apasionado beso, no se cansaban de besarse, lo hacían a cada rato y con mucha pasión, como si fuera la última vez.

—Te amo, meine Kleine.

Acunó el rostro de su esposa entre sus delgadas y pálidas manos.

—Tú me salvaste la vida muchas noches en que las fuerzas me abandonaron y solo clamaba por la muerte.

Tras muchas semanas después de volver del coma, Adler le confesó cómo le cogieron mientras ella iba a por su reloj en la casa. Él se había dado cuenta de que no traía su placa de identificación y decidió ir a por ella, pero cuando Bastián entró en el coche, un disparo lo alarmo. Corrió hasta el vehículo y antes de que pudiera averiguar lo que le había ocurrido al niño, alguien lo golpeó en la cabeza con algo que lo dejó inconsciente al instante. Cuando volvió en sí, el padre de Kurt le recibió con un fuerte puñetazo, uno de miles que recibió tras aquel día.

—Nunca pensé que lo conseguiría, meine Kleine.

Las palizas, el hambre, la sed y el cansancio casi lo hicieron desistir, pero cada vez que la recordaba, llorando, gritando o simplemente rezando en un rincón de la fría celda sin ropa y totalmente indefenso, las fuerzas volvían.

—Y aquí estoy —el sol iluminaba sus rostros con mucha intensidad—, un poco cojo, pero vivo.

Gino les tomó una foto sin que se dieran cuenta.

—Vivo —repitió Nina con escepticismo y con la emoción a flor de piel—, vivo, mi amor.

Volvieron a besarse como si fuera la última vez en sus vidas. Gino volvió a tomarles una foto, inmortalizando aquel momento para siempre.

—Hubiera preparado mi plato favorito —refunfuñó Adler al incorporarse del regazo de su mujer, que se mareó un poco al hacerlo—, mi madre cocina muy mal, meine Kleine.

Una mueca de dolor se estampó en la cara de la enfermera.

—¿Te sientes bien, meine Liebe?

Ella asintió con un leve movimiento de cabeza.

—Sí, lo estoy —le contestó con una sonrisa en la mirada—. Muy bien.

Se mordió el labio inferior al traer a la memoria las noches apasionadas con su marido, noches llenas de amor, ternura, pasión y llanto. Porque cada vez que hacían el amor, lloraban de emoción por el simple hecho de estar juntos.

—¡A la mesa y a la misa una sola vez se avisa! —protestó la duquesa desde la cocina.

Nina y Adler se echaron a reír antes de dirigirse a la cocina al fin.

—Mutti, están deliciosos —le guiñó un ojo en señal de complicidad—. Todo es maravilloso, incluso tu comida.

La duquesa le dio un sonoro beso a Guido y luego a Adler.

—Os amo con todas mis fuerzas.

El padre de Adler pronto estaría con ellos.

—Lo echo mucho de menos, Mutti.

La mujer sonrió mientras las lágrimas se acumulaban en las cuencas de sus ojos.

—Pronto la familia estará completa —suspiró hondo—, incluso Adler II —Nina abrió mucho los ojos al escucharla—, ya lo tiene...

En medio de risas y bromas, Nina se puso a observar el milagro que Dios le regaló.

—Gracias —solfeó con lágrimas en los ojos.

Por la tarde, como todos los días, salieron a dar un paseo alrededor del lago, cogidos de la mano y con una manta que solían tender en el muelle para ver el atardecer.

—¡Llegó una carta! —gritó Gino antes de que tomaran asiento—. ¡Es de Giovanna desde Londres!

Nina soltó un gemido de alegría antes de cogerla. La abrió a toda prisa y soltó un grito que recorrió todo el lugar. Adler miró con lágrimas en los ojos la foto donde aparecía la enfermera y su mejor amigo.

—¡Kurt está vivo! —gritó con todas sus fuerzas—. ¡Está vivo!

Adler y Nina lloraron con toda el alma. Kurt huyó antes de la explosión a tierras británicas, donde le dieron asilo político tras sus denuncias contra su propio padre.

—¡Está vivo!

Se miraron con amor infinito mientras la alegría se instalaba en sus pechos.

—Vivo... —repitió la italiana con labios tembló-rosos.

Acunó el rostro de su marido entre las manos y le dio un dulce beso antes de posarlas en su vientre. Adler la miró conmocionado.

—No solo ellos están esperando un hijo, capitán.

Las lágrimas rodaron una tras otra por las mejillas del alemán que la envolvió entre sus brazos temblorosos.

—¿Seremos padres?

Nina asintió sin dejar de llorar.

—Sí, mi amor.

Adler se hincó delante de ella y le besó el vientre llorando a lágrima viva. Nina le apretujó la cabeza y levantó la suya para mirar el cielo azul con una alegría que pensó que ya no sentiría en aquella vida. Sonrió entre lágrimas mientras unas sucesiones de recuerdos irrumpían su mente, transportándola a Varsovia, donde conoció la felicidad.

—Bajo aquel cielo te conocí, me enamoré y me encontré.

Adler levantó la cabeza y la miró con amor infinito sin percibir que Gino les tomaba fotos a pocos metros de ellos.

—Bajo el cielo de Varsovia.

Epílogo

Varsovia, diciembre del 2002

Cogí la urna dorada de las manos de Dieter, mi marido, con un enorme nudo en la garganta y con la vista empañada por la emoción. Vine a Polonia por una sola razón muy específica, realizar el último deseo de mis padres.

—Oh, cielo.

Una lágrima rodó por mi mejilla sonrojada casi al mismo compás que los copos de nieve caían sobre mí.

—Tienes suerte que tus padres aún viven, mi amor — la emoción me embargó.

Dieter secó mis lágrimas con el pulgar, sin apartar la mirada de mis ojos un solo segundo. Era idéntico a su padre, en todos los sentidos.

—No estaríamos aquí si no fuera por la valentía de nuestros padres —me recordó henchido de orgullo—, y es hora de que todos conozcan la historia —besó mis ojos llorosos con amor infinito.

Me volví hacia la mansión donde mis padres vivieron su historia de amor en medio del Holocausto.

—Sí, todos conocerán al ángel nazi y su mejor amigo —me dio un beso en los labios—, nuestros padres.

Ni mis padres, ni los de él pudieron reconstruir sus vidas aquí o en Alemania tras la guerra. A pesar de que ambos fueron absueltos de toda culpa ante los tribunales, las personas se encargaron de hacerles tomar la decisión de dejar el continente y buscar nuevos horizontes por tierras americanas. Allí, en un pintoresco pueblo del sur de Estados Unidos, reconstruyeron sus historias, lejos de sus raíces verdaderas.

—Hace sesenta años atrás, en este mismo día, mis padres se conocieron en la escalera de un hospital —mascullé con la mirada clavada en el cielo azul—. Aquí se enamoraron perdidamente, se casaron y vivieron el peor martirio de sus vidas.

Mis padres, Nina y Adler, tuvieron un solo hijo, yo, Agnes Adler von Schwarz. Aunque ahora me llamaba Agnes Weichenberg, esposa de Dieter, hijo de Giovanna y Kurt, que tuvieron más dos hijos: Hans y Emma.

—Una historia de amor, valentía, amistad, dolor, sacrificio y perdón —me dio un beso en la frente—, de esas historias nacimos nosotros.

Las lágrimas atravesaron mi rostro sin parar.

—Y nuestros hijos: Helene y Jürgen.

Suspiró hondo.

—Y nietos.

Le rodeé el cuello con los brazos y empezamos a bailar como si estuviéramos en aquella época. Incluso podía escuchar las bombas, los vidrios rotos volando por los aires y los gritos infernales de las sirenas.

—¿Listos? —nos preguntó mi primo Guido desde e coche descapotable que acababa de aparcar cerca del portór de la casa—, pronto nevara más y no podremos llevar a cabo el último deseo de mis tíos —él había heredado aquella mansión cuando nuestra abuela murió, allí vivía con su familia hacía muchos años—. ¡Vámonos!

Subimos al coche con la urna y dimos un paseo po los lugares que ellos, alguna vez, recorrieron cogidos de l mano según el mapa que mi madre me hizo el día que me habló por primera vez de su historia.

—Aquí estoy, papá y mamá —me rompí a llorar al imaginármelos juntos en algún lugar en el universo donde las almas gemelas solían encontrarse tras la muerte—, en vuestra amada Varsovia.

Mi padre murió mientras dormía, a dos meses de su cumpleaños y mi madre lo siguió dos semanas después, abrazada a su abrigo y acostada en la parte de la cama donde él había muerto.

—Su alma vino a por la de ella —farfullé con mucho pesar.

Abrí la urna para empezar a repartir sus cenizas en los rincones donde vivieron su amor.

—¡El hospital! —chillé como una cría y lancé un poco de sus cenizas cerca de un árbol que, según Dieter, ya estaba allí en aquella época—, tal vez se besaron bajo sus ramas.

Mi primo puso una canción de aquella época como fondo musical, transportándonos a aquel tiempo de manera ineludible.

—En este sendero dieron un paseo —le indiqué el mapa con el dedo—, ella vivía con sus compañeras de trabajo más o menos allí —Dieter siguió mi enfoque—, y es aquí —me acuclillé—, donde se dieron el primer beso tras su regreso a la ciudad después de volver de Berlín como comandante.

Cuando llegamos al lago, donde iban cada domingo, lancé un poco de sus cenizas.

—Deja un poco —me pidió mi primo en tono suave—, tengo una sorpresa para vosotros.

Y cuando vi la estatua de metal, de un soldado y una enfermera, que bailaban, comprendí a lo que se refería. Se encontraba en un bosque, al lado de la mansión. Allí solían ir a pasear por las tardes.

—Es mi homenaje a ellos —nos dijo con lágrimas en los ojos—, las personas que me salvaron y me dieron una segunda oportunidad.

—Tal vez nadie sabrá quiénes fueron, pero todos aquellos que... —miró hacia atrás y los dos seguimos su enfoque—, salvaron de alguna u otra manera, sí.

Había muchas personas tras nosotros, personas que, según me dijo él, ellos salvaron.

—Dios mío... —me rompí a llorar.

Eran niños, en su mayoría, cuando ellos, a escondidas de todos, los salvaron de la muerte. Hoy todos eran adultos y tenían hijos, nietos, sobrinos y amigos. Eran una familia grande, una que nuestros padres ayudaron a formar en medio del caos.

—Gracias —me dijo una mujer de mi edad más o menos—. Si no fuera por tu padre, hoy no estaría aquí con mi familia —me dio dos besos.

Cada uno de ellos depositó una piedra cerca de los pies de la estatua, dejándome sin palabras y con el corazón latiéndome a mil por hora. Besé la tapa de la urna con mucho afecto, como si estuviera besando sus cabezas.

—Os traje de nuevo aquí —susurré llorando—. Como os prometí.

Repartí sus últimas cenizas a los pies de la escultura de ambos cuando todos aquellos, que vinieron a despedirlos, se alejaron para encender una vela en sus memorias.

—Aquí, bajo este cielo, descansaréis para siempre.

Alargué la mano para tocar las suyas con una sonrisa que no me cabía en la cara.

«Bajo el cielo de Varsovia».

RELATOS ESPECIALES

Almas enemigas

Tocaba el piano en la vieja mansión de los von Falk, en una zona rural de Ennepetal, donde la guerra parecía no haber llegado. Aunque había miseria y escombros, la imagen del lugar era impecable, al menos en comparación a otras ciudades que estaban completamente destruidas. Creo que Alemania nunca volverá a ser la misma, nunca más.

—Capitán von Falk —dije con una expresión rara en la cara al evocar al hijo del dueño de esta mansión—. Muerto en Rusia en 1943 —la tristeza se estampó en mi cara—. El único cuadro que restó en la mansión —escruté la foto del atractivo alemán que posaba con su uniforme en la imagen—. ¿Amaste alguna vez, capitán? ¿Conociste el amor en medio del caos?

Me estremecí al evocar mi último sueño con él.

—¿Por qué invade mis noches?

Estábamos en 1946 y todo era tan reciente que aún miraba el techo a las ocho de la mañana, cuando empezaban a caer las bombas del cielo. Los alemanes eran muy puntuales, tanto o más que nosotros los ingleses.

—¿Emily? —me dijo mi padre de pronto y me sacó de mi concentración—. ¿Qué tal amaneciste, cielo?

No estaba muy bien de salud y mi padre vivía preocupado. Los médicos me realizaron un par de estudios y los resultados no fueron muy alentadores. Aunque tampoco sabían al cierto qué era lo que tenía.

—Estoy bien, papá.

339

Me dio un beso en la frente y frunció el ceño al notar que tenía fiebre.

—¿Has desayunado?

No tenía hambre, hacía días que no tenía apetito y todo lo que comía volvía a desechar. Para evitar tal agonía, no comía mucho.

—Sí —le mentí con descaro.

En ese preciso instante, James entró en la sala con su impecable uniforme de teniente de la RAF. Era piloto y un hombre bastante educado. Además de guapo y rico. Pero por quien no sentía nada, a pesar de todas sus cualidades.

Mi padre lo quería como yerno y él anhelaba ser mi esposo, pero yo no lo quería del mismo modo.

«¿Qué hacen aquí?» escuché la voz de alguien a mi espalda. No era inglés, sino alemán aquel idioma. Busqué con la mirada al dueño de aquella voz ronca y grave. Como hablaba alemán perfectamente, lo entendí sin problemas.

—¿Cómo te encuentras, Emily? —me preguntó James y me devolvió al presente de golpe.

Cuando abrí la boca para replicarle, la voz del hombre que no veía, me obligó a cerrarla de nuevo. Volví a girar hacia las cortinas de terciopelo de color granate a un costado.

«Son ingleses» repuso y fruncí el ceño.

—¿Emily?

Me volví.

—Estoy bien, James.

Me mareé un poco y casi perdí el equilibrio de no ser por algo que me sujetó por la espalda. Un escalofrío me recorrió de pies a cabeza y me erizó toda la piel.

«¿Le sucede algo, señorita?» resonó la voz del alemán en mi nuca.

Me estremecí como si tuviera mucho frío, en especial cuando pude ver con nitidez su rostro, su hermoso rostro rubicundo.

—Dios mío… —fue lo último que dije antes de perder la consciencia.

Abrí los ojos con pereza y me encontré de cara con mi padre y James. Miré a ambos como si estuviera buscando a alguien más, alguien que no estaba allí. ¿Lo había imaginado? ¿Fue una alucinación provocada por la fiebre?

—Tranquila, cielo —me dijo mi padre con su peculiar dulzura.

Cuando salió de la habitación y me dejó a solas con James, volví a ver al alemán. Esta vez con su impecable uniforme *feldgrau* y sus botas relucientes. No llevaba gorro de plato y por las pepitas de sus hombreras supe que era capitán de la *Wehrmacht*.

—¿Qué hace aquí? —solté en un tono un pelín austero.

James me miró sorprendido.

—¿Perdona?

El alemán se acercó y trató de tocar la cabeza de James, pero la mano traspasó la cabeza. La movió de arriba abajo y James hizo una mueca de dolor. Con una sonrisa picarona, el capitán continuó.

—Necesito descansar, James —le dije y él asintió sin abandonar su deje—. Por favor.

Me dio un beso en la frente.

—Descansa, preciosa.

Cuando salió, el alemán me miró con expresión severa y adusta. Fruncí el cejo en un gesto de represalia.

—¿Me puede ver? —me preguntó, atónito—. Es muy extraño.

¿A qué se refería exactamente? Nos miramos por varios minutos como si nos estuviéramos estudiando. ¿Qué estaba pasando? ¿Por qué nadie más podía verlo? ¿Por qué yo podía hacerlo?

—Soy el capitán Walter von Falk —se presentó con una seriedad encantadora—. Y esta es mi habitación, señorita.

Me acomodé mejor en la cama y eso lo dejó bastante perplejo. Me reí de su reacción y él resopló hastiado. Me gustaba poder fastidiarle un poco. Era el deber de todo inglés.

—Me gusta su cama, capitán.

Empezó a desnudarse y me puse muy tensa. ¿Qué estaba haciendo? ¿Y con qué propósito? Le lancé una almohada y lo único que llegué a acertar fueron mis cosas en el tocador.

—¡No se desnude!

Él me ignoro.

—Duermo desnudo y usted está en mi cama.

Y no paró hasta desnudarse por completo, cosa que evité mirar bajo el edredón. Se metió en la cama y acercó su cuerpo al mío. Me di la vuelta dispuesta a regañarle, pero al ver que no se había desnudado por completo y que me miraba con expresión amistosa, decidí tragar mis insultos.

—Es usted muy hermosa, señorita.

Lo miré fijo por unos segundos. Un mechón de su pelo caía sobre su frente y realzaba aún más su belleza aria. Sus ojos eran tan claros que parecían transparentes y sus labios eran de un rosa bastante similar a la pulpa de la fresa.

—Gracias, capitán.

Estaba loca, probablemente, ya que era consciente de que él estaba muerto hacía años.

—¿Qué hace aquí?

La pregunta correcta era: ¿por qué podía verlo cuando nadie más podía hacerlo?

—No recuerdo cómo llegué, solo sé que tenía una enorme herida de metralla en el abdomen y cuando cerré los ojos estaba aquí —me miró con cierto resquemor.

Estábamos frente a frente en posición fetal y estudiándonos con atención hasta que el sueño nos venció.

—Gute Nacht, Fräulein.

Tras nuestro primer encuentro, el capitán fue mi fiel compañero mientras mi padre estaba fuera de la casa. Me enseñó sus rincones favoritos en la mansión y me contó sus increíbles historias como soldado. Él me narraba con tanta pasión, que terminaba suspirando de manera inevitable.

—¿Se ha enamorado alguna vez, capitán?

Me miró con expresión seria.

—Nunca tuve tiempo para eso, señorita.

Tuvo una novia que se casó con otro una semana después de su muerte. No le guardaba rencor, ya que la vida continuaba para los vivos.

—¿Y usted? ¿Está enamorada del inglés?

No lo estaba y creo que mi expresión me delataba.

—No y eso que no tengo mucho tiempo.

Me rozó la mano o al menos lo intentó.

—Tampoco yo tengo mucho tiempo.

Lo miré con expresión interrogante. ¿No tenía tiempo? ¿Era consciente de que estaba muerto? Pensaba replicarle, pero entonces, su rostro, su voz y su aroma me recordaron a alguien, al soldado que me salvó la vida en París, donde estaba años atrás haciendo un curso de Artes.

—Usted… —le dije con la expresión alarmada—, ¿estuvo en Francia?

Me sonrió.

—Sí, en 1941.

Era él, el soldado que me salvó en medio de un bombardeo, el soldado que me besó mientras todo se derrumbaba alrededor de los dos. Y de repente, la realidad me aporreó con violencia.

—Usted no está aquí porque si ¿verdad?

Él negó con la cabeza.

—La he buscado desde aquel día, señorita.

Los ojos se me llenaron de lágrimas.

—¿Por qué?

Reclinó la cabeza contra la mía y no la traspasó como las otras veces.

—Porque usted se ha llevado algo mío aquel día.

Quería besarlo como aquel lejano y trágico día, pero no sabía si era posible, humanamente posible. Suspiró hondo y traté de no abrir los ojos, de no despertarme de aquel sueño que parecía tan real.

—¿Algo suyo?

Él asintió.

—Mi corazón, Fräulein.

Cuando sus labios tocaron los míos, alguien entró y me sacó de mi ensoñación de golpe. Busqué al capitán con la mirada, pero ya no estaba. Mi padre me habló y me preguntó cosas que no contesté. Estaba muy aturdida y algo desorientada.

«Nos vemos en el desván, Fräulein» resonó la voz del capitán en mi cabeza y sonreí.

Fui tan pronto como pude hasta él y estuvimos allí, mirándonos como si aún existiera vida entre los dos. Como si aún hubiera esperanza para los dos.

—Nunca lo olvidé, capitán.

Nunca hablé de él con nadie, porque siempre pensé que fue solo producto de mi imaginación. El bombardeo se llevó a mi madre y a mi hermano, que yacían cerca de nosotros junto a otros cadáveres. Fui la única que sobrevivió y nadie podía explicar tal milagro.

—Tampoco yo.

El sol se despedía del día lentamente en el horizonte, dejando un rastro de colores rosas y naranjas en el cielo. Él me alargó la mano y yo pude cogerla. ¿Cómo eso era posible? Me puso de espaldas a él y me envolvió entre sus fuertes brazos. Escrutamos juntos el atardecer como años atrás en aquel edificio arruinado.

—La vida es solo un instante... —me dijo y me volví—. Y un instante puede cambiarlo todo.

Era cierto, un instante cambió nuestros destinos para siempre.

—Te esperé toda mi vida —le dije con lágrimas en los ojos.

Sus ojos desprendieron un brillo muy intenso.

—Y ahora tenemos toda la eternidad para amarnos, Emily.

Una lágrima recorrió mi mejilla a cámara lenta.

—Sí, Walter.

Le bajé la cara para darle un beso y aquella caricia nos llevó a la entrega total de nuestros cuerpos al más genuino y puro amor que ninguno conoció en vida, porque aquel día, mientras dormía en su cama, abrazada a su camisa, que había encontrado en el armario, viajé con él a un sitio donde al fin podríamos estar juntos, porque éramos almas gemelas, aunque mientras vivíamos fuimos almas enemigas.

Nunca te olvidaré

«Él era judío y ella la hija de un nazi».

Salté del tren en pleno movimiento y rodé cuesta abajo hasta llegar a un bosque. Me dolía respirar y partes de mi cuerpo que ni siquiera sabía que existían. Me levanté y traté de correr, pero no pude, ya que uno de mis pies no respondía. Cojeé hasta un pequeño lago y bebí de su agua como un animal sediento. Llevaba días sin beber una miserable gota en el viaje rumbo a la muerte. Los nazis eran muy crueles con nosotros, los judíos. Ni siquiera a los animales más grotescos trataban con tanto desprecio y maldad.

—Emma —susurré al evocar a la mujer de mi vida—. ¿Cómo estará?

Su padre, el comandante Michael Lühr de las SS, la obligó a casarse con Waldemar Schumacher, mi mejor amigo y cómplice en una de las mayores mentiras que ambos habíamos creado nunca en nuestras vidas. Para el padre de Emma él era el padre de nuestro hijo.

—Me casaré con ella —me dijo él a días de mi deportación—. Por ti.

—Gracias.

Emma no quería al inicio, pero cuando comprobó que estaba embarazada, todo cambió. Su padre jamás aceptaría que tuviera un hijo antes de casarse y, mucho menos, de un judío. La obligaría a deshacerse del niño y luego la enviaría a un centro de rehabilitación aria, donde las personas eran sometidas a lavados cerebrales día y noche, hasta que sus cerebros eran reprogramados completamente. Dejando atrás para siempre lo que alguna vez fueron. Y eso incluía sus sentimientos y en todo lo que creían.

—Te prometí que volvería —dije mirando el cielo plomizo—. Y eso estoy haciendo.

No recordaba cómo hice para llegar a la casa de mi amigo y meterme en el sótano a través del ventanuco. Estaba tan delgado que no tuve mucha dificultad. Busqué comida por todas partes, pero no encontré nada. Me cambié la ropa de rayas que olía a mierda y me puse unas que había encontrado en el armario. Estaban pasadas de moda, pero al menos estaban limpias.

Emma.

Emma.

Emma.

Repetía sin parar mientras trataba de calmar el hambre y el dolor de cabeza. Me acosté en la cama y cerré los ojos, sumergiéndome en el pasado, cuando nos conocimos en el viejo puente del parque…

—Hola —me dijo con su tierna voz—. ¿Por qué estás tan triste?

Yo lloraba por la muerte de mi madre y ella se acercó para ofrecerme un pañuelo.

—Lo siento.

Me secó las lágrimas y me dijo que con el tiempo me acostumbraría al dolor. Ella también había perdido la suya cuando nació su hermana.

—Me duele respirar —le dije, llorando.

Me costaría mucho acostumbrarme a una vida sin ella.

—No la olvides —me aconsejó—. Con eso la mantendrás viva.

La miré con expresión interrogante.

—Cuando cierro los ojos y pienso en mi madre, la puedo sentir.

—No entiendo.

Ella me miró con una sonrisa dulce.

—Algún día lo comprenderás mejor.

Y desde aquel día fuimos inseparables, aunque a escondidas de su déspota padre. Nos veíamos en el jardín todas las tardes y en su habitación por las noches. Trepaba el árbol de cerezo como una ardilla y leíamos libros o escuchábamos radio entre risitas y bromas.

—Creo que estoy enamorado de Elsa —le dije a mis diecisiete años—. La quiero besar, pero tengo miedo de no saber hacerlo bien.

Estábamos en su cama, lado a lado y observando los móviles de piedras que pendían del techo. Fueron hechos por su madre y tenían el don de conectar almas, según Emma. A veces, solíamos estar horas y horas bajo ellos, esperando alguna señal de nuestras madres desde el más allá. Emma me dijo que cuando ya no estuviera, los tocaría para que se movieran y yo sabría que era ella. No le repliqué, porque no quería pensar en tal posibilidad.

—¿Tienes miedo de besarla?

Los móviles nunca se movían y muchas veces quería que lo hicieran. Quería creer que mi madre estaba allí, pero era solo una ilusión.

—¿Quieres practicarlo?

Aquello me obligó a mirarla.

—¿Perdona?

Emma volteó el rostro y me miró con expresión seria, muy seria. No dijo nada, solo acercó los labios a los míos y me besó. Al principio con ternura y luego con más ardor. Ni ella, ni yo habíamos besado antes a otros y la experiencia fue mágica. Era la única definición que podía dar a aquel beso.

—Besas muy bien, Stefan.

La miré embobado y tras recuperarme del impacto, la volví a besar. Ninguno quiso besar a otro tras aquel día y la idea de hacerlo, nos acojonaba. No sabíamos qué sentíamos al cierto, pero era algo muy intenso y nuevo para ambos. No sentí ni de cerca algo similar por Elsa.

Ni de cerca.

—Quiero besarte —le dije días después en el puente— Siempre quiero besarte.

Y ella me besaba, siempre me besaba.

—Yo también, Stefan.

Emma era especial, siempre lo fue, pero tras el primer beso simplemente se transformó en mi todo.

«Mi todo».

—Creo que estoy enamorado, Emma.

Ella estaba desnuda bajo mi cuerpo, porque un beso llevó a otra cosa y terminamos haciendo el amor en su cama. Fue lo más hermoso que había hecho con ella, a pesar del dolor o las molestias, fue lo más maravilloso que hicimos juntos.

—Yo también, Stefan.

No comprendíamos cómo pasó o en qué momento sucedió.

—Te quiero.

Ella me dijo que en el cielo dos estrellas se habían encontrado y se unieron en una sola. Eran nuestras almas que tras un largo viaje volvían a encontrarse. No entendía muy bien sus palabras, porque eran demasiado profundas para un simple ser humano como yo.

—Yo también te quiero, Stefan.

Y en aquellas palabras se resumía todo el universo.

—No entiendo eso de la raza aria —me dijo un día cualquiera de aquel 1939—. Tú eres judío, pero pareces ario.

Era alto, rubio, de ojos azules y tenía una inteligencia superior a la media. Pero era judío y no podía ser ario, aunque aparentaba ser uno.

—Eres más ario que Hitler.

Le quise decir que no blasfemara, porque cualquier comentario despectivo como aquel podía ser motivo de castigo. Pero no le dije nada, respetaba su opinión, cosa que los nazis no hacían con las nuestras.

—Ya tenemos más de veinte años, Stefan —me dijo el día de mi cumpleaños—. Podemos casarnos.

No podíamos, según las leyes de Nuremberg, era prohibido que un judío y una aria se casaran. En ningún registro nos concederían tal unión. La miré embelesado por unos segundos. Sus ojos azules eran tan límpidos y genuinos como los de un recién nacido. No había maldad en ellos y tampoco prejuicio. Podía repudiarme por ser judío, pero ella no lo hizo, al contrario, sentía orgullo de amarme y de ser amada por mí.

—Huyamos —me propuso y sonrió—. Tu padre tiene mucho dinero.

Ya no tenía tanto dinero tras el inicio de la guerra. Los nazis se llevaron casi todo de mi casa, todo lo que tenía valor y entre ellos, la vida de mi abuelo, que no soportó perderlo todo y murió de un infarto al corazón.

—¿Dejarías todo?

Emma tenía una vida cómoda y huir implicaría dejarlo todo para empezar del cero. Cosa que nunca era fácil. Me miró con expresión ladina.

—Contigo hasta el final del mundo —repuso sin vacilar—. Y más ahora.

Tocó su vientre.

—No me ha venido la regla.

Había miedo en su tono y también ilusión.

—No tengas miedo.

Le di un beso.

—No lo tengo, contigo a mi lado, nunca lo tengo.

Aquel mismo día unos agentes de la Gestapo invadieran mi casa y me llevaran a un campo de concentración llamado Auschwitz. Mi padre se resistió y a cambio le dispararon en la cabeza sin piedad. Grité al ver cómo su cuerpo caía en el suelo y se manchaba de sangre en pocos segundos. Me dieron una paliza de muerte antes de meterme en un coche repleto de judíos.

«Emma» fue mi último pensamiento.

Al día siguiente, mi mejor amigo, Waldemar me visitó en la celda donde me encontraba por ser judío. Desesperado, le pedí un gran favor, el mayor de su vida: salvar a Emma y a mi hijo. No estaba seguro aún, pero como estudiante de medicina conocía los síntomas y probablemente no estaba equivocado.

—Stefan, tú conoces mi…

Conocía muy bien su condición sexual y sus sentimientos hacia mí desde siempre. Nunca me alejé de él por tal motivo, al contrario, le compadecí cuando me lo confesó. No era simple asumirlo y menos ante un amigo.

—Sí —le dije con el corazón en la mirada—. Salvarás a ambos y a ti de paso de los nazis.

Él me miró apenado.

—¿Emma aceptará?

No tenía otra opción. Debía casarse con él y protegerse de su padre.

—Dile que volveré y que huiremos juntos.

Abrí los ojos de par en par al volver al presente. ¿Y si no se casaron? ¿Y si su padre descubrió que en su vientre llevaba un judío? Aquello me alarmó y me obligó a levantarme de la cama de un salto.

—Tranquilo…

Llevé las manos a la cabeza y traté de respirar con normalidad.

—Todo salió bien.

Subí las escaleras y abrí la puerta con cautela. ¿Por qué estaba todo tan silencioso? Aquella casa parecía abandonada. ¿Dónde estaban todos? Caminé con precaución y a cada paso que daba sentía que el corazón se movía de su sitio. Algo malo había pasado, algo que no me atrevía a pensar siquiera.

—¿Stefan? —me dijo de pronto mi amigo—. Dios mío, ¿lo conseguiste?

Un año se había pasado tras mi deportación. Doce meses en aquel campo del horror. Trecientos sesenta y cinco días en que solo pensaba en volver junto a ella.

—¿Dónde está Emma?

Los ojos de mi amigo se nublaron lentamente y los míos también. Negué con la cabeza.

—¿Dónde está Emma?

Nada.

Ninguna palabra.

Solo lágrimas.

—Stefan…

No podía seguir, el dolor lo enmudeció. Perdí el equilibrio y terminé de rodillas en el suelo con la cara anegada de lágrimas.

—Lo siento, Stefan.

Un grito agudo de dolor salió de mi pecho y recorrió todo el lugar.

—Nooo…

Emma había muerto durante el parto.

—Ella dio su vida por su hija.

El dolor que sentí en aquel momento no se comparaba con ningún otro que hubiera experimentado antes. Era como si me hubieran arrancado el corazón en carne viva.

—Emma te dejó una razón para luchar —me dijo mi buen amigo—. No murió en vano.

Los médicos querían que abortara, ya que el corazón de Emma no estaba muy bien y no soportaría un parto. Pero ella se negó y siguió enfrente.

—Tienes una razón para seguir vivo.

Waldemar me presentó a mi hija de apenas cinco meses a quien bautizó con el nombre de su madre. La miré embobado a través de las lágrimas que caían sin parar de mis ojos.

—También te dejó esto —me dijo y me entregó una caja de madera—. Ella los moverá —acotó con el cejo fruncido—. Solo tú puedes comprender esas palabras, Stefan.

En la caja estaban sus viejos móviles y una pequeña carta.

Mi querido Stefan:

Sé que cuando recibas esta carta ya no estaré presente, porque he elegido vivir, tal vez no físicamente, pero sí a través de nuestra hija que, como tú, tiene derecho a vivir y a ser feliz.

No quiero que tú desistas de la vida y tomes mi muerte como motivo de huida. Era nuestro destino encontrarnos, amarnos y separarnos por un tiempo. En la eternidad volveremos a vernos, a amarnos y esta vez para siempre.

Y cada vez que cierres los ojos, allí estaré, a tu lado, aunque no me puedas ver.

Tuya para siempre
Emma.

Tres días después hui de Alemania con la ayuda de mi mejor amigo, que con un abrazo me dijo que volvería a hacer todo lo que hizo por el amor que sentía por mí. Su secreto era mío, su alma también.

—Buen viaje —nos dijo y se dio la vuelta para esconder las lágrimas de mí.

—Gracias por todo, amigo.

Jamás volveríamos a vernos tras aquel día.

—Nunca te olvidaré, Stefan.

Tal vez no lo amaba del mismo modo, pero lo quería como solo se querían a los hermanos.

—Tampoco yo, Waldemar.

El viaje duró varias semanas, pero valió la pena, porque Emma y yo al fin éramos libres. Ya no teníamos que huir, escondernos o pasar hambre. Allí, en Estados Unidos, no había nazis, ni guerra, ni dolor, ni campos y tampoco muertes injustas.

«Lo conseguimos» le dije a Emma, mirando el cielo azul con lágrimas en los ojos.

No fue fácil, pero trabajé duro para darle a mi hija lo mejor.

—Papá —me dijo muchos años después—. ¿Por qué no te enamoraste de nuevo?

Tenía diecisiete años y era idéntica a su madre. En todos los aspectos. Alegre, vivaz, dulce y cariñosa.

—Porque mi corazón pertenece solamente a tu madre.

Ella sonrió.

—Espero conocer algún día el amor, papá.

Le di un beso en la frente.

—El amor llega en el momento menos esperado, hija.

Fue una decisión mía seguir solo, aunque había conocido un par de mujeres, ninguna logró ocupar el lugar de Emma en mi alma.

—¿La echas de menos?

Esbocé una sonrisa triste.

—Todos los días.

Tenía una sola foto de Emma y en ella estábamos juntos en el puente. Nos la había tomado Waldemar dos días después de nuestro primer beso, dos días después de descubrir que estábamos enamorados.

—Toda la vida la echaré de menos, hija.

Y cada noche, me acostaba en la cama y miraba el techo como lo hacía en el pasado con Emma. Con las manos en el estómago y con una sonrisa en los labios.

«Al fin comprendo lo que me dijiste en el pasado» pensé con el alma a mis pies.

Y cuando los móviles se movieron, supe que ella estaba allí conmigo, a mi lado y con su preciosa sonrisa de oreja a oreja.

—Si muero antes de ti, ¿me olvidarás? —me preguntó cuando teníamos unos catorce años, meses después de habernos conocido—. Yo jamás conseguiría olvidarte, Stefan.

No le contesté en aquel momento, porque no quería pensar en tal posibilidad. Puse la mano a un costado y sentí un escalofrío cuando la suya la tocó. Se habían pasado varios años tras aquella pregunta y solo ahora era capaz de contestarle:

«Nunca te olvidaré».

Todas las obras de la autora

El disfraz de una mentira (1)
El disfraz de una mentira (2)
Dos almas y un secreto
Dudas del alma
Un príncipe a mis 30
Un príncipe a mis 35
No me olvides
Siempre te extrañare
Secretos de sangre
Alguien como tu
Dulce destino
Esclava de un nazi
Mi cenicienta XL
Mi cenicienta XL – Diez años más tarde
En el corazón del águila
Esta luz nunca se apagará
Marcas del destino

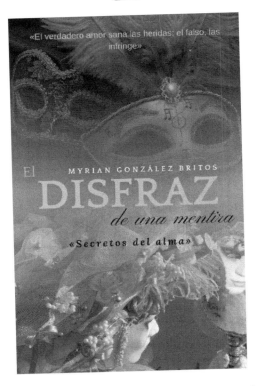

¿Qué razones nos llevan a escondernos tras un disfraz? Para algunos es la inseguridad, el miedo. Para otros, la maldad.

En Bagni Di Luca, un pequeño pueblo de Italia, Anna Bellini se refugia en los libros y la comida para huir de la soledad.

Carla Ferruzzi no duda en brindarle su amistad, y entre ellas se genera un lazo que parece inquebrantable.

Un lazo que se pone a prueba con la llegada de Marcello Hoffman.
Las verdades salen a la luz, las máscaras caen y no hay disfraz que resista las pruebas del amor.

El disfraz de una mentira, una novela que habla del valor de la amistad, el amor y la sinceridad.

«Entre el amor y el odio, porque no pueden residir ambos sentimientos en el mismo corazón» Anna y Marcello se separan tras una trampa bien armada por Carla. Cada uno sigue con su vida, aunque, jamás consiguen desconectar sus almas. Anna se marcha a estudiar periodismo en Turín, donde disfruta de su juventud con sus amigos y conoce a Alex Mancini; sin embargo, no consigue olvidar a su primer amor. verdadero? Marcello sufre una gran pérdida e intenta reconstruir su vida al lado de Caroline, pero, a pesar del tiempo y la distancia, no logra olvidar a Anna. El pasado y el destino parecen conspirar contra la felicidad de ambos, ¿o era alguien más? Cuando a Anna le diagnostican una grave enfermedad visual, y la tragedia golpea su puerta una vez más, se sumerge en una profunda y peligrosa depresión. Todo empeora, el día que descubre una verdad oculta detrás de una mentira bien disfrazada. Nadie era quien parecía ser en su vida. El odio y la venganza comandan su corazón a partir de entonces. Nada parece capaz de hacerla desistir, salvo, quizá, el inmutable amor de Marcello, que retorna a su vida, para poner a prueba su corazón y su propio destino. ¿La venganza será su salvación o el amor?

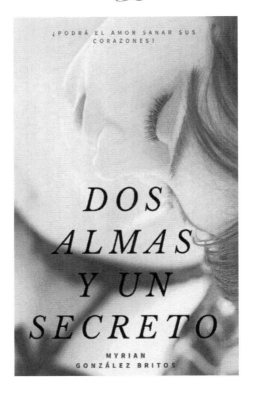

Todos tenemos un secreto inconfesable en esta vida». Matt lo tenía. Lizzy, también.

Matthew Caffrey, un millonario excéntrico y perturbado, lucha contra su pasado en un desesperado intento de que éste no rija su presente; pero el vacío que siente es cada vez más profundo y difícil de llenar.

Lizzy Smith carga con una historia de dolor y abusos. Su alma parece ahogarse en las penas y sólo desea ser feliz, aunque sea una vez en la vida. Dos corazones. Un secreto. Una oportunidad de sanar.

Érase una vez...

Valentina González no creía en los finales felices y mucho menos ahora que estaba a punto de cumplir sus treinta años. La muerte de su madre había dejado un enorme vacío en su corazón. La pena y la desesperanza tendían a crecer cada día más y más en su interior.

¿El destino se apiadará de ella?
Jonás Müller había huido de su país tras pillar a su hermano y su prometida en la cama.

Nada tenía sentido para el triste vikingo, hasta que llegó a Somo, y conoció a Valentina, la princesa que vivía encerrada en una librería.
¿Podrían dos almas rotas escribir una linda historia de amor?

«Una historia de amor, fe y sacrificio»

Peter Stanzenberger, un fervoroso cura alemán, viaja a Italia por una misión, sin sospechar que el destino pondrá a prueba su devoción.

Anna María Barsi, una dulce y soñadora italiana, prepara su boda convencida de haber encontrado el amor de su vida.

Cuando el padre Peter llega a su humilde pueblo, sus planes y sus propias certezas cambiarán para siempre.

Un amor vedado ante los ojos de los hombres y de Dios.

¿Es el amor un pecado mortal? ¿Podrán vencer las pruebas impuestas por el destino?

Una historia conmovedora, que pondrá a prueba incluso tu propia creencia.

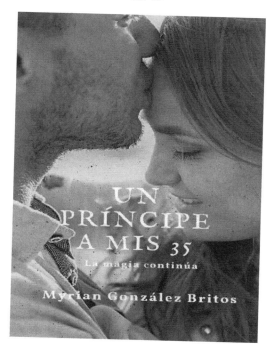

Valentina y Jonás escribieron su historia a pulso. Juntos lograron vencer los obstáculos impuestos por el implacable destino. Sin embargo, había muchas pruebas más a vencer a lo largo de la vida. Un campeonato de surf en la playa de Somo prometía desatar los demonios más salvajes de Pulgarcito. Jonás, el dulce vikingo, disfrutará como nunca del lado más ladino de su pequeña y simpática esposa.

Para completar su suerte, su hermano, Stefan, retornará a su vida y pondrá a prueba su corazón. El cuento de hadas era idílico, hasta que un video erótico del alemán comenzó a circular por las redes sociales, desestabilizando por completo los pilares de su matrimonio. ¿Podrá el amor de Pulgarcito y el vikingo dorado vencer esta inesperada y brutal oleada?

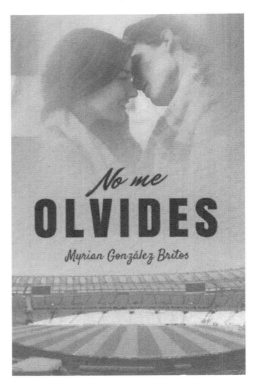

Aramí González tenía el corazón roto cuando llegó desde Paraguay a Río de Janeiro para ayudar a su tía enferma. Lejos de los suyos, intentó rehacer su vida y encontrarse a sí misma.

Thomas Leuenberger estaba a punto de casarse, pero antes de dar el sí, haría un último viaje de soltero con su hermano y unos amigos; el destino: Brasil, Copa del Mundo 2014.

Un encontronazo marcado por el destino cambió sus historias para siempre.

Aramí y Thomas iniciaron el gran juego de sus vidas.
¿Era el amor el gran premio?

«El amor nació mientras dormía»

Siempre te extrañaré

MYRIAN
GONZÁLEZ BRITOS

Volver a la vida no era una tarea sencilla para Paula Bellini y Nicolás Ricci. Ambos habían sido privados de su libertad por aquellos que menos esperaban. Cuando Paula llegó a la vida de Nicolás, a través de sus sueños, algo renació en su interior. ¿Cómo era eso posible? ¿Soñar con alguien que nunca había conocido?

Paula llevaba años haciéndose la misma pregunta, soñaba despierta con él desde su adolescencia, conocerlo en persona fue la magia que necesitaba en su vida.

El destino les tenía preparada una gran sorpresa.
Una sanación que no esperaban, un milagro que no creían posible.
«El amor iluminó sus abismos».

«*La peor batalla siempre la libra el corazón*»
La bella y tímida pastora judía Giovanna Bianco paseaba todas las mañanas por los valles de su pueblo con sus ovejas y su fiel perro. Ser hija de una judía nunca fue un problema para ella, hasta que se desató la guerra.

Paul Bachmann era un atractivo e inconmovible capitán nazi, cuya misión en Italia era clara hasta que conoció a la inocente pastora y todo cambió.
Un sentimiento desconocido nació en su duro pecho y cambió su destino para siempre.

Les unía el amor y también un secreto. ¿Podrán vencer los obstáculos impuestos por la guerra?
Una novela que desatará una dura batalla en tu corazón.

ALGUIEN COMO TÚ

MYRIAN GONZÁLEZ BRITOS

Elena creía en las segundas oportunidades, a pesar de todo lo que había sufrido a lo largo de su vida. Huyó de su pueblo y decidió reconstruir su historia lejos de los malos recuerdos.

Cierta tarde, vio a su nuevo vecino y pensó perder la cordura ante semejante dios mítico. Nunca sintió tanta atracción por alguien, pero con un pequeño defecto: era gay.

Alan tenía el corazón roto tras el inesperado y duro divorcio. Reconstruir su vida no sería una tarea simple y menos sin trabajo. Todo iba mal en su vida hasta que conoció a Elena, su vecina. Verla se le hizo vital. Era la mujer perfecta, pero con un pequeño fallo: era lesbiana.

Una confusión que los llevará a cometer grandes y divertidas locuras, mientras el amor comandaba en secreto sus corazones.
¿Quieres formar parte de este dulce gallinero?

«La peor deficiencia del ser humano es la incapacidad de amar».

Beatriz Aquino decide aceptar la propuesta laboral del señor Weber, dueño de la granja Dulce destino. Necesita el dinero para abrir su propia clínica en el futuro.

En aquel lejano pueblo, conoce a Daniel Schmidt, un hombre cuya belleza angelical y ternura la cautivan desde el primer día que lo conoce.

La bella veterinaria descubre con el tiempo que Daniel sufre de una discapacidad intelectual leve, un aspecto que, en lugar de alejarla, la acerca más y más a él.

La amistad se convierte en algo más, en algo mucho más fuerte y toda diferencia queda soterrada bajo ese sentimiento.

¿Podrá el amor vencer la barrera impuesta por los prejuicios?

El 30 de enero de 1933, Hitler es nombrado el jefe del gobierno alemán y muchos alemanes creen que han encontrado al salvador de la nación. Mientras tanto, en el bucólico pueblo de Blankenstein, el humilde jardinero, Sebastián Ackermann, llega a la vida de la caprichosa judía, Lya Rubinstein, para doblegar su corazón y su propio orgullo.

Entre peleas, disputas, bromas y muchos besos, viven una intensa historia de amor prohibida, hasta que, un mal entendido cambia el destino de sus almas.

Sebastián y Lya toman caminos distintos sin lograr olvidar el pasado.

Él se alista a las SS y ella vuelve a Berlín tras su repentina boda. La vida se transforma en un laberinto sin salida para ambos.

Una segunda oportunidad surge en medio del caos, pero, el orgullo, una vez más, comanda la razón de Lya y todo toma otro rumbo.

Herido, el joven capitán de las SS decide vengarse de ella en la primera ocasión que surge y la convierte en su esclava, en esclava de un nazi. ¿Podrá el amor vencer la peor batalla de sus vidas? ¿Podrá el perdón curar sus heridas más profundas?

Una trepidante historia de amor y sacrificio, donde la única ideología es la que conoce el corazón.

Patricia y su mejor amigo, Nahuel, luchan contra la báscula. Entre dietas y dietas viven una sabrosa historia de amistad que, con el tiempo, se convierte en algo más, un secreto que ambos ocultan uno del otro.

Un día, ella le propone hacer la dieta del sexo y él, encantado acepta.
Todo va de maravilla, hasta que un malentendido los separa. Patricia siente que la tristeza y la añoranza la matarán, sin sospechar que a Nahuel le sucede lo mismo.

Cinco años después, vuelven a hablar y el amor renace con fuerza en sus corazones, lapso en que el atractivo y misterioso multimillonario, Heinrich Holmberg, dueño de la empresa donde Patricia trabaja, aparece en su vida y pone a prueba su corazón.

¿Con quién decidirá quedarse nuestra cenicienta?
Una deliciosa y calórica historia de amor que promete hacerte reír y llorar

.

¿Quién no se acuerda de "Mi cenicienta XL?"

Diez años pasaron desde entonces y Patricia sigue tan loca como de costumbre, pero esta vez tiene otras aliadas: sus hijas.

La vida de casada no podía ser más divertida y a la vez llena de aventuras.

¿Te perderás esta deliciosa historia de amor y locura?

Verano de 1941, en plena Segunda Guerra Mundial, el futuro conde von Falkenhausen, Wilhelm, retornó al castillo de su familia tras recibir una llamada de su padre, que se encontraba muy enfermo.

El conde exigió a su hijo que desposara a una mujer lo antes posible o su primo, capitán de las SS, Hermann, su enemigo número uno, sería el nuevo conde. Wilhelm comprendió que era momento de sentar cabeza o perdería el título de nobleza y todos los privilegios que conllevaban el mismo como consecuencia.

Allí, en medio del caos, conoció a Ela Bokowski, una polaca que había nacido y crecido en Alemania. Una mujer cuya belleza lo encandiló. Aunque, su carácter y su rebeldía rompían por completo el halo de su beldad angelical.

Con el tiempo, descubrió sobre su origen gitano, pero no el mayor secreto que ocultaba bajo siete llaves. Tras ello, sin miramientos, le propuso matrimonio a cambio de su protección. Necesitaba estar casado un año para poder heredar el título de su padre.

Ela aceptó por varios motivos, algunos más altruistas y otros no tanto. Durante un año, fingirían ser una pareja amorosa y perfecta, sin embargo, la atracción que ambos sentían el uno por el otro podría romper las reglas impuestas por el corazón de Wilhelm, protegido por el águila que llevaba tatuado en el pecho.

Una emocionante historia de amor y sacrificio, cuyo final te dejará completamente sorprendido.

«*Entre ángeles y demonios*»

¿Están aquí? ¿Los puedes ver? ¿Los puedes sentir?

Anna Bellini tiene un don especial desde que era niña, ella puede sentir la presencia de los ángeles.

Ser madre de seis hijos, ama de casa y esposa de un agente secreto no es tarea simple. Y, mucho menos, cuando la vida se ve borrosa por culpa de una enfermedad congénita en los ojos.

A pesar del amor que le profesa su marido, Marcello Hoffmann, ella siente que las fuerzas le fallan. Y es en medio de ese tormento cuando sus viejos amigos de luz deciden intervenir en su vida y ayudarla.

Pero ellos no están solos, ya que el diablo también decide dar la cara y poner a prueba su fe.

Una conmovedora historia de amor y superación que te hará ver el mundo con otros ojos, con los del corazón.

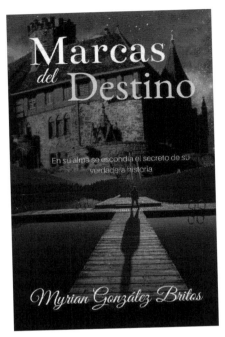

Un asesinato.
Un secuestro.
Una maldición.
Una promesa de venganza.
Un amor inesperado.

El conde Eduardo Monteschinni lo había perdido todo el día que su esposa fue asesinada y su hijo pequeño secuestrado.
Durante años buscó respuestas, pero sin éxito alguno, sumergiéndose lentamente en una vorágine de sentimientos oscuros y sombríos.

¿Sería la maldición de su familia la culpable de sus desgracias?
En medio de la tormenta, un problema grave en la Bodega Real, donde todo su imperio se inició, lo obligó a viajar hasta el pueblo para resolverlo.
Allí conoció a Dara Bianchi, dueña de una belleza mítica que lo encandiló desde el primer momento que la vio, sin sospechar que, tras ella, se ocultaba el misterioso pasado de su abuelo, que él desconocía completamente y que podía al fin romper con la maldición que atormentaba su vida desde que nació.
Nadie era quién parecía ser en esta historia.
¿Podrá el conde Monteschinni liberar su alma y la de aquellos que ama a través de Dara? ¿Quién mató a Sarah Monteschinni? ¿Dónde estaba William Monteschinni?
Una cautivante y conmovedora historia de intriga, amor y misterio que te llevará a un laberinto repleto de secretos y mentiras.
Un thriller lleno de suspenso, misterio, dolor y sorpresas inesperadas que te dejará sin aliento.

Ìndice

Palacio de Wilanów

Printed in Great Britain
by Amazon

50836948R00227